大家小书

好诗不厌百回读

袁行霈 著

北京出版集团公司
北京出版社

图书在版编目（CIP）数据

好诗不厌百回读 / 袁行霈著. — 北京 ：北京出版社，2017. 9（2024.8 重印）
（大家小书）
ISBN 978 - 7 - 200 - 13008 - 9

Ⅰ. ①好… Ⅱ. ①袁… Ⅲ. ①古典诗歌—诗歌欣赏—中国 Ⅳ. ①I207. 2

中国版本图书馆 CIP 数据核字(2017)第 098197 号

总 策 划：安　东　高立志　　责任编辑：高立志　邓雪梅

·大家小书·

好诗不厌百回读

HAOSHI BUYAN BAI HUI DU

袁行霈　著

*

北 京 出 版 集 团 公 司
北　京　出　版　社　出版
（北京北三环中路 6 号）
邮政编码：100120

网　址：www . bph . com . cn
北京出版集团公司总发行
新华书店经销
北京华联印刷有限公司印刷

*

880 毫米×1230 毫米　32 开本　10. 5 印张　170 千字
2017 年 9 月第 1 版　2024 年 8 月第 7 次印刷

ISBN 978 - 7 - 200 - 13008 - 9
定价：59. 00 元
如有印装质量问题，由本社负责调换
质量监督电话：010 - 58572393

序　　言

袁行霈

“大家小书”，是一个很俏皮的名称。此所谓“大家”，包括两方面的含义：一、书的作者是大家；二、书是写给大家看的，是大家的读物。所谓“小书”者，只是就其篇幅而言，篇幅显得小一些罢了。若论学术性则不但不轻，有些倒是相当重。其实，篇幅大小也是相对的，一部书十万字，在今天的印刷条件下，似乎算小书，若在老子、孔子的时代，又何尝就小呢?

编辑这套丛书，有一个用意就是节省读者的时间，让读者在较短的时间内获得较多的知识。在信息爆炸的时代，人们要学的东西太多了。补习，遂成为经常的需要。如果不善于补习，东抓一把，西抓一把，今天补这，明天补那，效果未必很好。如果把读书当成吃补药，还会失去读书时应有的那份从容和快乐。这套丛书每本的篇幅都小，读者即使细细地阅读慢慢地体味，也花不了多少时间，可以充分享受读书的乐趣。如果把它们当成补药来吃也行，剂量小，吃起来方便，消化起来也容易。

我们还有一个用意，就是想做一点文化积累的工作。把那些经过时间考验的、读者认同的著作，搜集到一起印刷出版，使之不至于泯没。有些书曾经畅销一时，但现在已经不容易得到；有些书当时或许没有引起很多人注意，但时间证明它们价值不菲。这两类书都需要挖掘出来，让它们重现光芒。科技类的图书偏重实用，一过时就不会有太多读者了，除了研究科技史的人还要用到之外。人文科学则不然，有许多书是常读常新的。然而，这套丛书也不都是旧书的重版，我们也想请一些著名的学者新写一些学术性和普及性兼备的小书，以满足读者日益增长的需求。

“大家小书”的开本不大，读者可以揣进衣兜里，随时随地掏出来读上几页。在路边等人的时候，在排队买戏票的时候，在车上、在公园里，都可以读。这样的读者多了，会为社会增添一些文化的色彩和学习的气氛，岂不是一件好事吗？

“大家小书”出版在即，出版社同志命我撰序说明原委。既然这套丛书标示书之小，序言当然也应以短小为宜。该说的都说了，就此搁笔吧。

日月不息　师表常尊

——贺袁行霈老师八十华诞

葛晓音

从1963年考入北大中文系算起，我成为袁行霈老师的学生已经有半个世纪了。五十馀年来，古代文学教研室的许多老先生已经陆续谢世，袁老师也从风华正茂的才俊变成了白发苍苍的名贤。但是他儒雅的风度和温厚的笑容，却几十年不变，使学生们忘记了岁月的磨蚀，领会了古人所云“日月不息，师表常尊”的至理。

一

二十世纪六十年代的中文系文学专业，不少重要的基础课都由教授亲自上堂。我们六三级的魏晋南北朝隋唐文学史这一段，是由林庚先生教的。那时林先生才五十多岁，头发乌黑，但因为表情严肃，不苟言笑，在同学们眼里是很难接近的老权威。这门课有几节曾由袁老师上过。中文系当时有很多年轻的助教和讲师，五五级留了一批，人数最多，袁老师也是一位青年教师，但他是五四级的，辈分较高。见到袁老师之前，就已经听说他是青年才俊中的佼佼者，所以大家对他的到来都很期盼。第一次在课堂上见到他，恍若看到了林庚先生年轻时的形象：清癯的脸容，瘦削的身材，更有那种独特的清逸气质，与林先生真有几分神似。后来有一次不知什么单位要来课堂录像，袁老师特意换上了一身深色崭新的中山装，和林先生平时的装束一样，让大家不由得眼前一亮。于是同学们私下里把袁老师称作“小林庚”。已经不记得袁老师当初上课的具体内容，只有他那清晰缓慢的语调和一手漂亮的板书，至今印象深刻。

“十年动乱”结束后，我们老三届的大学生中有少数人考回了北大的“回炉班”，第二年又各自考取了各大学中文系研究生。我师从陈贻焮先生门下，学习魏晋南北朝隋唐文学方向。袁老师的选修课自然是我的必修。那时研究生还不多，选修课也不分研究生和本科生，想听的都可以去听。研究生和七七级的同学都挤在一个课堂里。改革开放初期，同学们都想把浪费了的十年光阴夺回来，学习热情极其高涨。许多课堂座无虚席，其中袁老师和金开诚老师的课最为叫座。虽然已经安排在二教的大阶梯教室，但座位还是不够，经常是刚刚占到一个好位子，听说要换教室，就得赶快收拾文具书包，冲到另一个更大的教室里去。最高纪录是一堂课换了三次教室，就这样还有许多学生坐在阶梯上，甚至是老师讲台周边的地上。所以我那时总是早早就到课堂，抢占最前排的位子。我的笔记也是最认真的，几乎每句话都记。因为常坐在前排，有时袁老师会在课间休息时走到我面前，拿起我的笔记本翻阅，帮我补上漏记的内容，或者理解不准确的地方。

二十世纪八十年代初，文学史的教学开始突破五六十年代只讲思想性、人民性的教条主义框框，重视诗歌艺术的理解和分析。袁老师就是当时的先行者。他的课着重在诗歌的意境和艺术表现，正是学生们最为渴求的内容。而他的讲课艺术也和他讲的内容一样，非常讲究。节奏的快慢疏密、声调的抑扬顿挫，都把握得恰到好处。既要言不烦，善于用最关键的几句话将每首诗歌的好处点透；又深入细致，让听众跟着他清晰的讲解进入意境。那时上课用的资料主要靠教师抄黑板。袁老师的板书都是直行，字体端丽遒劲，写满一黑板后，可以当书法欣赏。有时要擦掉改写新的，同学们心里都暗暗可惜。八十年代中，叶嘉莹先生多次来北大讲学访问，常由陈先生和袁先生接待。有一次聊天时谈起讲课来，叶先生问我："葛晓音，作为他们两位先生的学生，你来点评一下他们的讲课怎么样？"这下把我难住了，我想了一下，回答说："陈先生的讲课是兴会神到式的；而听袁先生讲课是艺术享受。"叶先生大笑。

陈先生和袁老师很谈得来，在校园里经常可以遇到他们两人一起骑着自行车来来去去。陈先生有什么事，或者有新诗要送给袁老师看，总是打发我到袁老师家里去。我和张明非虽然不是袁老师亲自指导的学生，但是他待我们同样亲切，八十年代初，很多人家还没有电话，我和张明非曾两次冒冒失失事先没有联系，就上门叨扰。一次是因语言专业的曹宝麟同学为袁老师刻了两枚藏书章，我和张明非送上门去。袁老师和夫人杨老师非常客气，非要留我们吃鸡汤面。不久袁老师作为北大中文系第一位到东京大学文学部讲学的老师去日本。对于我们这些曾经长期闭锁在边疆农村的学生来说，国外是什么样子，就像外星一样难以想象，所以等袁老师回国后，我们又迫不及待地去敲门，请袁老师给我们谈谈在日本的见闻。袁老师虽然刚回学校很疲劳，但仍然高兴地接待我们，和我们聊了很久，还留我们在他家吃饭，我们也就老实不客气地吃上了。现在回想起来，当学生的时候真是不懂事。

毕业留校以后，和袁老师在同一个教研室，常常能从他待人接物的态度悟出一些为人师者所应有的修养。那时教研室经常有政治学习，或是开会讨论教学大纲的修改，老师们见面机会比较多。讨论工作时，无论有什么样的意见不合，他从不与人相争，只是从容地申述自己的意见。我说话有时比较冲，袁老师如果觉得不妥当，只是微笑着制止，让我立即醒悟自己的不得体，慢慢地知道应该谨言慎行。袁老师是口不臧否人物的，准确地说，是不否只臧。五十年来，从未听他在背后议论过别人的是非；但别人有一点好处，他总是不吝夸奖。有一次，一个外地来北大听课的进修教师抄袭了袁老师上课的内容，当成自己的文章去发表。大家知道此事都义愤填膺，因为八十年代这种事情还比较罕见。但袁老师只是无可奈何地笑笑，没有剑拔弩张地去追究那个外地教师。但是他对学术上的问题非常认真。有一年他的一位研究生在论文中将陈子昂《修竹篇序》中所说："不图正始之音，复睹于兹。"解释为指阮籍、嵇康等正始诗人的诗歌，这本来是通行的解释，不能算错。我原来也是这样理解的。但陈贻焮先生认为应该是用《毛诗序》中所说："《周南》《召南》，正始之道，王化之基"的意思。我查阅了若干盛唐文和白居易的用法，接受了陈先生的观点。在评那篇研究生论文时，就提出了商榷意见。袁老师见到后，便来和我讨论这句话究竟该怎么解，并且查找了一些可以证明“正始之音”是指曹魏正始诗歌的例子。确实唐诗唐文中也有一些是这样用的，比如李善《进文选表》。所以原来的解释也可通。让我感动的是袁老师和我讨论问题时没有一点老师的架子，态度非常谦和诚恳。他对后辈的成长也非常关怀，有时听外校的老师说起袁老师如何推奖我，杨老师也总是见面就鼓励我，才知道原来我的论文袁老师大多看过，很清楚我的发展路向。但他很少将这种关注流露在外面，只是默默地扶持。记得袁老师刚担任《国学研究》主编时，为了编发创刊号，曾特意组织了一个演讲会，让我和阎步克等青年学者到会上去宣讲我们投给创刊号的论文。然后把这些论文和前辈名宿的论文都发在第一期《国学研究》上，其中的深意不言自明。

北大中文系的老师们向来有尊师的传统。陈先生和袁先生都不是林庚先生的研究生，只是担任过助教，但都毕生以弟子之礼奉侍林先生。陈先生每周都要到林先生家里去请安，因为较年长，林先生待他很客气。袁老师比较年轻，林先生在工作上或在家务方面有什么事，都找袁老师。虽然林先生也曾断断续续地留过得力的研究生如钟元凯，或助手如商伟这样的年轻人在他身边，但在我看来，林先生似乎是把袁老师当儿子看的，袁老师也完全融入了林先生的家庭。我因此在林先生家里常常见到袁老师。逢年过节自不必说，林先生家里有什么大小事情，都是袁老师张罗。虽然后来袁老师的学术地位越来越高，工作责任越来越重，但这种亲密的师生关系直到林先生去世始终不变。

林先生伉俪情深，但师母晚年患有多种疾病，最终在林先生八十大寿这一天去世，林先生悲痛不已。袁老师十分担心先生的健康，为了让林先生早日从阴影中走出来，想了很多办法。后来他联系了一家出版社，请林先生选一本适合少儿阅读的诗选，袁老师为之做注释，希望他在精神上有所转移。林先生果然在完成这一工作后，心情慢慢平复。过了些日子，林先生提出想要写完《中国文学史》的下册，指定我当助手。在此期间，林先生谈起他对《水浒传》的看法，与当时所有论水浒的意见都不同。他从《水浒传》的成书过程和版本入手，判断了水浒最后成书的年代。同时，根据盛唐以来对“王霸”的解释，批评了当时有些学者将水浒英雄要建“王霸之业”的说法误解为要推翻朝廷的论点。论证了宋江接受招安的必然性。再从明代前期外患严重以及明朝处理外敌和镇压内乱的不同政策等方面入手，分析了此书在写到宋江招安后为什么将大量篇幅放在抵御外敌上的时代原因。我帮他在图书馆寻找了很多材料以证成此说。论文写作过程中，我告诉袁老师，林先生有一篇关于《水浒传》的论文，论点可谓石破天惊。袁老师非常高兴，要我告诉他内容。因为稿子尚未完成，林先生希望暂时保密，所以一时不能说。以后袁老师每次遇到我就关切地询问稿子的进展，但不再问内容。初稿完成后，我赶快先给袁老师看了。袁老师看后当即表示要把这篇论文刊登在《国学研究》上。后来经过修改，发在创刊号上。按袁老师和林先生的关系，林先生写了什么他先知道是理所当然的。但为了尊重林先生要保密的意思，袁老师还是一直耐心地等着。这件趣事也让我看到了袁老师尊师的古人之风。

二

袁老师成为全国名师以后，担子越来越重。他先是领导北大文史哲的教师们和中央电视台合作，完成了《中华文明之光》一百五十集的摄制工作，这件事对于发扬传统文化起到了重要作用。之后，又组织全国古典文学的专家主编了《二十世纪中国文学史》，取代了二十世纪六十年代成书的蓝皮文学史和社科院文研所的文学史，作为高校中文系使用的教材，至今无可替代。后来，又组织北大文史哲的教师编纂了《中华文明史》，这套书完成后，美国以康达维为首的一批汉学家立即准备翻译成英文。北大成立一百一十周年时，时任国家主席胡锦涛来北大。在和教师的座谈会上，袁老师作为代表发言，对如何让世界了解中国传统文化提出了切实可行的建议。后来，北大在国学院的基础上成立了汉学研究中心，每年资助一些海外学者来华研究。袁老师作为国学院院长和汉学中心主任，自然是更加忙碌了。

做了这么多大事，又同时担任着全国人大常委、民盟中央副主席、中央文史馆馆长等许多社会职务，耗费了大量的时间和精力，袁老师对于自己的专业研究却一直没有放松。多年来出版了《中国诗歌艺术研究》《中国文言小说书目》《中国文学概论》《中国诗学通论》《盛唐诗坛研究》《清思录》《愈庐集》《陶渊明研究》《陶渊明集笺注》等等著作，发表了许多有影响的论文，取得了世人瞩目的成绩。

早在二十世纪八十年代，袁老师的诗歌艺术研究就驰誉海内外。他继承了林先生的长处，对诗歌艺术有很高的感悟力，同时又能将诗歌文本研究和文学理论研究结合起来，最早从中国古典诗歌的多义性、意境、意象、诗歌的音乐美，以及人格美、自然美等多方面阐发了中国诗歌艺术的内涵。这些方面后来都成为学术界风行于八十年代到九十年代前期的热点问题。袁老师的每篇论文思考都非常周密详细，几乎做到了题无剩义。例如论《中国古典诗歌的多义性》，指出了双关义、情韵义、象征义、深层义和言外义五种情况，每种都举出诗例，以精彩的分析来支持论点，最后概括出所有这些多义性，是中国古典诗歌含蓄蕴藉的主要成因。又如意境是二十世纪八十年代初期讨论文章最多的一个问题，特别是意境的定义，有一段时期十分纠结。袁老师的《中国古典诗歌的意境》纠正了当时很多人以为“意境”一词创自王国维的误解，上篇先从“意与境的交融”阐明中国古代传统的文艺理论中意境这个范畴如何形成，并指出了意与境交融的三种方式：情随境生，移情入境，体贴物情、物我情融。这三种方式都是从大量诗歌实践中总结出来的。其次，袁老师又从“意境的深化和开拓”阐明构思和提炼对于意境创造的重要性。再次，袁老师还从“意境的个性化”分析了意境和风格的关系，并指出王国维的“有我之境”和“无我之境”说违反了创作与欣赏的一般经验。最后，指出意境创新的重要性。上篇论意境已经涵盖了许多论文的内容，而此文还有下篇，先说明“有无意境不是衡量艺术高低的唯一标尺”，然后分析了“诗人之意境，诗歌之意境，读者之意境”。尤其是从熟稔感、向往感、超越感三方面来分析读者之意境，极有新创。当时，西方的接受美学还没有风靡国内，这三种感受都是袁老师从自己的阅读经验中得来，可说是独创的接受理论。最后文章还指出了“境生于象而超乎象”的问题。

由于囊括了意境这一论题的方方面面，尽管后来关于意境的论文汗牛充栋，但是大多没有超越这篇论文的范围和深度。

二十世纪八十年代讲诗歌美学是古典文学研究的潮流，有些论文虽然讲得满脸是美，却甜得发腻。袁老师讲诗歌美总是从原理着眼，感性和理性结合得恰到好处。关于人格美和艺术美的关系，就是他较早关注的一个角度。例如他论屈原的人格美，上篇从“独立不迁”“上下求索”“好修为常”三方面抓住屈原人格美的主要特点，下篇以“瑰奇雄伟之美”“绚丽璀璨之美”“流动回旋之美”“微婉隐约之美”四个方面与之对应，讲清了骚型美是屈原美好的人格在艺术上的体现。与此同时，袁老师很早就注意到哲学思想和诗歌艺术的关系，例如《言意与形神——魏晋玄学中的言意之辨与中国古代文艺理论》研究魏晋玄学对文论的影响，在当时也是富有开创性的。论文追溯了言不尽意论从战国到魏晋时期的发展，从语言和思辨的关系分析了言不尽意论的原理。并探讨了王弼对庄子的得意忘言论的诠释，欧阳建《言尽意论》的论证缺陷。同时，对某些流行的说法提出不同看法，如认为言尽意和言不尽意只是讨论言辞和意念的关系，不等于认识论，又指出言不尽意和得意忘言是两个不同的命题，言不尽意从表达方面说，得意忘言是从接收方面说，不可混为一谈，言不尽意论的代表人物是荀粲而不是王弼。在此基础上，论文进一步探讨了言意之辨对古代文艺理论的影响，从《文赋》、陶渊明，到《文心雕龙》、《诗品》、刘禹锡、《诗式》、司空图、欧阳修、严羽、王渔洋的诗学理论，一一辨析其理论与言意之辨的关系，然后又从言意之辨引申到重神忘形的理论，及其在人物品鉴及绘画、书法理论中的体现，将题目做到了十分完足的程度。陈贻焮先生曾告诉我，林庚先生很欣赏袁老师的这篇论文。此外，袁老师论述诗与禅、王维诗歌的禅意与画意等论文，在同类题目的研究中也是较早的。由于论点从大量诗歌和文论文本中提炼，论述稳妥精当，这些论文常常被同行引用。正如林先生在《中国诗歌艺术研究》序言中所说，袁老师“为学多方，长于分析。每触类而旁通，遂游刃于群艺，尝倡边缘之学；举凡音乐、绘画、宗教、哲学，思维所至，莫不成其论诗之注脚。”打通多种学科之间的联系，最后落实到诗歌艺术之研究，正是学界当下努力的方向，而袁老师早在三十年前就以其研究的实绩开出了新方法的门径。

袁老师的治学实践了他自己多次在文章和学术会议发言中所倡导的主张：将横通和纵通结合起来，成果要经得起时间的检验。这些固然是他取得成就的重要原因，但更重要的是，他们这一代学者治学，是全身心地投入。和林先生、陈先生一样，袁老师重视大作家的研究，从屈原、陶渊明、李白、杜甫到苏轼、陆游、辛弃疾，关注的都是伟大诗人。他们被这些诗人的人格精神所感动，努力去和他们交朋友，在研究这些诗人的过程中受到潜移默化的影响。袁老师说他最喜爱的诗句是杜甫的“心迹喜双清”，把它当作自己的座右铭。而最能体现心与迹俱清的诗人莫过于陶渊明了。所以袁老师在陶渊明研究上花费的时间最多，他积多年钻研之成果，完成了《陶渊明集笺注》的大著作，撰写了研究陶渊明的一系列论文，如《崇尚自然的思想与陶诗的自然美》《陶渊明的哲学思考》《陶渊明与魏晋风流》《陶渊明与晋宋之际的政治风云》《陶诗主题的创新》《辛词与陶诗》《论和陶诗及其文化意蕴》等等，同行学者誉之为“特色鲜明，自成一家”，“其扎实的功底和翔实可信的资料积累，对文本的悉心研读和独到的艺术见解，人品研究和作品研究结合，艺术鉴赏和哲学思考研究结合的方法等，都将给后学者深刻的启迪”。同时，他还在生活中努力实践着陶渊明的人生哲学。在二十世纪九十年代以后的学界，保持心迹双清，可不是件容易的事。随着社会风气的变化，学风也受到污染。大江南北的各地高校都为着博士点、学科评估、成果评奖等搞公关、走后门，忙得不亦乐乎。邀请讲学、旅游、送礼，处身于学科评议要津的学术权威们很难抵挡这些猛烈的攻势。找袁老师的人自然更不在少数，我也曾经陪外地的老同学登过他的门。但是袁老师非常小心，只要是可能有某种干求意图的邀请，他一概婉言谢绝。虽然难免得罪一些人，但保持了内心的坦然。其实被攻下来的那些评委，可能替人办了事，却也留下了被人背后议论的污名。袁老师对别人的请托是如此，对自己的事情也同样不肯求人。他曾有一位硕士毕业好几年的研究生，想考他的博士，只是因为在职，不符合中文系不招在职博士生的规定，尽管考试成绩出色，外语满分，也不能入学。袁老师虽然为之惋惜焦急，却不愿利用自己的声望和资格去系里请求通融。后来那位研究生只能到别的系去就读。

前年冬天，香港浸会大学饶宗颐国学院举办学术大师讲坛，邀请袁老师前去演讲，题目就是“陶渊明研究”。在场的听众都从他的演讲中感受到他是将多年研究陶渊明的心得体会浓缩在这次讲课中了。他在《陶渊明集笺注》中有许多关于陶渊明生平的新发现和诗歌语词解读的新见解，如果从考据角度讲，学生不易听懂，但他通过诗歌的解析深入浅出地传达出来，就特别有趣味。他做的PPT还准备了非常丰富的资料和图片。很多书画是他多年来利用出国访问的机会到欧美国家的图书馆拍摄的，以前虽然在《北京大学学报》上读过他的相关论文《古代绘画中的陶渊明》，但这次亲眼看到图片，更觉精彩纷呈。搜集这些资料不知要花费多少工夫，但为陶渊明研究开出一块新天地，多少辛苦也是值得的了。在台下听讲时，我的脑海里不断浮现出上研究生时听他讲课的回忆。这么多年过去，先生的头发已经全白，但是精神依然矍铄。他讲着陶渊明，似乎就是这位大诗人的知己。他的声调平和低缓，但有一种沁入人心的吸引力，令百馀名听众挤满的讲堂鸦雀无声。讲座结束前袁老师还朗诵了一首他早年下乡时写的学陶诗，使全场气氛达到了高潮。这次讲座持续了将近三个小时，袁老师始终站着，讲到后来连嗓音都嘶哑了。但直到我作为主持人进行讲评时，他还是不肯坐下，依然谦和地微笑着面向听众。我想到了袁老师以前多次说过的一句话："我这辈子就是个普通的老师。我喜欢当老师。如果有下辈子，我还是愿意当老师！"我把这句话还有他的座右铭"心迹喜双清"告诉听众，全场掌声雷动，经久不息。在场听讲的东京大学大木康教授不停地说："感动！感动！太感动了！"大家都明白：一位学者只有具备这样的情怀，才能真正理解陶渊明，使他的陶渊明研究难以超越。

送袁老师去机场时，中央文史馆陪同他前来的工作人员悄悄告诉我："馆长讲完回住处时，累得几乎下不了车，路都走不动了。"是啊，如今连我这个老学生都站不了两个小时，更不要说年近八十的先生竟站了三个小时的讲台。为了取得更好的讲课效果，袁老师忘记了自己的年龄和体力。只要站在讲台上，他所想的就只是怎么把课教好。无论身居什么样的职位，他最在乎的还是教书。五十年前是如此，五十年后还是如此。

日月不息，师表常尊。衷心祝愿袁老师健康长寿，永葆陶诗的心境和学术的青春！

目 录

自　序

《好诗不厌百回读》是北京出版社的编辑高立志兄策划的，他起的书名，他搜集的文章，也由他担任责编。这省了我很多事，我很感谢。我猜想这书名的灵感来自苏东坡的两句诗："旧书不厌百回读，熟读深思子自知。"（《送安惇秀才失解西归》）这两句诗的典故出自魏鱼豢《魏略》："董遇好学，人来从学，每曰：'当先读书百遍，而义自见。'从学者云：'苦难得暇日。'遇曰：'当以三馀：冬，岁之馀；夜，日之馀；阴雨，时之馀。'"

既然读书百遍，其义自见，那就无须讲解了。但为何还要讲呢？原来这"讲"不过是跟读者的一种交流、一种汇报，讲的是自己的体会，也可以说是向读者缴的一份作业罢了，读者不可完全听信的。董仲舒说："《诗》无达诂，《易》无达占，《春秋》无达辞"。这样看来，百回读不是死读，而是要不断琢磨，不断领悟，既要得诗人之用心，也要有自己的体会。元遗山说："文须字字作，亦要字字读。咀嚼有馀味，百过良未足。"（《与张仲杰郎中论文诗》）他强调"咀嚼"，强调读出"馀味"来，也是经验之谈。

好诗是多义的，是有启发性的，给读者留下了想象的馀地，让读者参与艺术的再创造。在准确理解写作背景和字词典故的基础上，读者可以有不同的理解。谭献说过："诗人之用心未必然，而读者之用心何必不然。"（《复堂词录序》）这是深得诗之奥妙的。如果把诗当成数学原理或公式，只能有一种理解，而排斥其他，岂不是把一川活水变成一滩死水了吗！诗歌语言的生机不也就被扼杀了吗！

我还有这样的经验，同一首诗，在不同的年龄读来感悟不同，在不同的境遇中读来，感悟也不同。正如黄庭坚论陶渊明所说："血气方刚时读此诗如嚼枯木，及绵历世事，知决定无所用智。"（《书陶渊明诗后寄王吉老》）

请读者千万不要把我的赏析文章当成标准答案，你们可以发挥自己的艺术才能，去领悟，去补充，去发挥。将我的解析当成一根线头，牵出你们自己的世界来才好。当然，前提必须是真正读懂。

诗经·汉广

南有乔木，不可休息。汉有游女，不可求思。
汉之广矣，不可泳思。江之永矣，不可方思。
翘翘错薪，言刈其楚。之子于归，言秣其马。
汉之广矣，不可泳思。江之永矣，不可方思。
翘翘错薪，言刈其蒌。之子于归，言秣其驹。
汉之广矣，不可泳思。江之永矣，不可方思。

此诗是一个樵夫所唱。他热恋着一位美丽的姑娘，却得不到她。这支绝妙的诗歌正是他在汉水之滨砍柴的时候，浩渺的水势触动了情怀而唱出的。他明明知道所爱的人不可得到，却依然不能忘记她。不仅如此，还要幻想得到她的时候如何如何。真是痴情一片，情深似海啊！

首章八句，四句曰“不可”。二、三章重复首章后四句，又各有两个“不可”。短短的一首小诗，竟浸于一片连接不断的“不可”声中，歌者的那种无可奈何之情沛然流注。

首章连用了四个比喻。第一个比喻：“南有乔木，不可休息。”“息”字当依《韩诗》作“思”，是语尾助词。郑笺曰：“木以高其枝叶之故，故人不得就而止息也。”可是，泛泛地讲成乔木之下不可止息，总觉得于理不畅。乔木之下怎么就不能止息呢？即使是枝叶上耸的如白杨之类，也不至于没有阴凉。我想，下面的“游女”既然是专指汉水女神，那么“南有乔木”的“乔木”也应该是专指南方某一乔木而言，或许是神话传说中一株美丽的大树。心里向往着它，却不能到达它的下面；那不过是虚无缥缈不可企及的一个理想而已。乔木的比喻说出所爱之人在自己心目中乃是高不可攀追求不到的。第二个比喻：“汉有游女，不可求思。”“游女”，三家注均以为指汉水女神，已成定论。或即郑交甫所遇汉皋二女，《文选》郭景纯（璞）《江赋》：“感交甫之丧珮”注引《韩诗内传》：“郑交甫遵彼汉皋台下，遇二女，与言曰：‘愿请子之珮。’二女与交甫。交甫受而怀之，超然而去，十步循探之，即亡矣。回顾二女亦即亡矣。”“游”字，据闻一多先生考证，其义“当为浮行水上，如《洛神赋》云：‘凌波微步，罗袜生尘’之类。”（《诗经新义》）“汉有游女，不可求思。”是说对汉水女神徒有爱慕之心，却不可求而得之。“乔木”和“游女”都非人间所有，更非凡人可得，只能徒然想象其高大美丽。这两个比喻，一方面是写不可能之事，另一方面又在自己心目中将所爱的人视为极高的理想。足见其倾慕之深、渴望之切与失望之极。

“汉之广矣，不可泳思。江之永矣，不可方思。”是首章的另外两个比喻。江汉并举，互文见义。“泳”字，据《文选》司马长卿（相如）《封禅文》注，是浮的意思。“方”，是用竹或木编成筏以渡水。江汉既宽且长，既不能浮游而过，也不能乘筏而渡，面对一片汪洋只能长歌浩叹而已。

首章的四个比喻，都是讲不可能之事，但它们又有细微的差别。乔木的不可休，汉女的不可求，是真的做不到。而汉水的不可泳，江水的不可方，并不是真的不可能，只是表现极度失望的心情。不可泳、不可方，着重在说自己和她若有江汉之隔，而无桥梁可通。连泳之、方之的信心和勇气也丧失了。

然而他还是幻想有朝一日能得到她，这就是第二章前四句所说的：“翘翘错薪，言刈其楚。之子于归，言秣其马。”“翘翘”是高出的样子。“错”，杂乱。“楚”就是牡荆。郑笺云：“楚，杂薪之中尤翘翘者，我欲刈取之。以喻众女皆贞洁，我又欲取其尤高洁者。”大致不差。“翘翘”

二句意思是说：就像砍柴要砍好柴一样，要娶就娶最好的姑娘。余冠英先生译得好："从从杂树一棵高，砍树要砍荆树条。""之子"，这个人，指自己所爱的姑娘。"于归"就是出嫁，这里的意思当然是指嫁给自己。"之子于归，言秣其马。"意思是说这个美丽的姑娘如肯嫁给我，我甘心替她喂马，当她的马夫。其中的感情正如朱熹所说是"悦之至"而"敬之深"。但这毕竟是不可能的事，所以又重复唱道："汉之广矣，不可泳思。江之永矣，不可方思。"

第三章重复第二章，只换了两个字。"言刈其楚"的"楚"字，换成了"蒌"字。"蒌"是蒌蒿，一种水草名。"言秣其马"的"马"字，换成了"驹"字，"驹"是幼马。借着两个字的更换，把这章诗重唱了一遍，加强了抒情的效果。

这首诗的结构形式和《诗经》中其他许多民歌一样也是重章叠句。而这首诗的韵味主要就表现在"汉之广矣，不可泳思。江之永矣，不可方思"这四句的反复咏唱上。长歌浩叹，回环往复，不能自已。这四句构成妙喻，都是就眼前之景，信手拈来。《诗经·卫风》中有一篇《河广》，诗曰："谁谓河广？一苇杭之。谁谓宋远？跂予望之。谁谓河广？曾不容刀。谁谓宋远？曾不崇朝。"江河的宽窄以及是否可渡，人的感觉会随着感情的变化而发生变化。要比喻事之难成，则曰：不可泳、不可方。要比喻事之易成，则曰：谁说河宽？只要以一苇就可以渡过了。谁说河宽？连一只小船都容不下。是不是没有客观的可信的标准呢？也不是。只是抒情诗的创作原不必拘泥于生活的细节。这种灵活的处理方法，正是诗歌艺术巧妙的地方，细细体会是颇为有趣的。

冉冉孤生竹

冉冉孤生竹，结根泰山阿。
与君为新婚，兔丝附女萝。
兔丝生有时，夫妇会有宜。
千里结远婚，悠悠隔山陂。
思君令人老，轩车来何迟！
伤彼蕙兰花，含英扬光辉。
过时而不采，将随秋草萎。
君亮执高节，贱妾亦何为？

此诗或云是婚后夫有远行，妻子怨别之作。然细玩诗意，恐不然。或许是写一对男女已有成约而尚未成婚，男方迟迟不来迎娶，女方遂有种种疑虑哀伤，作出这首感情细腻曲折之诗。

“冉冉孤生竹，结根泰山阿。”竹而曰“孤生”以喻其孑孑孤立而无依靠，“冉冉”是柔弱下垂的样子。这是女子的自喻。“泰山”即“太山”，大山之意。“阿”是山坳。山是大山，又在山阿之处，可以避风，这是以山比喻男方。《文选》李善注曰：“结根泰山阿，喻妇人托身于君子也。”诚是。

“与君为新婚，兔丝附女萝。”兔丝［菟丝］和女萝是两种蔓生植物，其茎蔓互相牵缠，比喻两个生命的结合。《文选》五臣注：“兔丝女萝并草，有蔓而密，言结婚情如此。”从下文看来，兔丝是女子的自喻，女萝是比喻男方。“为新婚”不一定是已经结了婚，正如清方廷珪《文选集成》所说，此是“媒妁成言之始”而“非嫁时”。“为新婚”是指已经订了婚，但还没有迎娶。

“兔丝生有时，夫妇会有宜。”这还是以“兔丝”自喻，既然兔丝之生有一定的时间，则夫妇之会亦当及时。言外之意是说不要错过了青春时光。

“千里结远婚，悠悠隔山陂。”从这两句看来，男方所在甚远，他们的结婚或非易事。这女子曾企盼着，不知何时他的车子才能到来，所以接下来说：“思君令人老，轩车来何迟！”这首诗开头的六句都是比，这四句改用赋，意尽旨远，比以上六句更见性情。

“伤彼蕙兰花，含英扬光辉。过时而不采，将随秋草萎。”这四句又用比。蕙和兰是两种香草，用以自比。“含英”是说花朵初开而未尽发。“扬光辉”形容其容光焕发。如要采花当趁此时，过时不采，蕙兰亦将随秋草而凋萎了。这是希望男方趁早来迎娶，不要错过了时光。唐杜秋娘《金缕衣》：“花开堪折直须折，莫待无花空折枝。”与此两句意思相近。

最后二句“君亮执高节，贱妾亦何为？”张玉穀说：“代揣彼心，自安己分。”诚然。这女子的疑虑已抒写毕尽，最后遂改为自我安慰。她相信男方谅必坚持高尚的节操，一定会来的，那么自己又何必怨伤呢？

迢迢牵牛星

迢迢牵牛星，皎皎河汉女。
纤纤擢素手，札札弄机杼。
终日不成章，泣涕零如雨。
河汉清且浅，相去复几许？
盈盈一水间，脉脉不得语。

牵牛和织女本是两个星宿的名称。牵牛星即“河鼓二”，在银河东。织女星又称“天孙”，在银河西，与牵牛相对。在中国关于牵牛和织女的民间故事起源很早。《诗经·小雅·大东》已经写到了牵牛和织女，但还只是作为两颗星来写的。《春秋元命苞》和《淮南子·俶真训》开始说织女是神女。而在曹丕的《燕歌行》、曹植的《洛神赋》和《九咏》里，牵牛和织女已成为夫妇了。曹植《九咏》李善注曰：“牵牛为夫，织女为妇。织女牵牛之星，各处河鼓之旁，七月七日乃得一会。”这是当时最明确的记载。《古诗十九首》中的这首《迢迢牵牛星》写牵牛织女夫妇的离隔，它的时代在东汉后期，略早于曹丕和曹植。将这首诗和曹氏兄弟的作品加以对照，可以看出，在东汉末年到魏这段时间里，牵牛和织女的故事大概已经定型了。

此诗写天上一对夫妇牵牛和织女，视点却在地上，是以第三者的眼睛观察他们夫妇的离别之苦。开头两句分别从两处落笔，言牵牛曰“迢迢”，状织女曰“皎皎”。迢迢、皎皎互文见义，不可执着。牵牛何尝不皎皎，织女又何尝不迢迢呢？他们都是那样的遥远，又是那样的明亮。但以迢迢属之牵牛，则很容易让人联想到远在他乡的游子，而以皎皎属之织女，则很容易让人联想到女性的美。如此说来，似乎又不能互换了。如果因为是互文，而改为“皎皎牵牛星，迢迢河汉女”，其意趣就减去了一半。诗歌语言的微妙于此可见一斑。称织女为“河汉女”是为了凑成三个音节，而又避免用“织女星”三字。上句已用了“牵牛星”，下句再说“织女星”，既不押韵，又显得单调。“河汉女”就活脱多了。“河汉女”的意思是银河边上的那个女子，这说法更容易让人联想到一个真实的女人，而忽略了她本是一颗星。

不知作者写诗时是否有这番苦心，反正写法不同，艺术效果亦迥异。总之，“迢迢牵牛星，皎皎河汉女”这十个字的安排，可以说是最巧妙的安排而又具有最浑成的效果。以下四句专就织女这一方面来写，说她虽然整天在织，却织不成匹，因为她心里悲伤不已。“纤纤擢素手”意谓擢纤纤之素手，为了和下句“札札弄机杼”对仗，而改变了句子的结构。“擢”者，引也，抽也，接近伸出的意思。“札札”是机杼之声。“杼”是织布机上的梭子。诗人在这里用了一个“弄”字。《诗经·小雅·斯干》：“乃生女子……载弄之瓦（纺砖）。”这“弄”字是玩、戏的意思。织女虽然伸出素手，但无心于机织，只是抚弄着机杼，泣涕如雨水一样滴下来。“终日不成章”化用《诗经·小雅·大东》语意：“跂彼织女，终日七襄。虽则七襄，不成报章。”

最后四句是诗人的慨叹：“河汉清且浅，相去复几许？盈盈一水间，脉脉不得语。”那阻隔了牵牛和织女的银河既清且浅，牵牛与织女相去也并不远，虽只一水之隔却相视而不得语也。“盈盈”或解释为形容水之清浅，恐不确。“盈盈”不是形容水，和下句的“脉脉”都是形容织女。《文选》六臣注：“盈盈，端丽貌。”是确切的。人多以为“盈盈”既置于“一水”之前，必是形容水的。但盈的本义是满溢，如果是形容水，那么也应该是形容水的充盈，而不是形容水的清浅。

把盈盈解释为清浅是受了上文“河水清且浅”的影响，并不是盈盈的本意。《文选》中出现“盈盈”除了这首诗外，还有“盈盈楼上女，皎皎当窗牖”。亦见于《古诗十九首》。李善注：“《广雅》曰：‘赢，容也。’盈与赢同，古字通。”这是形容女子仪态之美好，所以五臣注引申为“端丽”。又汉乐府《陌上桑》：“盈盈公府步，冉冉府中趋。”也是形容人的仪态。织女既被称为河汉女，则其仪容之美好亦映现于河汉之间，这就是“盈盈一水间”的意思。“脉脉”，李善注：《尔雅》曰，“脉，相视也”。郭璞曰：“脉脉谓相视貌也。”“脉脉不得语”是说河汉虽然清浅，但织女与牵牛只能脉脉相视而不得语。

这首诗一共十句，其中六句都用了叠音词，即“迢迢”“皎皎”“纤纤”“札札”“盈盈”“脉脉”。这些叠音词使这首诗质朴、清丽，情趣盎然。特别是最后两句，一个饱含离愁的少妇形象若现于纸上，意蕴深沉，风格浑成，是极难得的佳句。

步出夏门行·观沧海

曹　操

东临碣石，以观沧海。水何澹澹，山岛竦峙。
树木丛生，百草丰茂。秋风萧瑟，洪波涌起。
日月之行，若出其中；星汉灿烂，若出其里。
幸甚至哉，歌以咏志。

开头两句起得很平稳，只不过是说站在碣石山上俯视大海，然而这番交代非常重要。因为同样是观海，站在不同的地方（如山顶、船头、岸边），从不同的角度（如俯视、平眺），所得到的感受是不一样的。先把立足点交代清楚，后边的描写才有着落，这是第一。第二，碣石并不是一座普普通通的山，《史记》和《汉书》上说秦始皇、汉武帝都曾登过此山，而且秦始皇还曾刻石于此（1982年4月，辽宁省文物部门在渤海之滨、距山海关十五公里[1]的绥中县黑山头发现了汉代“望海台”遗址，据考证很可能就是秦皇、汉武和曹操观海的遗址）。试想，登上这样一座山去俯视大海，怎不格外激动呢？下面就接着写观海所见：

水何澹澹，山岛竦峙。

曹操从大处落笔，着力表现大海那种苍茫浑然的气势。“水何澹澹”形容海水摇荡波动的样子，其中有惊讶、有赞美，正是刚刚登上山顶的第一个印象。这两句是写大海的全景：极目远眺，一片汪洋，唯有山岛竦峙在海中。给人一种坚定、倔强的感觉。

巍然的山岛夺去了诗人的注意，他便索性撇开大海去写山岛的景色：

树木丛生，百草丰茂。

时间已是初秋，山上却依然是一片繁荣的景象，似乎其中

① 一公里等于一千米。——编者注

有无限的生趣等待诗人去发现。这寻常的八个字把人带进一个不寻常的境地，可是诗人不肯让我们在这儿多流连一会儿，他突然掉转笔锋出人意外地写出这样两句：

秋风萧瑟，洪波涌起。

随着一阵萧瑟的风声，突然涌起万丈狂澜，真叫人惊叹不已！但是等我们转眼去看那洪波的时候，诗人却又撇开眼前的实景，把我们带进一个更加宏伟的想象的境界中去了：

日月之行，若出其中；星汉灿烂，若出其里。

太阳和月亮出自东方，落向西方，日复一日地运行着，好像始终没有离开过大海的怀抱。银河灿烂斜贯苍穹，它那远远的一端垂向大海，犹如发源于海底一样。日、月、银河，这三者可算是自然界最伟大、最辉煌的形象了吧？然而在曹操的想象里，日、月、银河的运行仍然离不开大海的怀抱，大海就像孕育它们的母亲一样。这种想象很雄伟，但是又很亲切，使人觉得那吞吐日月的大海汇入了诗人的感情。这样的境界在别人的诗里是很少见的。

最后两句是配乐时加上去的，每章的末尾都要重复一遍，它们和全诗的内容无关。

曹操这首《观沧海》寄托了很深的感慨，虽然句句写景，实则句句抒情。曹操不是到碣石来游山玩水的，当时他正走在北征乌桓的路上。乌桓是汉代东北部的大患，建安十一年（公元206年），三郡乌桓破幽州，俘虏了汉民十馀万户。同年，袁绍的儿子袁尚、袁熙勾结辽西乌桓蹋顿屡次骚扰边境。所以这年冬天曹操不得不凿渠通运准备出征。建安十二年（公元207年），曹操不顾刘表、刘备可能乘虚进袭而毅然北上。五月，到无终（今河北蓟县），沿渤海往东北行，七月遇到大水海道不通，于是改从陆路出卢龙塞（今河北迁安市西北，喜峰口至冷口一带）。八月，大破乌桓于白狼山，斩蹋顿，降者二十馀万。这次巨大的胜利巩固了曹操的后方。所以第二年曹操才能南下长江攻打东吴，把前后的事件联系起来，我们就可以看出北征乌桓对曹操来说是一场多么重要的战争了。《观沧海》正是这年秋天胜利归来经过碣石所写的。身为主帅的曹操登上当年秦皇、汉武也曾登过的碣石山，又正是秋风萧瑟之际，他的心情一定会像沧海一样难以平静。他将自己昂扬的斗志、统一天下的理想，以及忧世的感慨，一并写进这首诗里。这就构成了《观沧海》丰富的思想内容和苍劲古直的风格。

《观沧海》是我国现存第一首完整的山水诗。由于我国古代人民和海洋的关系不像和山河那样密切，所以过去以海洋为题材的诗不多。又由于海洋的形象比山河显得单纯，比较难以表现，所以写海的诗成功的也不太多。姑以名家而论，像谢灵运、谢朓、李白等虽有这一类诗，但多半是着力描绘惊涛骇浪，或者堆垛些鼋鼍龙鱼的神话，很少有几首能够反映出大海的气魄。曹操这首《观沧海》只是淡淡几笔，就准确、生动地勾勒出大海的形象，单纯而不单调，丰富而不琐细。它为什么能够取得如此好的效果呢？因为曹操不是简单地再现眼见耳闻的素材，不是自然主义地模拟海洋外在的特点，而是力求透过表层去捕捉它内在的精神，力求表现它那种孕大含深、动荡不安的性格。海洋在曹操笔下具备了人的豪爽和坚强。这样写不但没有歪曲它，反而更真实、更深刻地反映了它的面貌。艺术创作最忌见物不见人，优秀的文学家和艺术家都懂得因物见人的道理，这是一种似纡实直、似易实难的写法。因为既不能脱离景物，又不能拘泥于景物，而要在全面地把握了景物的特点之后，取其主，舍其次，再把从生活中感受到的美的理想融会进去，用饱蘸感情的笔墨表现出来。这样，作品里的景物就高于自然景物，就有了灵魂、有了生命，而作家也就得以抒发自己的感情。否则顶多是徒有其表地把景物的轮廓、色彩、明暗照原样搬进作品而已。

龟虽寿

曹　操

神龟虽寿，犹有竟时；腾蛇乘雾，终为土灰。
老骥伏枥，志在千里；烈士暮年，壮心不已。
盈缩之期，不但在天；养怡之福，可得永年。
幸甚至哉，歌以咏志。

《龟虽寿》是曹操的乐府歌辞《步出夏门行》里的一章。

《步出夏门行》是曹操在建安十二年（公元207年）北征乌桓的时候写的。他在这组诗里描写了河北一带的风土景物，也抒发了他个人的雄心壮志，无论思想性和艺术性都达到了很高的地步。而《观沧海》和《龟虽寿》这两章写得尤其出色。

《观沧海》寄托了诗人很深的感慨，他将自己这种昂扬奋发的精神融会到诗里，借着大海的形象表现出来，使这首诗具有一种雄深苍劲的风格，成为一篇优秀的作品。而曹操自己的昂扬奋发的精神，在《龟虽寿》里也很强烈地表现了出来。

这首诗一上来就接连运用三个比喻，到第七句才揭出主题。头两句是用“神龟”作比喻，说“神龟”虽然长寿，但是仍然有死的时候。“竟”，是完了的意思，在这里指死。“神龟”是用《庄子·秋水篇》的典故：“吾闻楚有神龟，死已三千岁矣。”意思是：我听说楚国有一只神龟，死的时候已经三千岁了。庄子原来是说神龟长寿，曹操在这首诗里把他的意思反了过来，说神龟虽然长寿，可还是难免一死。第三句和第四句是用“腾蛇”作比喻，传说“腾蛇”是龙的一种，能够乘云驾雾。这两句是说“腾蛇”虽然有乘云驾雾的本领，但终究还是要死掉而化为土灰的。以上四句都是从反面作喻，第五句和第六句改从正面作喻：“老骥伏枥，志在千里。”“骥”，是千里马；“枥”，是马槽。这两句和下面的“烈士暮年，壮心不已”两句的意思紧紧联在一起。“烈士”，指重义轻生的，或努力想要建功立业的人。“暮年”，是晚年的意思。“不已”就是不止。这四句是说千里马虽然年老力衰，整天蜷伏在马槽之下，但是它的志向仍然是要驰骋千里。烈士即使到了晚年，他的壮志也不会消沉。这四句是整首诗的中心思想，接下去四句又对这一思想作了进一步的发挥。“盈缩之期，不但在天；养怡之福，可得永年。”“盈”是满，“缩”

是亏。“盈缩”，在这儿是指一个人寿命的长短。“养怡”的意思是培养乐观的精神。这四句连起来，是说一个人寿命长短的期限，不完全是由上天决定的，靠了精神乐观的好处，也可以延年益寿。

总之，《龟虽寿》告诉人们，不必为寿命而担忧，也不应因年暮而消沉。一个人的精神面貌是最重要的，有了凌云的壮志，虽到老年也不显老。曹操写这首诗的时候，已经年过五十，诗里的这番话也正是对自己的勉励。

把《龟虽寿》与《步出夏门行》中的另一首《观沧海》的表现的手法比较一下是很有意思的。

首先，《观沧海》是借景抒情，把眼前的实景、自己的想象以及个人的雄心壮志这三者很巧妙地交融在一起，写得十分雄壮。《龟虽寿》却是一首非常朴素的诗，从这里你几乎找不到一个悦人耳目的词句，它尽用了些“龟”“蛇”“土灰”“老骥”“枥”“暮年”一类缺乏诗意的辞藻，但是凭着那股要求突破天命限制的气魄，有力地打动了我们的心弦。《龟虽寿》和《观沧海》同样是抒发感情，但它采用了最直截了当的方式，好像是一句句喊出来的一样。节奏十分急促，顿挫非常分明，从反正两面一句紧似一句地逼出那个中心思想，达到了全诗的高潮，这就是那有名的四句：“老骥伏枥，志在千里；烈士暮年，壮心不已。”

其次，《观沧海》的高潮在诗的末尾，《龟虽寿》的高潮却在诗的中间，高潮之后诗人用四句议论来煞尾。这样就把满腔的热情凝聚在一个哲理之中，显得非常稳重有力。这当然不是说《观沧海》那种写法不好，它自有它的好处。《观沧海》的感情很奔放，思想却很含蓄。惟其含蓄，所以更有启发性，更能激发人们的想象，更耐人寻味。过去人说曹操“如幽燕老将，气韵沉雄”。我想，从这两首诗里是可以得到印证的。

代出自蓟北门行

鲍　照

羽檄起边亭，烽火入咸阳。
征骑屯广武，分兵救朔方。
严秋筋竿劲，虏阵精且强。
天子按剑怒，使者遥相望。
雁行缘石径，鱼贯度飞梁。
箫鼓流汉思，旌甲被胡霜。
疾风冲塞起，沙砾自飘扬。
马毛缩如蝟，角弓不可张。
时危见臣节，世乱识忠良。
投躯报明主，身死为国殇。

郭茂倩《乐府诗集》收此诗入“杂曲歌辞”，于题下引曹植《艳歌行》：“出自蓟北门，遥望湖池桑。枝枝自相值，叶叶自相当。”可知鲍照这首《代出自蓟北门行》是模拟曹植《艳歌行》的。“代”，就是拟的意思。从《艳歌行》仅存的这几句看来，它的内容本来跟征戍无关，而鲍照写《代出自蓟北门行》时，赋予这乐府旧题以新的意义，写成了一首出色的边塞诗。拟古而不泥于古，表现了鲍照的创新精神。

这首诗的内容是写边境报警，天子派兵救援，边塞的苦寒，战斗的艰苦，以及将士们誓死以报明主的决心。鲍照是南朝宋代的诗人，一生从未涉足北方，更没有边塞生活的经验，这首诗可以说完全是凭想象写成的。但是由于他善于参考和融化前人关于边塞风物和战斗生活的记载与描述，所以这首诗倒也写得相当真切。《史记》《汉书》等书中有关的叙述，曹操的《苦寒行》，曹植的《白马篇》，陆机的《从军行》《饮马长城窟行》，大概都曾给他以启发。

这首诗的节奏自始至终十分急促。诗人无暇一唱三叹，他不断地变换角度，造成情节的跳跃。诗人不仅写到我方也写到敌方，不仅写到边疆也写到朝廷，不仅写到气候风物也写到将士的心理活动，画面不断地移动着，读来颇有目不暇接之感。

“羽檄起边亭，烽火入咸阳。”起调就很紧急。“檄”是一种木简，长一尺二寸，用于征召。遇到紧急情况，就插上一根鸟羽，表示是急件。后来鸡毛信的用意大概就类似“羽檄”。“烽火”是古代边防报警的信号，用桔槔置薪，敌人侵犯时，白天放烟（叫烽），夜间举火（叫燧）。《风俗通》曰：“文帝时，匈奴犯塞，侯骑至甘泉，烽火通长安。”“烽火入咸阳”就是取意于此。这两句互文见义，意思是说：敌人入侵了，告急的文书和烽火从边防哨所传到了京城。

下面接着写朝廷接到警报以后的处置：“征骑屯广武，分兵救朔方。”一方面征调骑兵驻守广武，另一方面又分出部队救援朔方。“广武”，县名，故城在今山西代县西。“朔方”，郡名，辖境相当于今内蒙古自治区河套西北部及后套地区。

“严秋筋竿劲，虏阵精且强。”这两句掉转笔锋写敌军装备精良、阵容强大。“筋”指弓。“竿”指箭。因为敌军强大，战事一时难以取胜，所以引起天子的震怒：“天子按剑怒，使者遥相望。”“遥相望”，是说使者一个接一个，络绎不绝，遥遥相望。《史记·大宛传》载：“贰师将军请罢兵，天子大怒，使使遮玉门曰：‘军有敢入，辄斩之。’”这两句用这个典故，意思是说朝廷向边疆发布命令，督促将士加紧防守，不得后退。

接下去写将士们在使者的督促下进军迎战敌人的情形：“雁行缘石径，鱼贯度飞梁。”“雁行”和“鱼贯”都是形容队伍的行列整齐而有阵势。“飞梁”是高架的桥梁。这两句一方面写出了行军途中的艰险，另一方面也写出战士的勇敢顽强。“箫鼓流汉思，旌甲被胡霜。”军中演奏的乐曲流露出对汉土的思恋，而旌旗和铠甲都蒙上了胡霜。将士们愈是远离家乡，便愈加怀念故土。这两句是诗中的传神之笔，写得真切、感人。

“疾风冲塞起，沙砾自飘扬。马毛缩如蝟，角弓不可张。”这几句通过边塞的环境气候，进一步表现战士的艰辛。在疾风严寒之中，沙石飞上了天，马的身体蜷缩着，它的毛竖起来像刺猬一样，角弓也硬得拉不动了。这几句使我们想起唐代诗人岑参的《走马川行》，那首诗里说：“轮台九月风夜吼，一川碎石大如斗，随风满地石乱走。”岑参的《白雪歌》说：“将军角弓不得控，都护铁衣冷难着。”岑参亲身到过西北边疆，所以写得真切动人。鲍照只是凭想象，却也写得有声有色，是很难得的。

最后四句：“时危见臣节，世乱识忠良。投躯报明主，身死为国殇。”用屈原《九歌·国殇》的典故，意思是说：在时局危险的时候才能看出臣子的气节，在世事混乱之中才能识别忠良。投躯献身报效明君，即使阵亡身为国殇也心甘情愿。结合鲍照一生怀才不遇的经历来看，我认为这几句不仅表达了将士们誓死苦战的决心，还寄寓着诗人自己的慷慨不平。言外似乎有这样的意思：平日君主不善于识别和重用忠良，现在国难当头，谁有气节，谁是忠良，到战场上看吧。吴伯其曰："是当时政令躁急，臣下有不任者，故借此以寓意。言平日无谋虑，边隙一启，曰征骑、曰分兵，皆临时周章，以敌阵之精强故也。天子之怒，固是怒敌，亦是怒将士之不灭此朝食。故从战之士相望于道。当斯时也，虽有李牧辈为将，亦不暇谋矣。死为国殇，何益于国哉！"（黄节《鲍参军诗注》引）就未免引申过分了。

鲍照的诗歌有一类学习晋宋以来的江南民歌，如《吴歌三首》《采菱歌七首》。他的《代白纻舞歌词四首》，《代白纻曲二首》，《拟行路难十八首》其一、其三等，脱胎于江南民歌对妇女的描写，专以浓词艳句描写贵妇，也属于这一类。这类诗发展下去，就成为"雕藻淫艳，倾炫心魂"的齐梁诗体（见《南齐书·文学传论》）。鲍照的另一类诗歌学习汉魏乐府和汉魏古诗，如《代东门行》《代放歌行》《代白头吟》《咏史》《拟古》。这些诗写得遒劲刚健。钟嵘《诗品》说他"骨节强于谢混，驱迈疾于颜延。"敖器之《敖陶孙诗评》说他"如饥鹰独出，奇矫无前。"应该是指这类作品而言。而《代出自蓟北门行》便是这类诗里比较突出的一首。这首诗没有南朝诗歌绮靡柔丽的作风，音节之高亢，气势之凌厉，风力之遒劲刚健，颇能见出建安时代的风格，在南朝实在是难得的佳作。

野望

王　绩

东皋薄暮望，徙倚欲何依。
树树皆秋色，山山唯落晖。
牧人驱犊返，猎马带禽归。
相顾无相识，长歌怀采薇。

《野望》写的是山野秋景，在闲逸的情调中带几分彷徨和苦闷，是王绩的代表作。

“东皋薄暮望，徙倚欲何依。”皋是水边地。东皋，指他家乡绛州龙门的一个地方。他归隐后常游北山、东皋，自号“东皋子”。“徙倚”是徘徊的意思。“欲何依”，化用曹操《短歌行》中“月明星稀，乌鹊南飞。绕树三匝，何枝可依”的意思，表现了百无聊赖的彷徨心情。

下面四句写薄暮中所见景物：“树树皆秋色，山山唯落晖。牧人驱犊返，猎马带禽归。”举目四望，到处是一片秋色，在夕阳的馀晖中越发显得萧瑟。在这静谧的背景之上，牧人与猎马的特写，带着牧歌式的田园气氛，使整个画面活动了起来。这四句诗宛如一幅山家秋晚图，光与色，远景与近景，静态与动态，搭配得恰到好处。

然而，王绩还不能像晋陶渊明那样从田园中找到慰藉，所以最后说：“相顾无相识，长歌怀采薇。”说自己在现实中孤独无依，只好长吟“采薇”之诗以寄意了。“采薇”典出《诗经·召南·草虫》有云：“陟彼南山，言采其薇。未见君子，我心伤悲。”

读熟了唐诗的人，也许并不觉得这首诗有什么特别的好处。可是，如果沿着诗歌史的顺序，从南朝的宋、齐、梁、陈一路读下来，忽然读到这首《野望》，便会为它的朴素而叫好。南朝诗风大多华靡艳丽，好像浑身裹着绸缎的珠光宝气的贵妇。从贵妇堆里走出来，忽然遇见一位荆钗布裙的村姑，她那不施脂粉的朴素美就会产生特别的魅力。王绩的《野望》便有这样一种朴素的好处。

这首诗的体裁是五言律诗。自从南朝齐永明年间，沈约等人将声律的理论运用到诗歌创作当中，律诗这种新的体裁就已在酝酿着了。到初唐的沈佺期、宋之问手里，律诗遂定型化，成为一种重要的诗歌体裁。而早于沈、宋六十馀年的王绩，已经能写出《野望》这样成熟的律诗，说明他是一个勇于尝试新形式的人。这首诗首尾两联抒情言事，中间两联写景，经过情—景—情这一反复，诗的意思更深化了一层。这正符合律诗的一种基本章法。

送杜少府之任蜀川

王　勃

城阙辅三秦，风烟望五津。
与君离别意，同是宦游人。
海内存知己，天涯若比邻。
无为在歧路，儿女共沾巾。

离愁别绪，是古代诗歌中常见的一种主题。古代交通不便，一旦分离，再会难期，就连通信也不是一件容易的事。所以在这些送别或留别的诗里，难免染上凄凉、伤感的色彩。江淹《别赋》所谓“黯然销魂者，唯别而已矣”，在古代确乎是这样的。但也不可一概而论，古人写的别诗，也有明朗乐观之作。初唐诗人王勃的名作《送杜少府之任蜀川》，就是这样的一首好诗。

王勃，字子安，绛州龙门人。十四岁时应举及第，当了一名朝散郎，沛王召为修撰，但不久就被唐高宗贬黜了。于是王勃便漫游蜀中，一度任虢州参军，又犯了死罪，幸而遇赦，但官职还是丢掉了。他的父亲受他牵累，贬为交趾令。他渡海省亲，不幸溺水而死。年仅二十七岁。

《送杜少府之任蜀川》是他在长安的时候写的。“少府”，是唐代对县尉的通称。这位姓杜的少府将到四川去上任，王勃在长安相送，临别时赠给他这首诗。

“城阙辅三秦，风烟望五津。”开头两句分别点出送别的地点和行人的去向。“城阙”，指京城长安，阙是宫门两边的望楼。“三秦”，泛指长安附近。项羽破秦后，把秦国原来的地盘分为雍、塞、翟三国，封秦朝的三个降将为王，称为“三秦”。“城阙辅三秦”，是说京城长安周围有三秦夹辅着。“五津”，是杜少府要去的地方。四川的岷江从灌县到犍为这一段有白华津、万里津等五个渡口，称“五津”。长安是诗人和杜少府分手的地方，城郭宫阙，气象雄伟，历历在目。杜少府离开这里，自然是恋恋不舍。而将去的蜀川呢？千里迢迢，风烟渺渺，极目望去不免产生几分惆怅。这两句通过一近一远两处景物的对照，衬托出行者、送行者双方依依惜别的感情。

这位姓杜的朋友在京城得到县尉这样一个小官，长途跋涉到蜀川去上任，恐怕是一个很不得志的知识分子。王勃自己游宦在外，也不怎么得意。当他们走出都城，远望五津的时候，彼此的感情很自然地会沟通在一起。“与君离别意，同是宦游人”，这两句诗把两人之间感情的共鸣写了出来。这两句的大意是：我和你都是离乡远游以求仕宦的人，你去蜀川，我留长安，去和留虽有不同，但此刻的惜别之意却是一样的啊！这两句表现的感情很真挚，态度很诚恳，一种体贴关注的语气，从字里行间自然而然地流露出来，是很动人的。

五、六句忽然将笔锋一转，转而去宽慰那即将远行的友人：“海内存知己，天涯若比邻。”意思是说：我们分手之后，虽然天各一方，但是不必悲伤。海内有知心的朋友，即使远隔天涯，也像是近邻一样。最后两句就此再推进一层说：“无为在歧路，儿女共沾巾。”意思是，不要在分手的歧路上因离别而悲伤，就像那些青年男女一样地别泪沾巾。以上四句是从曹植的《赠白马王彪》脱化出来的。曹植在和他的弟弟曹彪分离时写道：“丈夫志四海，万里犹比邻。”又说：“忧思成疾疢，无乃儿女仁！”但王勃的诗更凝练、更鲜明。

《送杜少府之任蜀川》是长期以来脍炙人口的诗篇，

特别是“海内存知己，天涯若比邻”两句，至今还常被人们引用。这首诗写得乐观开朗，没有一般赠别诗常有的那种哀伤和悱恻。我想，这正是它受人喜爱的一个重要原因。

朴素无华是这首诗的艺术特色，也正是它的好处。从齐梁到初唐，浮华艳丽的诗风一直占据着诗坛的统治地位。王勃和杨炯、卢照邻、骆宾王等人扭转了齐梁诗风，为诗歌创作开创了新的风气。王、杨、卢、骆，“以文章名天下”，称“初唐四杰”，在中国文学史上有不可忽视的地位。杜甫在《戏为六绝句》里说：“王杨卢骆当时体，轻薄为文哂未休。尔曹身与名俱灭，不废江河万古流。”杜甫说那些嗤笑“四杰”的人只能“身与名俱灭”，而“四杰”却像万古长流的江河，他们的美名永远不会泯灭。杜甫对“四杰”的推崇是一点也不过分的。就拿王勃这首诗来说吧，并不堆砌辞藻和典故，只是用质朴的语言，抒写壮阔的胸襟。但在质朴之中又有警策，在豪语中又包含着对友人的体贴，绝不是一览无馀、索然寡味。诗人本来是要劝慰杜少府的，劝他不要过于感伤。但并不是一上来就劝他，而是先用环境的描写衬托惜别的心情，表示自己是和他一样的宦游人，因而最能理解他那种离开亲友远出求仕的心情。接下去又说，山高水远并不能阻隔知己的朋友在精神上和感情上的沟通，“海内存知己，天涯若比邻”，遂成为全篇的警策。直到最后才劝他不要在分手的时候过于悲伤。这样写来多么委婉！杜少府一定会感到亲切，他那点缠绵悱恻的感情也一定可以排解开了。

登幽州台歌

陈子昂

前不见古人，
后不见来者。
念天地之悠悠，
独怆然而涕下。

凡读过这首诗的人都觉得它好，但好在哪里却难说清楚。当我执笔写这篇文章之前，也曾踌躇了许久。一般用来分析诗词的招数，如情景交融、比喻拟人之类，对这首诗全用不上。它的语言是那么枯槁，它的构思是那么平直，它的表现手法又是那么简单。感情喷涌着，使陈子昂顾不上雕琢和修饰，两句五言，两句骚体，就那么直截了当地喊了出来，却成为千古之绝唱。其中的奥妙究竟何在呢？

还是从我读这首诗的感受说起吧。欣赏以感受为基础，没有真切的感受就没有艺术的欣赏。因此，从自己的感受出发，进而探索作者的用心，不失为艺术欣赏的一条途径。每当我读这首诗的时候，眼前总仿佛有一位诗人的形象，他像一座石雕孤零零地矗立在幽州台上。那气概，那神情，有点像屈原，又有点像李白。风雅中透出几分豪情，愤激中渗出一丝悲哀。他的眼睛深沉而又怅惘，正凝视着无尽的远方。他为自己的不幸而苦恼着，也为一个带有哲理意味的问题而困惑着。这，就是陈子昂。于是，在我耳边响起了他的喊声："前不见古人，后不见来者。……"

这首诗塑造了一位具有悲剧性格的抒情主人公形象，他的不平，他的忧愤，他心底的波澜，是那么鲜明地呈现在读者眼前。

陈子昂是在统一的唐帝国建立以后成长起来的一个知识分子，他胸怀大志，才情四溢，梦想施展自己的政治抱负。二十四岁中进士，擢为麟台正字。此后屡次上书指论时政，提出许多颇有见识的主张，但因"言多直切"而不见用，一度还因"逆党"牵连被捕入狱。公元696年，契丹攻陷营州，武攸宜出讨，陈子昂以参谋随军出征。第二年军次渔阳，前锋屡败，三军震慑。陈子昂挺身而出，直言急谏，并请求率领万人为前驱，武攸宜不允。他日又进谏，言甚切至，复遭拒绝，并被降为军曹。陈子昂报国无门，满腔悲愤，一天登上蓟丘（即幽州台）。这附近有许多燕国的古迹，它们唤起诗人对燕国历史的回忆，特别是燕昭王礼贤下士的故事深深地触动了他的心，他于是作了《蓟丘览古七首》。接着又“怆然涕下”，唱了这首《登幽州台歌》。在这首歌里，诗人说：古代那些明君贤士早已逝去，只留下一些历史的陈迹和佳话供人凭吊追忆，再也见不到他们了。即使今后再有那样的英豪出现，自己也赶不上和他们见面。（当今这般碌碌之辈，如同尘芥一样，还值得一提吗？）从战国以来，天地依旧是原来的天地，它们的生命多么悠久。相比之下，人的一生却是太短暂了！自己的雄心壮志来不及实现，自己的雄才大略来不及施展，就将匆匆地离开人世。想到这里，怎能不怆然涕下呢？

然而，这首诗还有更普遍的意义和更大的启发性。“古人”和“来者”，不一定只限于指燕昭王和乐毅那样的明君贤臣，也可以在一般的意义上理解为“前人”和“后人”。“前不见古人，后不见来者。”这是一声人生短暂的感喟。诗人纵观古往今来，放眼于历史的长河，不能不感到人生的短促。天地悠悠，人生匆匆，短短的几十年真如白驹之过隙，转瞬之间就消失了。这种感喟既可以引出及时行乐的颓废思想，也可以引发加倍努力奋斗的志气。自古以来有多少仁人志士并不因感到人生短暂而消沉颓唐，反而更加振作精神，使自己有限的一生取得接近无限的意义。正因为陈子昂抱着这种积极态度，所以他才“怆然涕下”。也正因为在悲怆的深层，蕴蓄着一股积极奋发欲有所作为的豪气，所以才能引起我们的共鸣。

《登幽州台歌》在艺术上也并不是没有什么可讲的。诗之取胜，途径非一。有以辞藻胜的，有以神韵胜的，有以意境胜的，有以气势胜的……取胜之途不同，欣赏的角度也就不一样。这首诗纯以气势取胜，诗里有一股郁勃回荡之气，这股气挟着深沉的人生感慨和博大的历史情怀，以不可阻遏之势喷放出来，震撼着读者的心灵。我们如能反复涵泳、反复吟诵，自然能感受到它的磅礴气势，得到艺术的享受。

陈子昂曾称赞他的朋友东方虬所写的《咏孤桐篇》，说它“骨气端翔，音情顿挫，光英朗练，有金石声。”（《修竹篇序》）用这几句话评论陈子昂的《登幽州台歌》也正合适。陈子昂和“初唐四杰”都不满意梁陈以来流行的宫体诗，都试图开创新的诗风。“四杰”的方法是改造它，试着从宫体里蜕变出一种新的诗歌。陈子昂则是根本抛弃了它，直接继承建安风骨的传统。所以他写诗不肯堆积辞藻，也不大讲究对偶和声律，而是追求一种慷慨悲凉、刚健有力的风格。这首《登幽州台歌》就是体现了陈子昂诗歌主张的成功之作。像这种诗在初唐是十分难得的，它代表着诗歌创作的新方向，标志着自梁陈以来宫体诗的统治已经结束，盛唐时代诗歌创作的高潮即将来临了。文学史家之所以重视这首诗，原因就在这里。

咏柳

贺知章

碧玉妆成一树高，万条垂下绿丝绦。
不知细叶谁裁出，二月春风似剪刀。

这首诗的作者贺知章，是盛唐前期的一位著名的诗人，生于公元659年，卒于公元744年。字季真，晚年自号“四明狂客”。越州永兴人，永兴就是今天的浙江萧山。他年轻时就以文辞而著名，性格旷放，善于谈笑。曾任太子宾客，兼秘书监。天宝三载请求还乡，还乡后不久就去世了。

贺知章的作品流传不多，《全唐诗》录存其诗一卷，只有十九首。他的《回乡偶书》：“少小离家老大回，乡音无改鬓毛衰。儿童相见不相识，笑问客从何处来。”是久已脍炙人口的名篇了。这里讲他的另一首七绝《咏柳》。

第一句“碧玉妆成一树高”，用一个比喻形容柳树的丰姿。一树绿柳，高高地站在那儿，好像是用碧玉妆饰而成的。碧玉的比喻，显出柳树的鲜嫩新翠，那一片片细叶仿佛带着玉石的光泽。碧玉，又是南朝宋代汝南王的小妾的名字，乐府吴声歌曲有《碧玉歌》，歌中有“碧玉小家女”之句，后世遂以“小家碧玉”指小户人家出身的年轻美貌的女子。“碧玉妆成一树高”，在诗人的想象里，也许觉得那袅娜多姿的柳树，宛如凝妆而立的碧玉一般。

第二句“万条垂下绿丝绦”。“丝绦”，就是丝带。上句是写柳树给人的总的印象，这句是具体集中地写柳枝，那茂密的、轻柔的、下垂的柳枝，是最足以代表柳树特征的。诗人用“绿丝绦”来形容柳枝，使人仿佛看到了柳枝随风飘拂的样子，艺术效果很强烈。

第三句和第四句：“不知细叶谁裁出，二月春风似剪刀。”这两句描写柳树的嫩叶，诗人设问：那细细的柳叶儿是谁裁出来的呢？噢，原来二月的春风好似剪刀，这一树碧玉，万条丝绦和数也数不清的细叶，便是她的杰作啊！

这首诗虽然很短，只有四句，28个字，但艺术上有许多值得注意的地方。

首先，这是一首咏物诗，从“咏柳”这题目一看就知道了，是歌咏柳树的。这首诗的确是处处扣紧柳树来写的。但是我觉得诗人所歌咏的决不仅仅是柳树，他是借着柳树歌咏了春风，歌咏了春天的到来，人们对春的感觉，往往是从自然界的变化中得到的。河水的解冻，燕子的归来，都是春回大地的信号。不要忘记，在报春的各种事物中，柳树也是一位十分敏感的使者。民间谚语说："五九、六九，隔河看柳。"早在五九、六九的时候，远望之中的柳梢已经隐约地带上一些儿新绿了。贺知章借着描绘柳树的新绿，歌咏春天的来临，是很能唤起读者共鸣的。咏柳，而不局限于柳，借咏柳而咏春，这是高出于一般咏物诗的地方。

其次，这首诗的构思新颖，比喻巧妙，诗的形象仿佛要凸出于纸面之上。特别是后两句，用剪刀比喻春风。她裁出细叶，剪好丝绦，妆成碧树，不管吹到哪里，就把勃勃的生机带到哪里。她剪破严冬的笼罩，裁出万紫千红的世界，她的轻捷，她的锐利，随之而来的创造的愉悦——种种美好的想象都可以从这两句诗中产生出来。好诗都是富于启示性的，言近而意远，能够通过一两个鲜明的形象唤起读者的联想，启发读者在自己的头脑中构成无数新鲜的画面。这首诗正是这样，它通过一株柳树写出了整个的春天。

再次，这首诗虽然只有四句，却很富于层次的变化。第一句"碧玉妆成一树高"，先写总的印象；第二句"万条垂下绿丝绦”，单就柳枝作一番细致的描写；第三、第四句“不知细叶谁裁出，二月春风似剪刀”，再进一步写柳叶。先从大处着眼，愈写愈细，好像绘画，先勾出轮廓，再添枝加叶补充细节。这首诗前两句和后两句写法也不一样，前两句是描写形容，碧树如玉，柳枝如丝，碧树如何高上去，柳枝如何垂下来。后两句写柳叶，如果还用这种写法，说柳叶如何细、如何嫩，好像是刚刚剪裁出来的一样，那就显得太呆板了。诗人在后两句上换了一种写法，不对细叶作任何形容，也不打什么比喻，似乎已无须多说了；诗人猜测是谁裁出了这美丽的细叶，描写的重点，转移到春风上来，是春风像剪刀般地裁出了细叶。这就在前两句的意境之外，另外开辟了新的意境，使读者耳目为之一新。

王之涣和贺知章都死于唐玄宗天宝初年，在盛唐诗人里算是前辈。他们没有看到“安史之乱”，却充分感受到开元盛世那种蓬勃向上、繁荣发展的时代气氛。因此，他们诗中的“盛唐气象”是十分鲜明的。像《登鹳雀楼》诗里的昂扬精神，《咏柳》诗里的春天气息，都带着典型的盛唐时代的印记。这样的诗，今天读来仍然能够引动我们的诗情，激发我们的精神，给我们以健康的艺术享受。

春江花月夜

张若虚

春江潮水连海平，海上明月共潮生。
滟滟随波千万里，何处春江无月明？
江流宛转绕芳甸，月照花林皆似霰。
空里流霜不觉飞，汀上白沙看不见。
江天一色无纤尘，皎皎空中孤月轮。
江畔何人初见月？江月何年初照人？
人生代代无穷已，江月年年只相似。
不知江月待何人，但见长江送流水。
白云一片去悠悠，青枫浦上不胜愁。
谁家今夜扁舟子？何处相思明月楼？
可怜楼上月徘徊，应照离人妆镜台。
玉户帘中卷不去，捣衣砧上拂还来。
此时相望不相闻，愿逐月华流照君。

鸿雁长飞光不度，鱼龙潜跃水成文。
昨夜闲潭梦落花，可怜春半不还家。
江水流春去欲尽，江潭落月复西斜。
斜月沉沉藏海雾，碣石潇湘无限路。
不知乘月几人归，落月摇情满江树。

这首诗从月生写到月落，把客观的实境与诗中人的梦境结合在一起，写得迷离惝恍，气氛很朦胧。也可以说整首诗的感情就像一场梦幻，随着月下景物的推移逐渐地展开着。亦虚亦实，忽此忽彼，跳动的，断续的，有时简直让人把握不住写的究竟是什么，可是又觉得有深邃的、丰富的东西蕴涵在里面，等待我们去挖掘、体味。

全诗三十六句，四句一转韵，共九韵，每韵构成一个小的段落。

诗一开头先点出题目中“春”“江”“月”三字，但诗人的视野并不局限于此，第一句“春江潮水连海平”，就已把大海包括进来了。第二句“海上明月共潮生”，告诉我们那一轮明月乃是伴随着海潮一同生长的。诗人在这里不用升起的“升”字，而用生长的“生”字，一字之别，另有一番意味。明月共潮升，不过是平时习见的景色，比较平淡。“明月共潮生”，就渗入诗人主观的想象，仿佛明月和潮水都具有生命，她们像一对姊妹，共同生长，共同嬉戏。这个“生”字使整个诗句变活了。三、四句：“滟滟随波千万里，何处春江无月明？”滟滟是水波溢满的样子。江海相通，春潮涣涣，月光随着海潮涌进江来，潮水走到哪里，月光跟随到哪里，哪一处春江没有月光的闪耀呢？

接下来：“江流宛转绕芳甸，月照花林皆似霰。空里流霜不觉飞，汀上白沙看不见。”这四句由江写到花，由花又回到月，用其他景物来衬托月光的皎洁。“芳甸”，就是生满鲜花的郊野。“霰”，是雪珠。“江流宛转绕芳甸，月照花林皆似霰”，是说江水绕着生满鲜花的郊野曲折流过，明月随江水而来，把她的光辉投到花林上，仿佛给花林撒上了一层雪珠儿。“空里流霜不觉飞”，因为月色如霜，所以空中的霜飞反而不能察觉了。古人以为霜是从天上落下来的，好像雪一样，所以说“飞霜”。“汀上白沙看不见”，是说在洁白的月光之下，江滩的白沙也不易分辨了。一句写天上，一句写地上，整个宇宙都浸染上了明月的白色，仿佛被净化了似的。从这样的境界，很自然地会想到深邃的人生哲理，所以第三段接着说：

“江天一色无纤尘，皎皎空中孤月轮。江畔何人初见月？江月何年初照人？”江天一色，连一粒微尘也看不见，只有一轮孤月高悬在空中，显得更加明亮。在江边是谁第一个见到这轮明月呢？这江月又是哪一年开始把她的光辉投向人间呢？这是一个天真而稚气的问，是一个永无答案的谜。自从张若虚提出这个问题以后，李白、苏轼也发出过类似的疑问。李白说：“青天有月来几时？我今停杯一问之。……今人不见古时月，今月曾经照古人。”（《把酒问月》）苏轼说：“明月几时有？把酒问青天。不知天上宫阙，今夕是何年。”（《水调歌头》）这已不仅仅是写景，而几乎是在探索宇宙的开始，追溯人生的开端了。

第四段由疑问转为感慨：“人生代代无穷已，江月年年只相似。不知江月待何人，但见长江送流水。”人生易老，一代一代无穷无尽地递变着，而江月却是年复一年没有什么变化，她总是生于海上，悬于空中，好像在等待着什么人，可是总没等到。长江的水不停地流着，什么时候才把她期待的人送来呢？诗人这番想象是从“孤月轮”的“孤”字生发出来的，由月的孤单联想到月的期待；再由月的期待一跳跳到思妇的期待上来：

“白云一片去悠悠，青枫浦上不胜愁。谁家今夜扁舟子？何处相思明月楼？”浦，水口，江水分岔的地方，也就是江行分手的地方。白云一片悠悠飘去，本来就足以牵动人的离愁，何况是在浦口，青绿的枫叶点缀其间，更增添了许多愁绪。“谁家今夜扁舟子？何处相思明月楼？”月光之下，是谁家的游子乘着一叶扁舟在外飘荡呢？那家中的思妇又是在哪座楼上想念着他呢？一句写游子，一句写思妇，同一种离愁别绪，从两方面落笔，颇有一唱三叹的韵味。

从第六段以下专就思妇方面来写。曹植的《七哀》诗说：“明月照高楼，流光正徘徊。上有愁思妇，悲叹有馀哀。”张若虚化用这几句的意思，对月光作了更细致的描写：“可怜楼上月徘徊，应照离人妆镜台。玉户帘中卷不去，捣衣砧上拂还来。”那美好的月光似乎有意和思妇作伴，总在她的闺楼上徘徊着不肯离去，想必已照上她的梳妆台了。月光照在门帘上，卷也卷不去；照在衣砧上，拂了却又来。她是那样的依人，却又那样的恼人，使思妇无法忘记在这同一轮明月之下的远方的亲人：“此时相望不相闻，愿逐月华流照君。鸿雁长飞光不度，鱼龙潜跃水成文”。一轮明月同照两地，就和我想念你一样，你一定也在望着明月想念我。有明月像镜子似的悬在中间，我们互相望着，但彼此的呼唤是听不到的。我愿随着月光投入你的怀抱，但我们相距太远了。上有广袤的天空，善于长途飞翔的鸿雁尚且不能随月光飞度到你的身边；下有悠长的流水，潜跃的鱼龙也只能泛起一层层波纹而难以游到你的跟前。我又怎么能够和你相见呢？“昨夜闲潭梦落花，可怜春半不还家。江水流春去欲尽，江潭落月复西斜。”思妇回想昨夜的梦境：闲潭落花，春过已半，可惜丈夫还不回来。江水不停地奔流，快要把春天送走了；江潭的落月也更斜向西边，想借明月来寄托相思也几乎是不可能了。这四句把梦境与实境结合在一起写，是梦是醒，思妇自己也分辨不清了。

最后一段，天已快亮：“斜月沉沉藏海雾，碣石潇湘无限路。不知乘月几人归，落月摇情满江树。”斜月沉沉，渐渐淹没在海雾之中，月光下的一切也渐渐隐去了，好像一幕戏完了以后合上幕布一样。这整夜的相思，这如梦的相思，怎样排遣呢？游子思妇，地北天南，不知道今夜有几人趁着月华归来！看那落月的馀晖摇动着照满江树，仿佛怀着无限的同情呢！

《春江花月夜》是乐府清商曲吴声歌旧题，据说是陈后主创制的，隋炀帝也曾写过这个题目，那都是浮华艳丽的宫体诗。张若虚这首诗虽然用的是《春江花月夜》的旧题，题材又是汉末以来屡见不鲜的游子思妇的离愁，但张若虚还是以不同凡响的艺术构思，开拓出新的意境，表现了新的情趣，使这首诗成为千古绝唱。而张若虚也就以这一首诗确立了文学史上永不磨灭的地位。

诗人把游子思妇的离愁放到春江花月夜的背景上，良辰美景更衬出离愁之苦；又以江月与人生对比，显示人生的短暂，而在短暂的人生里那离愁就越发显得浓郁。这首诗虽然带着些许感伤和凄凉，但总的看来并不颓废。它展示了大自然的美，表现了对青春年华的珍惜以及对美好生活的向往。那种对于宇宙和人生的真挚的探索，也有着深长的意味。

《春江花月夜》，题目共五个字，代表五种事物。全诗便扣紧这五个字来写，但又有重点，这就是“月”。春、江、花、夜，都围绕着月作陪衬。诗从月生开始，继而写月下的江流，月下的芳甸，月下的花林，月下的沙汀，然后就月下的思妇反复抒写，最后以月落收结。有主有从，主从巧妙地配合着，构成完整的诗歌形象，形成美妙的艺术境界。

这首诗对景物的描写，采取多变的角度，敷以斑斓的色彩，很能引人入胜。同是月光就有初生于海上的月光，有花林上似霰的月光，有沙汀上不易察觉的月光，有妆镜台上的月光，有捣衣砧上的月光，有斜月，有落月，多么富于变化！诗中景物的色彩虽然统一在皎洁光亮上，但是因为衬托着海潮、芳甸、花林、白云、青枫、玉户、闲潭、落花、海雾、江树，也在统一之中出现了变化，取得多姿多彩的效果。

《春江花月夜》的作者张若虚是初唐后期著名的诗人。关于他的生平，材料很少，只知道他是扬州人，曾经做过兖州兵曹。唐中宗神龙年间已扬名于京都，玄宗开元初年与贺知章、张旭、包融号称“吴中四士”。他的诗留传至今的，还有一首《代答闺梦还》，连同这首《春江花月夜》，统共只有两首了。

次北固山下

王　湾

客路青山外，行舟绿水前。
潮平两岸阔，风正一帆悬。
海日生残夜，江春入旧年。
乡书何处达？归雁洛阳边。

北固山在江苏省镇江市的北面。有南、中、北三峰。北峰三面临江。一千二百多年以前，盛唐诗人王湾乘船来到山下，停泊之后，又在晨曦中扬帆启程了。春潮涣涣，江风习习，从东海升起的太阳照亮了沉沉的黑夜，结队北归的大雁报告着春天的来临。诗人目送大雁渐渐远去，写下了这首诗。这首诗描写景物有一个视点，这个视点在船上，一切都是从一艘帆船上看到的。明确这个视点很重要，便于我们身临其境，进入到诗的意境中去。

诗一上来就点出题目中的北固山：“客路青山外”的青山，当然就是指北固山。那么，“青山外”是什么意思呢？诗人是说，自己的路程并不是到北固山为止，前面还有一段遥远的路等着他。我们可以把一、二句对照起来看，“客路青山外，行舟绿水前”，青山外，绿水前，使我们觉得诗人是穿行在青山绿水之间。一路上饱览着秀丽的江南景色，就像走进了一幅图画一样。“客路”不是归路，不是回家乡洛阳，而是离开洛阳来到南方。这两句诗表现了一个北方人来到江南时那种新鲜的感受。而且对自己将要去的地方，对自己的前途又充满了希望。诗人旅行在景色秀丽的江南，想必是心旷神怡。但他只是很朴素地交代了自己的行程，至于心情怎样就留给细心的读者自己去体会了。

第二联“潮平两岸阔，风正一帆悬”，气象十分开阔。春潮涣涣，水波不兴，江面几乎和堤岸平了。“两岸阔”，我想不是说两岸之间的距离。两岸之间的距离是固定的，不管潮水平不平，总是一样。“两岸阔”是船上人的视野。因为潮水上涨，船位也随着升高了，从船上向两岸看去，视野开阔一览无馀，所以说“潮平两岸阔”。“风正一帆悬”也写得好。“风正”是说风向与航向恰好一致。好风相助，可以扬帆直前。这两句十个字，写了四种事物：潮、岸、风、帆。用了四个形容词：平、阔、正、悬，简洁而又生动。我们读以上四句诗有一种正在运动的感觉，觉得自己随着诗人的行舟和诗人的视线，正向着无限深远的地方拓展开来。基点是诗人的那只帆船，从这个基点伸展出来是无限的空间。

第三联“海日生残夜，江春入旧年”，更是脍炙人口的名句。《河岳英灵集》云：“‘海日生残夜，江春入旧年’，诗人以来少有此句。张燕公手题政事堂，每示能文，令为楷式。”当时的宰相张说亲手把这两句诗题在他办公的地方，让人当作学习的模范。海日孕育在长夜之中，在黑夜将残未残的时候她就诞生了。江春长入到旧年里去，在寒冬将尽未尽的时候，她已到来了。海日和江春，竟是这样热情主动、迫不及待地提前到来了！那个“生”字，那个“入”字，让人觉得海日和江春都仿佛有了生命，有了性格。太阳升起得早，春天也来得早，一切都提前了。特别是那个“入”字，使我们想起杜甫的两句诗：“红入桃花嫩，青归柳叶新。”在用字上有异曲同工之妙。从“江春入旧年”这一句看来，这一年的立春是在腊月，在旧年里就已经立春了。另外，江南春早，在旧年里就有春意，草木已经发芽，气候已经转暖，大地又恢复了生机，这是另一层意思。“海日生残夜，江春入旧年。”这两句诗也给人一种运动感，给人一种奋进的、向上的力量。如果说上四句是空间的伸展，这两句就是时间的提前。欢呼黎明和春天的到来，欢呼新生事物的出现！明代的胡应麟曾经把这两句诗作为盛唐诗歌的代表，和中唐、晚唐的诗作了比较，指出不同时代诗歌里不同的气象，是很有见地的（见《诗薮》内编卷四）。

诗人最后说："乡书何处达？归雁洛阳边。"因为看到北归的大雁而引起思乡之情。他想托大雁捎一封家书，捎到哪里呢？就捎到家乡洛阳。诗的末尾虽然写思乡，但没有一点悲凉 。整首诗的意境是开阔的，感情是明朗的，充满对前途的希望和信心，的确有一种盛唐的气象。

听蜀僧濬弹琴

李　白

蜀僧抱绿绮，西下峨眉峰。
为我一挥手，如听万壑松。
客心洗流水，馀响入霜钟。
不觉碧山暮，秋云暗几重。

这首五律写的是听琴，听蜀地一位法名叫濬的和尚弹琴。开头两句：“蜀僧抱绿绮，西下峨眉峰。”说明这位琴师是从四川峨眉山下来的。李白是在四川长大的，四川奇丽的山水培育了他的壮阔胸怀，激发了他的艺术想象。峨眉山月不止一次地出现在他的诗里。他对故乡一直很怀恋，对于来自故乡的琴师当然也格外感到亲切。所以诗一开头就说明弹琴的人是自己的同乡。“绿绮”本是琴名，汉代司马相如有一张琴，名叫绿绮，这里用来泛指名贵的琴。“蜀僧抱绿绮，西下峨眉峰”，简短的十个字，把这位音乐家写得很有气派，表达了诗人对他的倾慕。

三、四句正面描写蜀僧弹琴。“挥手”是弹琴的动作。嵇康《琴赋》说：“伯牙挥手，钟期听声。”“挥手”二字就是出自这里的。“为我一挥手，如听万壑松”，这两句用大自然宏伟的音响比喻琴声，使人感到这琴声一定是极其铿锵有力的。

“客心洗流水”，这一句就字面讲，是说听了蜀僧的琴声，自己的心好像被流水洗过一般地畅快、愉悦。但它还有更深的含义，其中包含着一个古老的典故。《吕氏春秋·本味》曰：“伯牙鼓琴，钟子期听之。方鼓琴而志在太山，钟子期曰：‘善哉乎鼓琴，巍巍乎若太山。’少选之间，而志在流水，钟子期又曰：‘善哉乎鼓琴，汤汤乎若流水。’钟子期死，伯牙破琴绝弦，终身不复鼓琴，以为世无足复为鼓琴者。”在《列子·汤问》中也有类似的记载。这就是“高山流水”的故事，李白借用这个故事，表现蜀僧和自己通过音乐的媒介所建立的知己之感。伯牙比喻蜀僧，钟子期比喻自己。“客心洗流水”五个字，很含蓄，又很自然，虽然用典，却毫不艰涩，显示了李白卓越的语言技巧。

下面一句“馀响入霜钟”也是用了典的。“霜钟”这两个字出于《山海经·中山经》：“丰山……有九钟焉，是知霜鸣。”郭璞注：“霜降则钟鸣，故言知也。”“霜钟”二字点明时令，与下面“秋云暗几重”照应。“馀响入霜钟”，意思是说，音乐终止以后，馀音久久不绝，和薄暮时分寺庙的钟声融合在一起。《列子·汤问》里有“馀音绕梁，三日不绝”的话。宋代苏东坡在《前赤壁赋》里用“馀音袅袅，不绝如缕”，形容洞箫的馀音。这都是乐曲终止以后，入迷的听者沉浸在艺术享受之中所产生的想象。“馀响入霜钟”也是如此。清脆、流畅的琴声渐远渐弱，和薄暮的钟声共鸣着，这才发觉天色已经晚了：“不觉碧山暮，秋云暗几重。”诗人听完蜀僧弹琴，举目四望，不知从什么时候开始，青山已罩上一层暮色，灰暗的秋云重重叠叠，布满天空。时间过得真快啊！我们也都会有这样的体验，譬如，下午走进音乐厅，听了一场音乐会。进去时还是阳光普照，出来的时候已是黄昏，街上华灯初上。我们会不自觉地对比进去时的景色，感到时间过得很快。李白这首诗里“不觉”二字，就是表达这种体验。

唐诗里有不少描写音乐的佳作。白居易的《琵琶行》用“大珠小珠落玉盘”来形容忽高忽低、忽清忽浊的琵琶声，把琵琶所特有的繁密多变的音响效果表现了出来。唐代另一位诗人李颀有一首《听安万善吹觱篥歌》，用不同季节的不同景物，形容音乐曲调的变化，把听觉的感受诉诸视觉的形象，取得很好的艺术效果。李白这首诗描写音乐的独到之处是，除了“万壑松”之外，没有别的比喻形容琴声，而是着重表现听琴时的感受，表现弹者、听者之间感情的交流。其实，“如听万壑松”这一句也不是纯客观的描写，诗人从琴声联想到万壑松声，联想到深山大谷，是结合自己的主观感受来写的。

这首诗是五言律诗。律诗讲究平仄、对仗，格律比较严。而李白的这首五律却写得极其清新、明快，似乎一点也不费力。其实，无论是立意、构思、起结、承转，或是对仗、用典，都经过一番巧妙的安排，只是不着痕迹罢了。这种清新自然的艺术美，比一切雕饰更能打动人的心灵。

最后我要简单地介绍这首诗的作者李白。李白，字太白，唐朝人，生于公元701年，卒于公元762年。据说他死的情形很有诗意，他和朋友在长江上坐船，喝醉了，看到水中月亮的影子，十分美丽，便跳到水里想要捉着她，于是被江水淹死了。那个地方叫采石矶，现在安徽省马鞍山市附近。这是一个传说，并不可信，但他的确喜欢月亮，不止一次在诗里写到月亮，特别是峨眉山的月亮。这个传说反映了人们对李白的喜爱，也很能反映他那种浪漫的性格。其实他是在叔叔家病死的。在安徽省的当涂县，那里还有他的衣冠冢。他生活的年代，正是唐朝鼎盛的时候。他留下来的诗将近一千首，诗里描写了大自然之美，表达了真挚的友情，也表达了他追求个人精神自由解放的意志，表达了对那些腐朽的权贵傲视的态度。他的诗语言清新自然，风格豪放雄奇，成为后人学习的榜样，被人称为“诗仙”。他喜欢喝酒，与他同时的另一位诗人杜甫说他“斗酒诗百篇”，酒成为他的一个标志。后来的一些画家常常画他喝醉酒的样子，酒馆常常挂一个木牌，写着“太白遗风”四个字。

这个人很有个性、很有才华，也很有魅力。贺知章第一次跟李白见面，读了他的《蜀道难》，惊呼他是“谪仙人”：你哪里是一个普通的人啊？你是天上的神仙，犯了过错被贬谪到人间的，要不然怎么能写出《蜀道难》这么好的诗来？马上就解金龟换酒来招待李白（金龟是当时官僚佩戴的一种装饰品）。当时还有一位年轻人，姓魏，叫魏万，非常崇拜李白。李白到处漫游，他就一路去追赶。追踪数千里，最后终于在扬州见到了李白。这个情形，有点像我们现在的追星族。李白很赏识他，就把自己的作品都交给他，请他为自己编一部集子，而且说：“尔后必著大名于天下。”你以后一定会成大名。后来魏万果真替李白编了一个集子。李白在腐朽的权贵面前桀骜不驯不肯摧眉折腰，可是他对朋友却是满腔热情。他有一首诗叫《金乡送韦八之西京》，他的这位朋友姓韦，行八，唐朝有个习惯，把姓和排行连起来称呼，叫他韦八。金乡是地名。《金乡送韦八之西京》中有这么两句："狂风吹我心，西挂咸阳树。"他说你到长安，也就是咸阳那一带，我不能一路送你去，但是我的心会跟着你飞到长安。他的心好像是一个风筝，随着风飘啊飘啊，飘到咸阳，挂在咸阳的树上。李白随时可以把他的心掏出来交给朋友的。他听说王昌龄贬官到很偏僻的地方龙标，他就把自己的心，寄托给明月，送王昌龄一路到龙标。"我寄愁心与明月，随君直到夜郎西。"这是多么动人。

我常常想，交朋友就要交李白这样的朋友，他不但热情、直率，而且可以把自己的心掏给你，让你分享他的快乐，也可以分担你的忧愁。

峨眉山月歌

李　白

峨眉山月半轮秋，影入平羌江水流。
夜发清溪向三峡，思君不见下渝州。

李白虽然并不是出生在蜀中，但因五岁的时候就移居到这里，所以他是把这里当作自己的故乡看待的。蜀中的自然山水引起李白很大的兴趣，江油附近的戴天山（大匡山），成都附近的青城山，以及著名的峨眉山，都曾留下他的足迹。特别是峨眉山的险峻和山上的烟霞，使李白惊叹不已。他在一首题为《登峨眉山》的五言古诗里说："蜀国多仙山，峨眉邈难匹。周流试登览，绝怪安可悉？"可见峨眉山给他留下了多么深刻的印象！

这首《峨眉山月歌》也是写峨眉山，不过并不是写山本身，而是写山上的月亮。月亮哪里都有，在一般人看来哪里的月亮都一样。但是诗人的感觉就不同。杜甫说："露从今夜白，月是故乡明。"（《月夜忆舍弟》）他觉得故乡的月最明亮。李白也是这样，他最喜欢峨眉山的月亮。早年写了这首《峨眉山月歌》，晚年又写了一首《峨眉山月歌送蜀僧晏入中京》，那是公元759年，李白死前三年在江夏（今湖北武昌）写的。有一位四川和尚（蜀僧晏）要去长安，李白写了这首诗为他送行。诗的开头说："我在巴东三峡时，西看明月忆峨眉。月出峨眉照沧海，与人万里长相随。"从中可以看出李白对峨眉山月怀着多么深厚的感情。这不仅是对峨眉山月的喜爱，也是对故乡的眷念。

头一句"峨眉山月半轮秋"点出一个"秋"字，说明那是一个秋天的夜晚。"半轮"，说明正是月儿半圆之际。"半轮"就是半圆，但说"峨眉山月半圆秋"，显然不如说"峨眉山月半轮秋"，因为"轮"字更有实感，它不仅有圆的形状，还有动的感觉，它的含义更丰富。把"半轮"和"秋"这两个词连起来也很有意思。"半轮"不是修饰形容"秋"字的。"秋"无所谓一轮、半轮。这"半轮"乃是修饰上边那四个字"峨眉山月"，"秋"是说明当时的季节。正常的句式应当是“半轮山月峨眉秋”，但这样不合平仄。即使不考虑平仄，也太平常了。李白把“半轮”放在“山月”和“秋”字中间，既修饰了“山月”，似乎又和“秋”发生了关系。因为七言诗的句式是上四下三，诵读的时候，习惯地读成“峨眉山月——半轮秋”。秋当然不能用“半轮”去修饰，但是那“半轮”，作为秋天景色的一种突出的点缀，却能造成深远的意境，把一幅清晰的图画呈现在读者眼前。诗人要说明的重点不在峨眉山已到了秋天，或者从峨眉山树木的颜色看出了秋天，而是从半轮山月上感觉到秋天的来临。大家都会有类似的体验，秋月和夏月是不一样的。也许因为空气的温度、湿度不同，秋月特别皎洁、明亮。仿佛也带着几分凉意，李白正是把这种体验说了出来。

第二句“影入平羌江水流”，主语是什么呢？显然是峨眉山月，是峨眉山月的影子投入平羌江水之中，随着江水的流动，也在流动着。那个“流”字是指江水的流动，也是指月影的流动。从这句诗看来，平羌江水一定是十分清澈的，否则见不到月影。孟浩然的《宿建德江》：“野旷天低树，江清月近人。”天上的月离人很远，不会近人。“月近人”的月，是江水中的月，诗人坐在船上，江水又十分清澈，月亮的影子投入江中，诗人觉得它离自己很近。李白这句“影入平羌江水流”，虽然只说了月影随着平羌江水在流动着，但江水之清澈已在不言之中了。四川乐山市北约二十三公里的岷江上有一段叫嘉州小三峡，北为犁头峡，中为背峨峡，南为平羌峡。自平羌峡以下至乐山一段江流又名平羌江。

三、四句，诗意递进了一层，地点也改变了。“夜发清溪向三峡”，“清溪”，据《舆地纪胜》是驿名，在嘉州犍为县，平羌峡南口东岸。夜里从清溪出发再向下游走去，当然还会有月亮伴随着，但那峨眉山月却见不到了。所以第四句说：“思君不见下渝州。”“君”，指峨眉山月。思念着您，却又见不到您。就这样，在对峨眉山月的思念之中沿江而下，驶向渝州（今重庆），再经渝州到三峡。这两句诗让人感到李白一路之上都在思念着那半轮峨眉的山月，沉浸在山月的美好回忆之中。

王凤洲曰：“此是太白佳境，二十八字中有峨眉山、平羌江、清溪、三峡、渝州，使后人为之不胜痕迹矣，可见此老炉锤之妙。”的确，一首七言绝句，四句二十八个字，竟连用了五个地名，如果缺乏艺术的才能，就会写得枯燥无味，像是一篇地理位置的说明书。可是出自李白笔下，却是那么新鲜自然而又动人。这就是因为李白注入了自己的感情和个性。从平羌江，到清溪，到渝州，到三峡，一路之上他的心中充满了对峨眉山月的爱，他舍不得离开她，舍不得离开故乡。在漫长的行程里，峨眉山月虽然渐渐地不可见了，但在李白的心中，她却始终清晰地浮现着。

早发白帝城

李　白

朝辞白帝彩云间，千里江陵一日还。
两岸猿声啼不尽，轻舟已过万重山。

从字面看，这首诗无非是写三峡水流之急、船行之快，是一首咏山川、纪行旅的作品。我们还可以引《水经注》中描写三峡的那一段文字来印证。但是，诗的意思如果仅仅是这些，那不过是把《水经注》改写成一首诗歌而已，就不会成为千古绝唱了。我觉得这不仅是一首写山水、纪行旅的诗，也是一首抒情诗，抒写了诗人自己心情的轻松与喜悦。据考证，这首诗是李白在流放途中走到三峡遇赦返回的时候写的。“千里江陵一日还”的“还”字就暗示了这一点。归还时的轻松和喜悦，是以流放途中的痛苦和艰辛为对比的。正因为不久之前有判罪流放的痛苦，有逆水行舟的艰辛，所以遇赦归来顺流而下的时候才感到格外的轻松和喜悦。即使是凄凉的猿啼，李白以此时的心情听来也非同彼时了。这种轻松喜悦的感情，李白没有在诗里直接说出来，而是从字里行间流露出来的。如果不细细品味也许还不易察觉呢！

讲到这里，诗的意思是不是讲完了呢？没有。我觉得其中还有另一种感情，就是惋惜与遗憾。上三峡的时候，李白是一个流放犯，三峡的景色只能加重他的愁苦，他大概没有心情去欣赏周围的风光。只要看他当时所写的《上三峡》这首诗，就可以知道他的心情有多么沉重了。诗曰："巫山夹青天，巴水流若兹。巴水忽可尽，青天无到时。三朝上黄牛，三暮行太迟。三朝又三暮，不觉鬓成丝。"巫山夹着青天，巴水从中间流过。这狭窄的通道，几时才能走通呢？巴水是可以走到头的，青天却永远也上不去。船在黄牛山旁绕来绕去，自己的两鬓不知不觉地已经愁白了。而写《早发白帝城》的时候，诗人已恢复了自由，顺着刚刚经过的那条流放路，重又泛舟于三峡之间。他一定愿意趁这个机会饱览三峡的壮丽风光，可惜还没有看够、没有听够，没有来得及细细领略三峡的美，船已飞驰而过。"两岸猿声啼不尽，轻舟已过万重山。"在喜悦之中又带着几分惋惜与遗憾，似乎嫌船走得太快了。"啼不尽"（"尽"，一作"住"）是说猿啼的馀音未尽，身子已经随着船飞过了万重山。虽然已经过了万重山，但仍沉浸在刚才从猿声里穿过的那种感受之中。究竟是喜悦还是惋惜，此时复杂的心情，恐怕连诗人自己也难以分辨清楚了。

中国古典诗歌讲究“言有尽而意无穷”，绝句的体制短小，尤其要含蓄不尽。李白的这首诗既有一泻千里的气势，又避免了一览无馀的毛病，所以才能让人百读不厌，常读常新。

月下独酌

李　白

花间一壶酒，独酌无相亲。
举杯邀明月，对影成三人。
月既不解饮，影徒随我身。
暂伴月将影，行乐须及春。
我歌月徘徊，我舞影零乱。
醒时同交欢，醉后各分散。
永结无情游，相期邈云汉。

这首诗突出写一个“独”字。李白有抱负、有才能，想做一番事业，但是既得不到统治者的赏识和支持，也找不到多少知音和朋友。所以他常常陷入孤独的包围之中，感到苦闷、彷徨。从他的诗里，我们可以听到一个孤独的灵魂的呼喊，这喊声里有对那个不合理的社会的抗议，也有对自由与解放的渴望，那股不可遏制的力量真是足以“惊风雨”而“泣鬼神”的。

开头两句“花间一壶酒，独酌无相亲”，已点出“独”字。爱喝酒的人一般是不喜欢独自一个人喝闷酒的，他们愿意有一二知己边聊边饮，把心里积郁已久的话倾诉出来。尤其是当美景良辰，月下花间，更希望有亲近的伴侣和自己一起分享风景的优美和酒味的醇香。李白写这首诗的时候正是这种心情，但是他有酒无亲。一肚子话没处可说，只好“举杯邀明月，对影成三人”，邀请明月和自己的身影来做伴了。这两句是从陶渊明的《杂诗》中化出来的。陶诗说：“欲言无予和，挥杯劝孤影。”不过那只是“两人”，李白多邀了一个明月，所以是“对影成三人”了。

然而，明月是不会喝酒的，影子也只会默默地跟随着自己而已。“月既不解饮，影徒随我身”，结果还只能是自己一个人独酌。但是有这样两个伴侣究竟是好的，“暂伴月将影，行乐须及春”，暂且在月和影的伴随下，及时地行乐吧！下面接着写歌舞行乐的情形：“我歌月徘徊，我舞影零乱。醒时同交欢，醉后各分散。”“月徘徊”，是说月被我的歌声感动了，总在我身边徘徊着不肯离去。“影零乱”，是说影也在随着自己的身体做出各种不很规矩的舞姿。这时，诗人和他们已达到感情交融的地步了。所以接下来说："醒时同交欢，醉后各分散。"趁醒着的时候三人结交成好朋友，醉后不免要各自分散了。但李白是不舍得和他们分散的，最后两句说："永结无情游，相期邈云汉。""无情"是不沾染世情的意思，"无情游"是超出于一般世俗关系的交游。李白认为这种摆脱了利害关系的交往，才是最纯洁、最真诚的。他在人间找不到这种友谊，便只好和月亮和影子相约，希望同他们永远结下无情之游，并在高高的天上相会。"云汉"，就是银河，这里泛指远离尘世的天界。这两句诗虽然表现了出世思想，但李白的这种思想并不完全是消极的，就其对社会上人与人之间庸俗关系的厌恶与否定而言，应当说是含有深刻意义的。

这首诗虽然说"对影成三人"，主要还是寄情于明月。李白从小就喜欢明月，《古朗月行》说："小时不识月，呼作白玉盘。又疑瑶台镜，飞在青云端。"在幼小的李白的心灵里，明月已经是光明皎洁的象征了。他常常借明月寄托自己的理想，热切地追求她。《把酒问月》一开头就说："青天有月来几时，我今停杯一问之。人攀明月不可得，月行却与人相随。"在《宣州谢朓楼饯别校书叔云》这首诗里也说："俱怀逸兴壮思飞，欲上青天揽明月。"他想攀明月，又想揽明月，都表现了他对于光明的向往。正因为他厌恶社会的黑暗与污浊，追求光明与纯洁，所以才对明月寄托了那么深厚的感情，以致连他的死也有传说，说他是醉后入水中捉月而死的。明月又常常使李白回忆起他的故乡。青年时代他在四川时曾游历过峨眉山，峨眉山月给他留下深刻的印象。他写过一首《峨眉山月歌》，其中说“峨眉山月半轮秋，影入平羌江水流”，很为人所传诵。他晚年在武昌又写过一首《峨眉山月歌》，是为一位四川和尚到长安去而写了送行的。诗里说他在三峡时看到明月就想起峨眉，峨眉山月万里相随，陪伴他来到黄鹤楼；如今又遇到你这峨眉来的客人，那轮峨眉山月一定会送你到长安的；最后他希望这位蜀僧“一振高名满帝都，归时还弄峨眉月”。明月是如此的引起李白的乡情，所以在那首著名的《静夜思》中，才会说“举头望明月，低头思故乡”，一看到明月就想起峨眉，想起家乡四川来了。明月，对于李白又是一个亲密的朋友。《梦游天姥吟留别》里说：“我欲因之梦吴越，一夜飞度镜湖月。湖月照我影，送我至剡溪。”在另一首题目叫《下终南山过斛斯山人宿置酒》的诗里，他又说：“暮从碧山下，山月随人归。”简直是以儿童的天真在看月的。更有意思的是，当他听到王昌龄左迁龙标的消息后，写了一首诗寄给王昌龄，诗里说：“我寄愁心与明月，随君直到夜郎西。”在李白的想象里，明月可以带着他的愁心，跟随王昌龄一直走到边远的地方。

当我们知道了明月对李白有这样多的意义，也就容易理解为什么在《月下独酌》这首诗里李白对明月寄予那样深厚的情谊。“举杯邀明月，对影成三人”，“永结无情游，相期邈云汉”，李白从小就与之结为伴侣的，象征着光明、纯洁的，常常使李白思念起故乡的月亮，是值得李白对她一往情深的。孤高、桀骜而又天真的伟大诗人李白，也完全配得上做明月的朋友。

宿五松山下荀媪家

李　白

我宿五松下，寂寥无所欢。
田家秋作苦，邻女夜春寒。
跪进雕胡饭，月光明素盘。
令人惭漂母，三谢不能餐。

五松山，在今安徽铜陵市南。山下住着一位姓荀的农民老妈妈。一天晚上李白借宿在她家，受到主人诚挚的款待。这首诗就是写当时的心情。

开头两句“我宿五松下，寂寥无所欢”，写出自己寂寞的情怀。这偏僻的山村里没有什么可以引起他欢乐的事情，他所接触的都是农民的艰辛和困苦。这就是三、四句所写的：“田家秋作苦，邻女夜舂寒。”秋作，是秋天的劳作。“田家秋作苦”的“苦”字，不仅指劳动的辛苦，还指心中的悲苦。秋收季节，本来应该是欢乐的，可是在繁重赋税压迫下的农民竟没有一点欢笑。农民白天收割，晚上舂米，邻家妇女舂米的声音，从墙外传来，一声一声，显得多么凄凉啊！这个“寒”字，十分耐人寻味。它既是形容舂米声音的凄凉，也是推想邻女身上的寒冷。

五、六句写到主人荀媪：“跪进雕胡饭，月光明素盘。”古人席地而坐，屈膝坐在脚跟上，上半身挺直，叫跪坐。因为李白吃饭时是跪坐在那里，所以荀媪将饭端来时也跪下身子呈进给他。“雕胡”，就是“菰”，俗称茭白，生在水中，秋天结实，叫菰米，可以做饭，古人当作美餐。姓荀的老妈妈特地做了雕胡饭，是对诗人的热情款待。“月光明素盘”，是对荀媪手中盛饭的盘子突出地加以描写。盘子是白的，菰米也是白的，在月光的照射下，这盘菰米饭就像一盘珍珠一样地耀目。在那样艰苦的山村里，老人端出这盘雕胡饭，诗人深深地感动了，最后两句说：“令人惭漂母，三谢不能餐。”“漂母”用《史记·淮阴侯列传》的典故：韩信年轻时很穷困，在淮阴城下钓鱼，一个正在漂洗丝絮的老妈妈见他饥饿，便拿饭给他吃，后来韩信被封为楚王，送给漂母千金表示感谢。这诗里的漂母指荀媪，荀媪这样诚恳地款待李白，使他很过意不去，又无法报答她，更感到受之有愧。李白再三地推辞致谢，实在不忍心享用她的这一顿美餐。

李白的性格本来是很高傲的，他不肯“摧眉折腰事权贵”，常常“一醉累月轻王侯”，在王公大人面前是那样地桀骜不驯。可是，对一个普通的山村老妈妈却是如此谦恭，如此诚挚，充分显示了李白的可贵品质。

李白的诗以豪迈飘逸著称，但这首诗却没有一点纵放，风格极为朴素自然。诗人用平铺直叙的写法，像在叙述他夜宿山村的过程，谈他的亲切感受，语言清淡，不露雕琢痕迹而颇有情韵，是李白诗中别具一格之作。

登金陵凤凰台

李　白

凤凰台上凤凰游，凤去台空江自流。
吴宫花草埋幽径，晋代衣冠成古丘。
三山半落青天外，一水中分白鹭洲。
总为浮云能蔽日，长安不见使人愁。

李白很少写律诗，而《登金陵凤凰台》却是唐代律诗中脍炙人口的杰作。此诗是作者流放夜郎遇赦返回后所作，一说是作者天宝年间，被排挤离开长安（今陕西西安），南游金陵（今江苏南京）时所作。

开头两句写凤凰台的传说，十四字中连用了三个“凤”字，却不嫌重复，音节流转明快，极其优美。“凤凰台”在金陵凤凰山上，相传南朝刘宋永嘉年间有凤凰集于此山，乃筑台，山和台也由此得名。在古代，凤凰是一种祥瑞。当年凤凰来游象征着王朝的兴盛；如今凤去台空，六朝的繁华也一去不复返了，只有长江的水仍然不停地流着，大自然才是永恒的存在！

三、四句就“凤去台空”这一层意思进一步发挥。三国时的吴和后来的东晋都建都于金陵。诗人感慨万分地说，吴国昔日繁华的宫廷已经荒芜，东晋的一代风流人物也早已进入坟墓。那一时的烜赫，又在历史上留下了什么有价值的东西呢！

诗人没有让自己的感情沉浸在对历史的凭吊之中，他把目光又投向大自然，投向那不尽的江水：“三山半落青天外，一水中分白鹭洲。”“三山”在金陵西南长江边上，三峰并列，南北相连。宋陆游《入蜀记》云：“三山，自石头及凤凰山望之，杳杳有无中耳。及过其下，距金陵才五十馀里。”陆游所说的“杳杳有无中”正好注释“半落青天外”。李白把三山半隐半现、若隐若现的景象写得恰到好处。“白鹭洲”，在金陵西长江中，把长江分割成两道，所以说“一水中分白鹭洲”。这两句诗气象壮丽，对仗工整，是难得的佳句。

李白毕竟是关心现实的，他想看得更远些，从六朝的帝都金陵看到唐的都城长安。但是，“总为浮云能蔽日，长安不见使人愁。”这两句诗寄寓着深意。长安是朝廷的所在，日是帝王的象征。汉陆贾《新语·慎微篇》曰：“邪臣之蔽贤，犹浮云之障日月也。”李白这两句诗暗示皇帝被奸邪包围，而自己报国无门，心情是十分沉痛的。“长安不见”暗点诗题的“登”字，触境生愁，意寓言外，饶有馀味。相传李白很欣赏崔颢《黄鹤楼》诗，欲拟之较胜负，乃作《登金陵凤凰台》诗。宋胡仔《苕溪渔隐丛话》、宋计有功《唐诗纪事》都有类似的记载，或许可信。此诗与崔诗功力悉敌，正如方回《瀛奎律髓》所说：“格律气势，未易甲乙。”在用韵上，二诗都是意到其间，天然成韵。语言也流畅自然，不事雕饰，潇洒清丽。作为登临吊古之作，李诗更有自己的特点，它写出了自己独特的感受，把历史的典故、眼前的景物和诗人自己的感受，交织在一起，抒发了忧国伤时的怀抱，意旨尤为深远。

春夜洛城闻笛

李　白

谁家玉笛暗飞声，散入春风满洛城。

此夜曲中闻折柳，何人不起故园情！

洛城就是今河南洛阳，在唐代是一个很繁华的都市，称为东都。一个春风骀荡的夜晚，万家灯火渐渐熄灭，白日的喧嚣早已平静下来。忽然传来嘹亮的笛声，凄清婉转的曲调随着春风飞呀，飞呀，飞遍了整个洛城。这时有一个远离家乡的诗人还没入睡，他倚窗独立，眼望着“白玉盘”似的明月，耳听着远处的笛声，陷入了沉思。笛子吹奏的是一支《折杨柳》曲，它属于汉乐府古曲，抒写离别行旅之苦。古代离别的时候，往往从路边折柳枝相送：杨柳依依，正好借以表达恋恋不舍的心情。在这样一个春天的晚上，听着这样一支饱含离愁别绪的曲子，谁能不起思乡之情呢？于是，诗人情不自禁地吟了这首七绝。

这首诗全篇扣紧一个“闻”字，抒写自己闻笛的感受。这笛声不知是从谁家飞出来的，那未曾露面的吹笛人只管自吹自听，并不准备让别人知道他，却不期然而然地打动了许许多多的听众，这就是“谁家玉笛暗飞声”的“暗”字所包含的意味。“散入春风满洛城”，是艺术的夸张，在诗人的想象中，这优美的笛声飞遍了洛城，仿佛全城的人都听到了。诗人的夸张并不是没有生活的依据，笛声本来是高亢的，又当更深人静之时，再加上春风助力，说它飞遍洛城是并不至于过分的。

笛声飞来，乍听时不知道是什么曲子，细细听了一会儿，才知道是一支《折杨柳》。所以写到第三句才说“此夜曲中闻折柳”。这一句的修辞很讲究，不说听了一支折柳曲，而说在乐曲中听到了折柳。这“折柳”二字既指曲名，又不仅指曲名。折柳代表一种习俗、一个场景、一种情绪，折柳几乎就是离别的同义语。它能唤起一连串具体的回忆，使人们蕴藏在心底的乡情重新激荡起来。“何人不起故园情”，好像是说别人、说大家，但第一个起了故园之情的不正是李白自己吗?

热爱故乡是一种崇高的感情，它同爱国主义是相通的。自己从小生于斯、长于斯的故乡，作为祖国的一部分，她的形象尤其难以忘怀。李白这首诗写的是闻笛，但它的意义不限于描写音乐，还表达了对故乡的思念，这才是它感人的地方。

又呈吴郎

杜　甫

堂前扑枣任西邻，无食无儿一妇人。
不为困穷宁有此，只缘恐惧转须亲。
即防远客虽多事，便插疏篱却甚真。
已诉征求贫到骨，正思戎马泪盈巾。

在古代诗人里，我有不少朋友，他们分别满足我精神上不同的需要。屈原激励我的正义感，陶渊明则告诉我自然乃是人生的真谛，李白能鼓荡我的浩然之气，苏轼则又使我超脱。这几位朋友都使我产生崇敬的感情，但是仰之弥高，总觉得他们并非生活在自己的身边。有一位诗人则不然，他饱经沧桑，谙于世情，却又极其敦厚仁爱；他的诗是人间的诗，是日常生活中的诗；读他的诗很容易使我产生共鸣，因此觉得他十分亲近。这位诗人就是老杜。

《又呈吴郎》在杜甫的一千四百首诗里，并不是第一等的，前人亦不重视。明王嗣奭《杜臆》评曰："此亦一简，本不成诗。然直写情事，曲折明了，亦成诗家一体。大家无所不有，亦无所不可也。"可是我却非常喜欢，每读此诗，一位仁慈老人的面孔即显现于目前，并使我感动。

诗中的吴郎是杜甫的亲戚，在此之前杜甫曾以诗代简，赠予吴郎，题为《简吴郎司法》。这是给他的另一首诗，所以叫《又呈吴郎》。大历二年（公元767年）杜甫在夔州，把原来居住的瀼西草堂借给从忠州来的吴郎，自己移居东屯，此后与吴郎常有往来。他比杜甫年轻许多，所以杜甫亲切地称他为"郎"。吴郎任州的司法，所以称他"吴郎司法"。

瀼西草堂前有枣树，杜甫住在这里时，西邻的一个妇人常来打枣，杜甫从不干涉。吴郎来了以后立即插上篱笆，不让她来打枣了。杜甫得知此事后，便写了这首诗劝说吴郎。

"堂前扑枣任西邻，无食无儿一妇人。"一开头说明自己当初的态度。好像是让吴郎对照一下，使他感到自己的态度不对。"堂前扑枣任西邻"是倒装句。任凭西邻在堂前扑枣。倒装之后显得新鲜。这西邻是个什么人呢？是一个无食无儿的妇人，她毫无依靠。杜甫同情那妇人，任她打枣，这并不难做到。难能可贵之处乃在于他体贴这妇人的心情，能为她着想。

这妇人当然也知道到别人的堂前打枣是不对的，她怀着恐惧，唯恐受到主人的斥责。唯其如此，就应该对她格外亲切些。所以杜甫说："不为困穷宁有此，只缘恐惧转须亲。"她如果不是因为困穷，怎么能做出这等事来呢？只是因为她心怀恐惧，反而要对她格外亲切，好使她放心地来打枣。请注意，在古代，缺乏衣食钱财的意思，一般是用"贫"字表达。没有出路，才叫"穷"。"诗穷而后工"，就是说当诗人不得志或走投无路的时候，诗才写得好。因为这时有满腔的激愤需要发泄，故能写出真情实感。有人认为社会越是凋敝，诗人越是贫穷没有钱，诗才越写得好，这是误解了"穷"字的含义。杜甫这里说"不为困穷宁有此"，意思是说这妇人已到了走投无路的境地。一般的贫穷还不至于打别人家的枣，这妇人已是"贫到骨"，实在没有别的办法了。以上是正面说明应该怎样对待那位打枣的妇人，接下来是委婉地批评吴郎。在批评之前，先为他开脱了一句"即防远客虽多事"。"远客"指吴郎，《简吴郎司法》一开头就说："有客乘舸自忠州"。他从忠州来到夔州，是远客。那么是谁防远客呢？是那个妇人。她对你这位远客怀着警惕，怕你不许她打枣，那是她太多事了，你不是那么小气的人。这一句先说那妇人不对，然后才批评吴郎："便插疏篱却甚真"。可是你一来就插上篱笆，把堂前的枣树围了起来，未免太天真了吧！“甚真”有不同的讲法，有的说吴郎插上篱笆使妇人见了便当真了，有的说吴郎插上篱笆倒像是真的不许她打枣了。这些解释未尝不可，但不是太好。我看，“真”在这里有特定的含义就是天真的意思。天真没有什么不好，“甚真”，过于天真就有点批评的意味了，也可以说是褒中有贬。杜甫批评吴郎幼稚、不懂事，不能体察别人的处境和心情，做事只是由着自己的性子。可是话说得十分委婉、含蓄。这两句合起来，意思是说，你这位远客一来，她就警惕着，怕你不许她打枣，那是她多馀的顾虑，你不是那么不通情理的小气人。可是你一来就插上篱笆，这也未免太天真了。最后两句：“已诉征求贫到骨，正思戎马泪盈巾。”“已诉”是说那个妇人曾经向杜甫诉说过自己的贫穷，她因官府的横征暴敛而贫到了骨。“贫到骨”意思是穷到底了，一无所有了。杜甫喜欢用“骨”这个字，《新安吏》：“眼枯即见骨，天地终无情。”《王阆州筵奉酬十一舅惜别之作》：“穷愁但有骨，群盗尚如毛。”“征求贫到骨”虽是西邻一个人的事情，但她是有代表性的。杜甫想到造成人民贫困原因的战乱仍未停息，不禁泪如雨下，把整条手巾都沾湿了。

在任人扑枣这一小事上，杜甫表现出对贫苦人民的同情。他不仅同情她的处境，而且体贴她的内心。不仅为她一人流泪，而且也为成千上万受苦的人民流泪。从身边琐事推衍到有关国计民生的重大问题，这是杜甫伟大人格的表现。王嗣奭说："读此诗见此老菩萨心。"卢世漼说："八句中，百种千层，莫非仁音。所谓仁义之人，其言蔼如也。"而即小见大，由近及远，也正是杜甫善用的艺术手法。

近体诗的一般写法，是尽可能少用虚词，造成意象之间的自由联想。杜甫很擅长这种技巧。但这首诗从第三句开始，每句句首都用了虚词，"不为……只缘""即……便""已……正"。这些虚词的运用，增加了诗意的转折、语气的委婉，同时也造成散文化的效果。再加诗里很少意象和词藻，因而显得质朴无华，而这种写法与诗的内容是相统一的。

塞下曲

卢　纶

月黑雁飞高，单于夜遁逃。
欲将轻骑逐，大雪满弓刀。

《塞下曲》组诗共六首，这是第三首。卢纶虽为中唐诗人，其边塞诗却依旧是盛唐的气象，雄壮豪放，字里行间充溢着英雄气概，读后令人振奋。

一、二句“月黑雁飞高，单于夜遁逃”，写敌军的溃退。“月黑”，无光也。“雁飞高”，无声也。趁着这样一个漆黑的阒寂的夜晚，敌人悄悄地逃跑了。单于，是古时匈奴最高统治者，这里代指入侵者的最高统帅。“夜遁逃”，可见他们已经全线崩溃。

尽管有夜色掩护，敌人的行动还是被我军察觉了。三、四句“欲将轻骑逐，大雪满弓刀”，写我军准备追击的情形，表现了将士们威武的气概。试想，一支骑兵列队欲出，刹那间弓刀上就落满了大雪，这是一个多么扣人心弦的场面！

从这首诗看来，卢纶是很善于捕捉形象、捕捉时机的。他不仅能抓住具有典型意义的形象，而且能把它放到最富有艺术效果的时刻加以表现。诗人不写军队如何出击，也不告诉你追上敌人没有，他只描绘一个准备追击的场面，就把当时的气氛、情绪有力地烘托出来了。“欲将轻骑逐，大雪满弓刀”，这并不是战斗的高潮，而是迫近高潮的时刻。这个时刻，犹如箭在弦上，将发未发，最有吸引人的力量。你也许觉得不满足，因为没有把结果交代出来。但惟其如此，才更富有启发性，更能引逗读者的联想和想象，这叫言有尽而意无穷。神龙见首不见尾，并不是没有尾，那尾在云中，若隐若现，更富有意趣和魅力。

卖炭翁

白居易

卖炭翁，伐薪烧炭南山中。
满面尘灰烟火色，两鬓苍苍十指黑。
卖炭得钱何所营？身上衣裳口中食。
可怜身上衣正单，心忧炭贱愿天寒。
夜来城外一尺雪，晓驾炭车辗冰辙。
牛困人饥日已高，市南门外泥中歇。
翩翩两骑来是谁？黄衣使者白衫儿。
手把文书口称敕，回车叱牛牵向北。
一车炭，千馀斤，宫使驱将惜不得。
半匹红纱一丈绫，系向牛头充炭直。

《卖炭翁》这首诗是我国唐代诗人白居易《新乐府》五十首当中的一首。它描写一个烧木炭的老人谋生的困苦，揭露了唐代“宫市”的罪恶。

这首诗一开头就把我们带到当时的京城长安附近的终南山上，让我们看到一个烧炭的老人过着十分穷苦的生活。

“卖炭翁，伐薪烧炭南山中”。烧炭的老翁连一寸土地也没有，全部赖以为生的东西，只不过是一把斧头、一挂牛车，再加上十个被烟火熏黑的手指头。他在南山上伐薪、烧炭，弄得“满面尘灰烟火色，两鬓苍苍十指黑”，劳动的艰苦是可想而知的。这烧炭的老人对生活并没有过高的要求，“卖炭得钱何所营？身上衣裳口中食”，他仅仅希望有吃有穿，维持一种最低的生活。按理说，一个人养活自己一个人，并不是什么困难的事情，可是就连这样一个愿望，他也难以实现。木炭，本是供人取暖的东西，这老人辛辛苦苦地砍了柴、烧了炭，给别人带来了温暖，可是自己身上的衣服却单薄得可怜。衣服单薄总该盼望天气暖和吧？不，恰恰相反，被生活所迫的老人“心忧炭贱愿天寒”，他宁肯忍受加倍的寒冷，以便能多卖一点炭钱。这种矛盾的心情，深刻地表现出卖炭翁悲惨的处境。

“夜来城外一尺雪，晓驾炭车辗冰辙”，寒冷的天气果然来到了。一清早，他就套上车，踏着冰冻的道路，去到长安市上卖炭。从终南山到长安城，一路之上他想了些什么呢？诗人没有告诉我们，但是可以想象得出来，他一定是满怀着希望，因为这一车炭直接关系着他今后的生活。读到这里，我们觉得自己和这位老人更亲近了，我们迫不及待地想要知道这车炭究竟能不能卖掉，能不能卖上一个公道的价钱。可是诗人并没有马上告诉我们结果，他让卖炭翁歇下来，喘一口气，也让读者稍微平静一下，然后写道："翩翩两骑来是谁？黄衣使者白衫儿。"来的人一个是穿黄衣的太监，一个是穿白衫的太监的爪牙。他们装模作样，说是奉了皇帝的命令出来采办货物，也不管卖炭翁同意不同意，赶上炭车往北就走。城北是皇帝住的地方，赶车的又是宫里的太监，一个卖炭的老人能有什么办法去对付呢！"一车炭，千馀斤，宫使驱将惜不得。"千馀斤炭，不知道要几千斤柴才烧得出，而这几千斤柴又不知道要多少天才砍得来！为了把柴烧成炭，这孤苦的老人又在尘灰里、在烟火旁边受了多少熬煎！可是拿这一切所换到的是什么呢？"半匹红纱一丈绫，系向牛头充炭直。"连纱带绫合起来也没有多少，难道这就能抵得上老人多少天的辛勤劳动吗？这些宫使哪里是在买东西，他们简直是强盗。他们夺走的不只是一车炭，而是夺走了老人生活的希望，剥夺了他生活的权利。读完了这首诗，我们不禁要问：两鬓苍苍的卖炭翁，凭着这点报酬，能够挨过那严寒的冬天吗？

白居易在《新乐府》中每首诗的题目下面都有一个小序，

说明这首诗的主题。《卖炭翁》的序是“苦宫市也”，就是要反映宫市给人民造成的痛苦。“宫市”，是唐朝宫廷直接掠夺人民财物的一种最无赖的方式。本来宫廷里需要的日用品，归官府向民间采购，到了德宗贞元末年，改用太监为宫使直接采办。宫里经常派出几百人到长安东、西两市和热闹的街坊去，遇到他们看中的东西，只说一声是“宫市”，拿了就走，谁也不敢过问。有时撕给你一点破旧的绸纱，算做报酬；有时候不但不给任何报酬，反而要你倒贴“门户钱”和“脚价钱”。所以每逢宫使出来的时候，连卖酒、卖饼的小店铺都关上店门不敢做生意了。白居易写作《新乐府》是在元和初年，这正是宫市为害最深的时候。他对宫市有十分的了解，对人民又有深切的同情，所以才能写出这首感人至深的《卖炭翁》来。

但是，《卖炭翁》的意义，远不止于对宫市的揭露。诗人在卖炭翁这个形象上，概括了千百个劳动人民的辛酸和悲苦，在卖炭这一件小事上反映出了千百件封建社会的黑暗和不平。读着这首诗，我们所看到的决不仅仅是卖炭翁一个人，透过他，仿佛有许许多多种田的、打鱼的、织布的人出现在我们眼前。他们虽然不是“两鬓苍苍十指黑”，但也各自带着劳苦生活的标记；他们虽然不会因为卖炭而受到损害，但也各自在田租或赋税的重压下流着辛酸的泪水。《卖炭翁》这首诗不但在当时有积极意义，即使对于今天的读者也有一定的认识价值和教育意义。

《卖炭翁》的艺术性也是很高的。你看，诗人在开头八句里，先对卖炭翁做了一番总的介绍，介绍得那么亲切、自然，就像介绍自己家里的人一样。“满面尘灰烟火色，两鬓苍苍十指黑。”简单，然而深情的十四个字，就活生生地勾画出他的外貌：“可怜身上衣正单，心忧炭贱愿天寒。”又是同样简单而深情的十四个字，深刻地刻画了他的内心活动。这番介绍就好像一串电影画面，从南山的远景开始，镜头平稳地拉近，然后就接连几个大特写：两鬓、十指、灰尘满面、衣衫褴褛，使人触目惊心。

这样介绍了以后，诗人就拣取卖炭翁的一次遭遇，来加以具体描写。白居易有意把他放在一个大雪天里，这雪，虽然使他的身体格外寒冷，但却点燃了他心头的希望；虽然增加了赶车的困难，但也给了他力量，使他一口气就赶到了目的地。这是多么富于戏剧性的描写啊！卖炭翁满怀希望地赶到市上，却不急着马上把炭卖掉。他歇下来，也许还用衣袖揩一揩额头的汗水，蹲在路旁喘一口气。但是，谁能说他的内心会像他的外表一样平静呢？“牛困人饥日已高，市南门外泥中歇”，好像一场悲剧以前短暂的沉默，这两句诗把人的心弦扣得紧紧的。

接下去，诗人掉转笔锋，使故事急转直下，突然出现了两个宫使。白居易再次运用由远及近的写法，写他们骑着马远远而来，样子很威风，衣著很神气，行动很轻快，和卖炭翁那龙钟的老态、饥寒的神情，以及歇在泥中的样子，形成强烈的对照。卖炭翁还来不及弄清楚是怎么一回事，他们已经把车牵向北去了。写到这里，诗人似乎不忍心再写下去了，他简短地交代了事情的结果。也不像《新乐府》中其他的诗那样，诗人没有出面来发议论。但正是这简短的结尾，才更含蓄、更有力、更能发人深思。

琵琶行

白居易

元和十年，予左迁九江郡司马。明年秋，送客湓浦口，闻舟中夜弹琵琶者，听其音，铮铮然有京都声。问其人，本长安歌伎，尝学琵琶于穆、曹二善才，年长色衰，委身为贾人妇。遂命酒，使快弹数曲。曲罢悯然，自叙少小时欢乐事，今漂沦憔悴，转徙于江湖间。予出官二年，恬然自安，感斯人言，是夕始觉有迁谪意。因为长句，歌以赠之，凡六百一十六言，命曰《琵琶行》。

浔阳江头夜送客，枫叶荻花秋瑟瑟。
主人下马客在船，举酒欲饮无管弦。
醉不成欢惨将别，别时茫茫江浸月。
忽闻水上琵琶声，主人忘归客不发。

寻声暗问弹者谁？琵琶声停欲语迟。
移船相近邀相见，添酒回灯重开宴。
千呼万唤始出来，犹抱琵琶半遮面。
转轴拨弦三两声，未成曲调先有情。
弦弦掩抑声声思，似诉平生不得志。
低眉信手续续弹，说尽心中无限事。
轻拢慢捻抹复挑，初为霓裳后绿腰。
大弦嘈嘈如急雨，小弦切切如私语。
嘈嘈切切错杂弹，大珠小珠落玉盘。
间关莺语花底滑，幽咽泉流冰下难。
冰泉冷涩弦凝绝，凝绝不通声渐歇。
别有幽愁暗恨生，此时无声胜有声。
银瓶乍破水浆迸，铁骑突出刀枪鸣。
曲终收拨当心画，四弦一声如裂帛。
东船西舫悄无言，唯见江心秋月白。
沉吟放拨插弦中，整顿衣裳起敛容。
自言本是京城女，家在虾蟆陵下住。
十三学得琵琶成，名属教坊第一部。
曲罢曾教善才服，妆成每被秋娘妒。
五陵年少争缠头，一曲红绡不知数。

钿头银篦击节碎，血色罗裙翻酒污。
今年欢笑复明年，秋月春风等闲度。
弟走从军阿姨死，暮去朝来颜色故。
门前冷落鞍马稀，老大嫁作商人妇。
商人重利轻别离，前月浮梁买茶去。
去来江口守空船，绕船月明江水寒。
夜深忽梦少年事，梦啼妆泪红阑干。
我闻琵琶已叹息，又闻此语重唧唧。
同是天涯沦落人，相逢何必曾相识！
我从去年辞帝京，谪居卧病浔阳城。
浔阳地僻无音乐，终岁不闻丝竹声。
住近湓江地低湿，黄芦苦竹绕宅生。
其间旦暮闻何物？杜鹃啼血猿哀鸣。
春江花朝秋月夜，往往取酒还独倾。
岂无山歌与村笛？呕哑嘲哳难为听。
今夜闻君琵琶语，如听仙乐耳暂明。
莫辞更坐弹一曲，为君翻作琵琶行。
感我此言良久立，却坐促弦弦转急。
凄凄不似向前声，满座重闻皆掩泣。
座中泣下谁最多？江州司马青衫湿。

《琵琶行》是唐代诗人白居易的著名诗篇。诗的内容是写他和一位琵琶女的邂逅、琵琶女的弹奏，以及他们两人各自的身世遭遇，带有很强的叙事性。故事是这样的：

在一个深秋的夜晚，几只客船停泊在浔阳江头，船篷里透出微弱的灯光。岸边的枫树上满是红叶，和水中芦荻的白花一起点缀着秋色。

这时，诗人送客来到江边。主客登船饮酒，想驱走离别的悲凉，但谁也提不起兴致，连一句可以解闷的话也说不出来。推窗望去，寒江茫茫，水波不兴，一轮明月浸在江心，越发显得凄清。忽然，从水上传来动人心弦的琵琶声，诗人和他的朋友都听得入迷了。顺着声音找去，原来是一位独守空船的妇人，在用琵琶排遣自己的寂寞和哀愁。于是，诗人移船相近，邀请她过来相见，并且拨亮灯火，重新安排了酒宴。这妇人带几分羞怯，推辞着，迟疑着，“千呼万唤始出来，犹抱琵琶半遮面”。

盛情难却，这妇人终于开始了弹奏。先是转轴、拨弦、调音，很利索的三两声，虽然未成曲调，却已是脉脉含情了。每一根弦、每一个音，都压抑着、幽咽着，显出沉思的样子，好像在倾吐自己的失意。她的弹奏自然，没有一点矜持，没有一点做作，也没有一点取悦于人的意思，只是借琵琶来诉说自己的往事和心中无限的感触。她轻拢慢捻，左手的指法很能传情；又抹又挑，右手的动作十分准确。先弹了一首《霓裳羽衣曲》，紧接着又弹了一首《绿腰》。大弦嘈嘈，沉着而雄壮，宛如一阵急雨；小弦切切，细促而轻幽，宛如一片私语。嘈嘈切切交错着，就好像大珠小珠落玉盘一般。一会儿像花下的莺语，宛转流走；一会儿像冰下的泉水，幽咽难通，曲调是多么富于变化啊！渐渐地，泉水冷涩，好像弦被折断了似的，声音凝结休止了。但是，“别有幽愁暗恨生，此时无声胜有声”，那弦外之旨，那若断若续的馀音，似乎更能撩动人的情思，引起人的回味。忽然，如银瓶乍破，水浆迸泻；如铁骑突出，刀枪齐鸣。音乐又以极快的速度和极大的力度展开着，进入了高潮。这时她忽然用拨子一划，四根弦一起发出声响，好像猛力撕开丝帛一般，乐曲就在高潮中戛然而止了。周围的听众被琵琶曲深深打动，东船西舫全都像着了魔一样，沉浸在乐曲的馀音里默默无言，只见江心的秋月闪着皎洁的清辉。

琵琶女思忖着、迟疑着，把拨子插入弦中，站起来整理一下衣裳，从刚才的激动中恢复了常态。随即说起自己的经历。她本是京城长安人，家在虾蟆陵下住。十三岁就学得一手好琵琶，列名教坊，属于第一部。她的演技曾使著名的琵琶师曹善才叹服，她的美貌又曾引起长安名妓秋娘的忌妒。每当她演奏的时候，住在五陵一带的豪门子弟都争着给赏钱，一支曲子弹下来不知道要得到多少红绡。他们如痴如醉，一边听一边打拍子，镶金镶玉的云篦不惜打碎，鲜红的罗裙也沾了酒污。就这样，一月又一月，一年复一年，在欢笑中轻易地抛掷了自己的青春，不知不觉已经衰老，那些醉心于她的公子哥儿便抛弃她另寻新欢去了。她的门前冷落，不得不委身于一个重利寡情的商人，跟他离开长安来到这浔阳江边。丈夫经常外出经商，抛下她一个人在江口守着空船，只有绕船的月光和寒冷的江水为伴。每当深夜梦见年轻时的生活，不禁妆泪纵横，从梦中哭醒过来。

诗人听了琵琶曲已经很受感动，听了她的自述联想到自己的遭遇，更是叹息不已。“同是天涯沦落人，相逢何必曾相识！”诗人感到自己的心和这琵琶女的心是相通的，忍不住也向她述说了自己不幸的遭遇。他说：“我从去年离开京城长安，被贬谪到浔阳，又患病卧床，心情十分凄苦。这里一年到头听不到丝竹之声，住的地方低洼潮湿，房子周围长满了黄芦苦竹，从早到晚听到的不过是杜鹃的啼血和猿的哀鸣罢了。每逢美景良辰往往取酒独酌，可是没有什么悦耳的歌曲可以侑酒，那些山歌村笛实在是难以入耳啊！今天晚上听到您的琵琶语，如同听到仙乐，两耳为之一新。请不要推辞吧，再为我弹奏一曲，我为您翻写一篇《琵琶行》。”那妇人久久地伫立着，听了这番话十分感动，重新坐下弹奏一支别的曲子。曲调急促而凄凉，满座的人都听得掉下了眼泪。其中谁的泪水最多呢？江州司马白居易的青衫都沾湿了！

这首诗的突出成就是在叙事方面。中国古代叙事诗不发达，比较著名的长篇叙事诗，在唐代以前只有《绵》《生民》《孔雀东南飞》《木兰诗》等寥寥可数的几首。到唐代，杜甫的诗里叙事成分已明显增加。而到白居易生活的中唐时期，才集中地出现了一批叙事诗，如元稹的《琵琶歌》《连昌宫词》，李绅的《悲善才》，刘禹锡的《泰娘歌》，以及白居易的《长恨歌》《琵琶行》。在这批诗人里，尤以白居易的叙事技巧最突出，就拿这首《琵琶行》来说吧，其中就颇有一些值得总结的艺术经验。

首先是叙事与抒情的结合。在叙事的过程中，字里行间都渗透着对那女子的同情，深挚而隽永。诗人很善于刻画对方的心理活动，而在刻画对方心理的时候流露出自己的感情。例如邀请琵琶女相见的几句：“寻声暗问弹者谁？琵琶声停欲语迟。……千呼万唤始出来，犹抱琵琶半遮面。”把一个女子的迟移、腼腆，既难忍受独守空船的寂寞，又不便在夜间与陌生人相会的矛盾心情，十分细致地刻画出来了。又如“低眉信手续续弹，说尽心中无限事”“沉吟放拨插弦中，整顿衣裳起敛容”“感我此言良久立，却坐促弦弦转急”，这些叙述都使人感到诗人对这女子是很理解、很体贴、很同情的。诗中穿插的景物描写也很好地起到了渲染感情的作用。借“枫叶荻花秋瑟瑟”抒写惜别之情，借“绕船月明江水寒”抒写琵琶女的孤单与寂寞，借“黄芦苦竹绕宅生”抒写谪居卧病的凄苦与无聊，都是诗中画龙点睛之笔。

其次，《琵琶行》的叙事富于详略虚实的变化，脉络分明，曲折生动。诗从秋夜送客写起，由“举酒欲饮无管弦”引出琵琶声和琵琶女，这些过程都写得比较简单。接着一段音乐描写，一共用了二十二句，写得很详尽。把曲调的变化、弹奏的技巧、曲中的感情，淋漓尽致地描写出来。再下面又是简单的交代和过渡，只用四句诗说明音乐的效果和琵琶女放拨插弦、整顿衣裳的动作，便转到琵琶女叙述自己的身世。这一段又是二十二句，写得比较详细，特别是她在长安的欢乐生活，连细节都写出来了。接着是诗人的自述，贬谪以前在长安的生活一字不提，着重写谪居浔阳一年来的寂寞。在这一段话里，反复三次诉说没有悦耳的音乐，至于其他种种的细节则一概从略了。在诗人这番话的感动下，琵琶女作了第二次演奏。关于这次演奏诗人改用略写、虚写，只用“凄凄不似向前声”这样一句话便交代了过去，随即结束全诗。

《琵琶行》对音乐的描写尤有独到之处。音乐形象是难以捕捉的，如何借助语言把它变成读者易于感受的具体形象呢？这是描写音乐时常常遇到的一个困难。但这个困难在白居易笔下似乎并不存在，他写得那样灵活、那样自如，使人读着他的诗仿佛亲耳听到了音乐一般。他是怎样取得这样好的效果呢？他运用了三种写法。

第一，是比喻，用一连串比喻反复形容。“大弦嘈嘈如急雨，小弦切切如私语。嘈嘈切切错杂弹，大珠小珠落玉盘。间关莺语花底滑，幽咽泉流冰下难。……银瓶乍破水浆迸，铁骑突出刀枪鸣。”这些诗句都是用生活中具体的声音作比喻，形象地描绘了各种不同的音乐节奏和旋律。“大珠小珠落玉盘”一句，用珠玉相击的声音摹拟琵琶这种弹拨乐器的音响效果，真是再恰切不过了。人们常以珠圆玉润形容歌声的婉转，“大珠小珠落玉盘”中的珠玉，也给人以圆润之感，使人联想到乐曲的和谐。

第二，写弹者与听者的感情交流。如“未成曲调先有情”“似诉平生不得志”“说尽心中无限事”“别有幽愁暗恨生”“满座重闻皆掩泣”等等，都让人感到那琵琶声中有琵琶女的形象，也有听者的共鸣。像这样声情结合，以情绘声，显然比单纯客观地描写声音，效果要好得多。

第三，不但写有声，而且写无声。如“别有幽愁暗恨生，此时无声胜有声”“东船西舫悄无言，唯见江心秋月白”都是以无声衬托有声，用乐曲休止时的馀韵来强调乐曲的效果。如同篆刻艺术的“计白以当黑”，戏曲艺术对舞台空间的运用，这种虚中见实的表现方法，是中国古代艺术的传统特点。

《琵琶行》写于元和十一年（公元816年）秋，白居易贬官江州的第二年。元和十年（公元815年）平卢节度使李师道派人刺杀宰相武元衡，白居易认为这是重大的“国辱”，首先上书请求捕贼。当时他的官职是赞善大夫，权贵们便指责他不应越职奏事。又诬蔑说，白居易的母亲因看花坠井而死，而白居易作赏花诗、新井诗，有伤名教。白居易于是被贬为江州司马。其实他得罪的真正原因，还是在于他写的那些针砭时政的讽谕诗，早已引起权贵们的忌恨。正如他自己所说的，“始得名于文章，终得罪于文章”。这次打击给白居易的心灵留下很深的创伤，到江州后一年的生活更使他体验了社会的残酷和世态的炎凉。他有满腔的怨愤正无处倾诉，恰巧遇到这原为歌伎的商人妇，听到她的富有感情的弹奏，知道了她的悲凉身世，诗人那压抑已久的感情便像开了闸的河水，一起倾泻而出。琵琶女和诗人，他们的社会地位并不相同，两人的遭遇也各有不同的具体情况，属于不同的社会问题。但诗人还是把她引为同调，引为知己，说出“同是天涯沦落人，相逢何必曾相识”这样深挚的话来，这说明诗人对被侮辱的女性抱着同情与尊重的态度。一个封建官僚能够这样是很不容易了。

《春江花月夜》和《琵琶行》都是七言歌行。前者是一首抒情诗，结合着景物的描写，抒发了游子思妇的离愁别恨，中间又穿插着对宇宙和人生的思考，哲理性较强。后者的特点则是有较强的叙事性，有一个首尾一贯的叙事线索，中间穿插着景物描写和音乐描写。前者具有较强的普遍性，不是专写某一对游子思妇，而是适应于所有游子思妇。后者则专写某一个特定的歌伎，以及某一个特定的被贬谪的官僚，他们都有自己的特定遭遇和独特个性。前者纯粹是属于诗的和音乐的，可以将它改编为一支乐曲。后者是属于诗的，但又是属于戏剧的和小说的，而且带有通俗的、市井的色彩。白居易是中唐诗人，中唐以后城市和市民迅速兴起，通俗的市民文艺兴盛起来，白居易便是站在这个潮流前面的诗人。

石头城

刘禹锡

山围故国周遭在，潮打空城寂寞回。
淮水东边旧时月，夜深还过女墙来。

这是《金陵五题》的第一首。诗题所标示的石头城，故址在今南京市清凉山。原是楚国金陵城，东汉末年孙权重筑后改名石头城。东晋年间曾加固过。石头城北临长江，南临秦淮河口，是交通要冲、军事重镇。后人常以石头城作为金陵的代称。唐高祖武德八年（公元625年）废弃。金陵是六朝的首都。所谓六朝是指三国时代的孙吴、东晋、宋、齐、梁、陈这六个朝代。它们的寿命都不长，最长的东晋不过一百零三年，最短的齐代才二十三年，其他几个大概三五十年。朝代的迅速更迭，人事的急剧变迁，以及金陵的名胜古迹，都成为写诗的绝好材料。

这首诗用一联对句起头。“山围故国周遭在，潮打空城寂寞回。”“故国”“空城”都是指石头城。“故国”的“故”字，有今昔之感；“空城”的“空”字，有盛衰之慨。象征着六朝繁华的石头城如今已经废弃，但是周围的青山依然是老样子，而长江的潮水也像从前那样拍打着城墙。青山常在，江水长流，而六朝的繁华却已成为历史的回忆。诗人想象，那拍打空城的潮水也会因而感到寂寞的。潮水本来没有感情，无所谓寂寞不寂寞，是诗人把自己的寂寞赋予潮水，说潮水也感到寂寞，这是文艺创作中的移情作用。

后两句“淮水东边旧时月，夜深还过女墙来”。“淮水”指秦淮河。“女墙”是城墙上凹凸形的小墙，也就是城垛。从秦淮河东边升起的月亮，还像六朝时候一样慢慢爬上石头城来，在夜深时分绕过女墙，落向西方。她一天又一天，一年又一年，重复着自己的行程，并不因城的荒废而改变自己的态度。她像一位故人，最了解旧时的繁荣，也最能感受此时的荒凉。可是她的多情又有什么用呢？

这首诗的题目叫《石头城》，但并没有正面描写它。第一句“山围故国周遭在”写的是山；第二句“潮打空城寂寞回”写的是潮。三、四句“淮水东边旧时月，夜深还过女墙来”写的是月。全诗都是用石头城周围的自然景物来烘托石头城，用自然界的永恒反衬石头城的变化，暗示王朝的变迁。整首诗的构思就是建立在这种衬托和对比之上，但前半和后半又有所不同。前半境界开阔，后半笔触细腻；前半好像电影中的全景，后半好像电影中的特写。同中有异，耐人寻味。

从唐人写的诗文看来，他们对六朝似乎有一种特殊的感情。江南一带是经过六朝的开发才繁荣起来的。江南的山川草木、城郭楼台、街巷庙宇，都带着六朝的印记。这一切都会使他们想起六朝的繁华、六朝的歌舞，以及六朝人物的风流。而六朝的灭亡，作为历史的借鉴，又时时给唐人以警告。李白的诗里说：“凤凰台上凤凰游，凤去台空江自流。吴宫花草埋幽径，晋代衣冠成古丘。”杜牧的诗里说：“南朝四百八十寺，多少楼台烟雨中。”韦庄的诗里说：“江雨霏霏江草齐，六朝如梦鸟空啼。”都表达了一种历史的沉思。刘禹锡的这首《石头城》也是这样，其中有对于荒废了的古城的惋惜之情，也有因古城荒废而引起的沧桑之感。刘禹锡是一位富有革新精神的思想家和政治家，他能以积极的态度看待历史的变迁，当然不会同情那些已经灭亡的小朝廷。但是六朝的覆亡所提供的教训，是会引起诗人深思的。他在《金陵五题》的第三首《台城》里说：“万户千门成野草，只缘一曲后庭花。”就总结了陈后主荒淫误国的历史教训。《石头城》虽然写得很含蓄，没有明白地说出这类意思。但在历史兴亡的感慨背后，恐怕不能说没有更深刻的思想。

酬乐天扬州初逢席上见赠

刘禹锡

巴山楚水凄凉地，二十三年弃置身。
怀旧空吟闻笛赋，到乡翻似烂柯人。
沉舟侧畔千帆过，病树前头万木春。
今日听君歌一曲，暂凭杯酒长精神。

唐敬宗宝历二年（公元826年），刘禹锡罢和州（今安徽和县）刺史任返洛阳，同时白居易从苏州归洛，两位诗人在扬州相逢。白居易在筵席上写了一首《醉赠刘二十八使君》诗相赠："为我引杯添酒饮，与君把箸击盘歌。诗称国手徒为尔，命压人头不奈何。举眼风光长寂寞，满朝官职独蹉跎。亦知合被才名折，二十三年折太多。"刘禹锡便写了《酬乐天扬州初逢席上见赠》来酬答他。

刘禹锡这首酬答诗，接过白诗的话头，着重抒写这特定环境中自己的感情。白居易在赠诗中对刘禹锡的遭遇无限感慨，最后两句说：“亦知合被才名折，二十三年折太多。”一方面感叹刘禹锡的不幸命运，另一方面又称赞了刘禹锡的才气与名望。大意是说：你该当遭到不幸，谁叫你的才名那么高呢！可是二十三年的不幸，未免过分了。这两句诗，在同情之中又包含着赞美，显得十分委婉。因为白居易在诗的末尾说到二十三年，所以刘禹锡在诗的开头就接着说：“巴山楚水凄凉地，二十三年弃置身。”自己谪居在巴山楚水这荒凉的地区，算来已经二十三年了。一来一往，显出朋友之间推心置腹的亲切关系。

接着，诗人很自然地发出感慨道：“怀旧空吟闻笛赋，到乡翻似烂柯人。”说自己在外二十三年，如今回来，许多老朋友都已去世，只能徒然地吟诵“闻笛赋”表示悼念而已。“闻笛赋”指晋向秀所作《思旧赋》，向秀与嵇康、吕安等人友善，嵇、吕死后，向秀经过当年的旧居，听到邻人的笛声，有感而作此赋。刘禹锡原来与王叔文、柳宗元等是好友，此时他们都已去世，所以用“闻笛赋”的典故抒怀。此番回来恍如隔世，觉得人事全非，不再是旧日的光景了。后一句用王质烂柯的典故，据《述异记》记载，晋人王质入山砍樵，见二童子下棋，看到终局，发现手中的斧柄（柯）已经朽了，回乡后才知道已经历了一百年。诗中这两个典故既暗示了自己贬谪时间的长久，又表现了世态的变迁，以及回归之后生疏而怅惘的心情，涵义十分丰富。

白居易的赠诗中有“举眼风光长寂寞，满朝官职独蹉跎”这样两句，意思是说同辈的人都升迁了，只有你在荒凉的地方寂寞地虚度了年华，颇为刘禹锡抱不平。对此，刘禹锡在酬诗中写道：“沉舟侧畔千帆过，病树前头万木春。”刘禹锡以沉舟、病树比喻自己，固然感到惆怅，却又相当达观。沉舟侧畔，有千帆竞发；病树前头，正万木皆春。他从白诗中翻出这二句，反而劝慰白居易不必为自己的寂寞、蹉跎而忧伤，对世事的变迁和仕宦的升沉，表现出豁达的襟怀。这两句诗意又和白诗“命压人头不奈何”“亦知合被才名折”相呼应。二十三年的贬谪生活，并没有使他消沉、颓唐。正像他在另外的诗里所写的：“莫道桑榆晚，为霞尚满天。”（《酬乐天咏老见示》）他这棵病树仍然要重添精神，迎上春光。这两句诗形象生动，至今仍常常被人引用，并赋予它以新的意义，说明新事物必将取代旧事物。

正因为“沉舟”这一联诗突然振起，一变前面伤感、低沉的情调，尾联便顺势而下，写道：“今日听君歌一曲，暂凭杯酒长精神。”点明了酬答白居易的题意。意思是说，今天听了你的诗歌不胜感慨，暂且借酒来振奋精神吧！刘禹锡在朋友的热情关怀下，表示要振作起来，重新投入到生活中去。诗情起伏跌宕，沉郁中见豪放，是酬赠诗中优秀之作。

李凭箜篌引

李　贺

吴丝蜀桐张高秋，空山凝云颓不流。
江娥啼竹素女愁，李凭中国弹箜篌。
昆山玉碎凤凰叫，芙蓉泣露香兰笑。
十二门前融冷光，二十三丝动紫皇。
女娲炼石补天处，石破天惊逗秋雨。
梦入神山教神妪，老鱼跳波瘦蛟舞。
吴质不眠倚桂树，露脚斜飞湿寒兔。

李贺生前曾经亲自把自己的诗鳌为四编二百二十三首，交给他的朋友沈子明。大和五年（公元831年），李贺死后十五年，杜牧应沈子明之请为之作序。这就是流传至今的各种李贺集的祖本。到宋代又有外集一卷二十三首。只活了二十七岁的李贺，就是用他这二百多首诗构筑成一座神奇怪异、虚荒诞幻而又绚丽多彩的迷宫，吸引了历代的读者。

李贺也许天生就是一个内向而敏感的人，羸弱的身体，早熟的智慧，透露了这样的消息。而世俗的偏见和同辈的嫉妒像沉重的石板压在他的身上，连参加考试的机会都不给他，从政的道路从此也就堵死了。他在诗中抒写浓雾般的苦闷，好像一个失魂落魄的孩子，总在悽悽惶惶地寻觅着，又总是什么也寻不到，这是“安史之乱”以后诞生的一代人的普遍感觉。同时他又编织着色彩斑斓的憧憬，他相信自己的才能总会得到赏识，即使得不到人间皇帝的赏识，也会得到天帝的赏识。他临终前的幻觉（天帝召他为新建的白玉楼题记）正是多年的期望，期望知遇人君，不过把召唤者从人间改为天上而已。

就诗歌艺术而言，李贺至少有两方面的意义。第一，他是新的艺术表现方法的开拓者，意象的捕捉、意象的组合、语言的新奇，使我们觉得他简直是20世纪现代派诗歌的先驱。第二，他有相当多的诗，若论趣味、情调、其所构成的氛围，已和传统的诗不同，而具备了词的内在特质，似乎可以说是诗中之词。诗、词这两种体裁并不是截然割裂的，生活在词开始兴盛的中唐时期，李贺的歌诗可以看成是从诗到词的一座桥梁。

“李凭”，《全唐诗》凡两见，除此诗外还有杨巨源的两首七言绝句《听李凭弹箜篌》：“听奏繁弦玉殿清，风传曲度禁林明。君王听乐梨园暖，翻到云门第几声？”“花咽娇莺玉漱泉，名高半在御筵前。汉王欲助人间乐，从遣新声坠九天。”由此可见，李凭是梨园艺人，曾在宫廷演奏，并获得皇帝赏识。杨巨源，两《唐书》均无传。据《唐才子传校笺》《唐五代文学编年史》考证，韩愈长庆四年（公元824年）所作《送杨少尹序》（即杨巨源）言及其年七十。其生年当为唐玄宗天宝十四载（公元755年）。杨巨源于贞元五年（公元789年）进士及第，宪宗元和九年（公元814年）征为著作郎，宪宗元和十一年（公元816年）为太常博士，宪宗元和十三年（公元818年）迁虞部员外郎，约穆宗长庆元年（公元821年）改任国子司业，在京师时间较长，所以能亲自听到李凭弹箜篌。他的诗题中有一个“听”字，也可见是亲自听到的。至于他的卒年已不可考，但据贾岛、刘禹锡有关的诗，文宗大和四年（公元830年）杨巨源尚在河中少尹任，次年已经七十六岁，其卒年不会早于此年。

李贺生于德宗贞元六年（公元790年），卒于宪宗元和十一年（公元816年）。李贺于宪宗元和五年（公元810年）始官太常寺奉礼郎，掌君臣版位，以奉朝会、祭祀之礼（《新唐书·百官志》），也有可能听到李凭的弹奏。

另外，顾况有一首七古《李供奉弹箜篌歌》，描写很细致，乐器如何，动作如何，李供奉的仪态身材如何，声音如何，效果如何，以及天子和王侯将相喜爱的程度如何，一一写来，如同一篇实录，可见顾况是亲自听过李供奉弹奏的。供奉，特指以某种技艺或姿色侍奉帝王的人，李供奉是以善弹箜篌侍奉皇帝的。从诗中的描写看来，似是女性，如“指剥葱，腕削玉”。五代前蜀王建墓棺座浮雕，有弹箜篌图，弹奏者的服饰表明是女性。《古诗为焦仲卿作》：“十五弹箜篌”，也是妇女弹箜篌。是不是箜篌专由女人弹奏？有待进一步研究。

那么，这首诗的李供奉是否李凭呢？

先看弹奏的乐器，“箜篌”是弹弦乐器，分卧式（七弦）、竖式（二十三弦）两种。《史记·孝武本纪》裴骃集解引徐广曰：“应劭云：武帝令乐人侯调始造箜篌。”《隋书·音乐志下》：“今曲项琵琶、竖头箜篌之徒，并出自西域，非华夏旧器。”《旧唐书·音乐志》：“箜篌，汉武帝使乐人侯调所作，以祠太一。或云侯辉所作，其声坎坎应节，谓之坎侯，声讹为箜篌。……旧说亦依琴制，今按其形，似瑟而小，七弦，用拨弹之，如琵琶。竖箜篌，胡乐也，汉灵帝好之。体曲而长，二十有二弦，竖抱于怀，用两手齐奏，俗谓之擘箜篌。凤首箜篌，有项如轸。”（“二”“三”形近，每易互讹。如《书》：“咨女二十有二人。”王引之《经义述闻》曰：“上‘二’字当作‘三’，传写者脱去一画耳。”《汉书·地理志》：“二都得百里者百。”汲古阁本作“三都得百里者百。”《礼记》：“舜葬苍梧之野，盖三妃未之从也。”《后汉书·赵咨传》作“二妃不从”。沈钦韩《疏证》曰：“‘二’当作‘三’。”）日本正仓院保存两张。可见箜篌是中国本土的乐器，竖箜篌则是胡乐器。顾况和李贺所写的都是竖箜篌，顾况诗曰“起坐可怜能抱撮”，显然是竖箜篌。李贺诗曰“二十三丝动紫皇”，也是竖箜篌。这似乎为他们是同一人提供了一点证据，但仅凭这一点不能做结论。再从时代看，顾况约生于唐玄宗开元十五年（公元727年），约卒于宪宗元和十一年（公元816年），享年九十。据《唐才子传校笺》及《唐五代文学编年史》考证，顾况于德宗贞元三年（公元787年）以秘书郎征入朝，贞元五年（公元789年）贬授饶州司户参军。顾况在京师期间，李贺尚未出生。现在把他们三人在京师的时间排列如下：

德宗贞元三年（公元787年）顾况以秘书郎征入朝

德宗贞元五年（公元789年）顾况贬授饶州司户参军

德宗贞元六年（公元790年）李贺生

宪宗元和五年（公元810年）李贺始官太常寺奉礼郎

宪宗元和八年（公元813年）李贺东归昌谷

宪宗元和九年（公元814年）杨巨源为著作郎，入朝

宪宗元和十一年（公元816年）李贺卒、顾况卒

宪宗元和十一年（公元816年）杨巨源为太常博士

宪宗元和十三年（公元818年）杨巨源迁虞部员外郎

穆宗长庆元年（公元821年）杨巨源改任国子司业

顾况听李供奉弹箜篌在公元787年至789年之间，杨巨源听李凭弹箜篌，大概在公元814年至825年之间，李贺写李凭大概在公元810年至813年之间，而这时顾况早已不在京师了。然则顾况所写的李供奉，是不是二十多年后杨巨源和李贺所写的那个李凭呢？如果顾况当时所写的李供奉二十岁，这时已经四十多岁了，技艺固然会有长进，姿色如何，还能否引起皇帝的兴趣，就很难说了。

所以我不敢贸然地说李供奉就是李凭，也不敢贸然地说李凭就是女的。也许李凭是另外一个人，也擅长箜篌，并被召入宫廷弹奏。

箜篌引，乐府曲名。《古今注》有详细记载，不赘述。古辞曰：“公无渡河，公竟渡河。公堕河死，当奈公何。”

以上算是题解，介绍了有关的资料。现在讲李贺的诗。

“吴丝蜀桐张高秋”这一句很值得玩味。“吴丝”“蜀桐”，指吴地的丝弦，蜀地的桐木，都是制作箜篌的好材料，这里是以箜篌的局部代指全体，而且说这是一把很好的箜篌。“张”的意思是为乐器上弦，《汉书·董仲舒传》：“法出而奸生，令下而诈起，如以汤止沸，抱薪救火，愈甚亡益也。窃譬之琴瑟不调，甚者必解而更张之，乃可鼓也；为政而不行，甚者必变而更化之，乃可理也。当更张而不更张，虽有良工不能善调也；当更化而不更化，虽有大贤不能善治也。”张籍《宫词》二首其二：“黄金捍拨紫檀槽，弦索初张调更高。尽理昨来新上曲，内官帘外送樱桃。”调弦是弹奏之前必有的动作，所以“张”字也可指弹奏。《楚辞·远游》：“张《咸池》奏《承云》兮，二女御《九韶》歌。”“张”字与“奏”字对举，可为证。“高秋”，李琦注：“《岁华纪丽》：九月曰高秋，亦称暮秋。”是也。吴均《胡无人》曰：“高秋八九月，胡地早风霜。”陈子昂《秋园卧病呈晖上人》：“八月高秋晚，凉风正萧瑟。”也可为证。这句诗的意思就是李凭用一把很好的箜篌在暮秋弹奏，从王琦以来各家的注解都是如此。王琦《李长吉歌诗汇解》：“高秋咏其时。”叶葱奇《李贺诗集》：“高秋的时候，弹起箜篌来。”

这意思很普通，而且几乎没有什么诗意。但是，这句诗七个字的安排，是把表示时间的状语放在动词后面宾语的位置，让我们产生另一个想象：是李凭的音乐张开了高秋的景象，或者说是李凭张开了一幅高秋的图画，或者说李凭的音乐高昂激越有金秋之声。如果把后面诗中秋景的描写，既解释为弹奏的时间背景，又当成音乐所产生的效果，也未尝不可，这就有很浓的诗意了。

“空山凝云颓不流”，写音乐的效果，当然是暗用《列子·汤问》所载秦青“拊节悲歌，声震林木，响遏行云”的典故。不过这个典故已经用滥了，失去新鲜感。李贺加以点染，放到空山的背景上，以增加形象性；又用“颓”字代替“遏”字，“颓”有下坠或崩塌的意思，表现一种动态，空山的云坠落下来，然后凝结不流了。这就有了化腐朽为神奇的效果。李贺喜用“颓”字，《昌谷诗》：“遥峦相压叠，颓绿愁堕地。”《静女春曙曲》：“粉窗香咽颓晓云，锦堆花密藏春睡。”“空山”，宋本作“空白”，或曰指天空，但只是猜测，前人没有用例，似不如“空山”为好。

“江娥啼竹素女愁”，这一句可以有两种解释：一种是用神女的哭泣之声形容音乐的哀怨；另一种是写音乐的效果。“江娥”，就是湘妃，舜的两个妃子娥皇和女英。舜崩，二妃以涕挥竹，竹尽斑。见于张华《博物志》，故事人所熟知。“素女”，《史记·孝武本纪》：“泰帝（太昊伏羲氏）使素女鼓五十弦琴，悲，帝禁不止，故破其瑟为二十五弦。”可见她是一位擅长弹瑟的神女。其实还有第三种解释：李凭弹箜篌的神奇犹如湘妃、素女之鼓瑟。因为湘妃也是善于鼓瑟的，《楚辞·远游》：“使湘灵鼓瑟兮，令海若舞冯夷。”

三句之后才写到李凭：“李凭中国弹箜篌”，上面说过，箜篌分卧式和竖式两种，竖式的是从西域传来的，所以这里特别说到“中国”。“中国”，指“京都”。《诗经·大雅·民劳》：“惠此中国，以绥四方。”毛传：“中国，京师也。”按照一般的写法，这一句本来应该放到一开头就说的：“李凭中国弹箜篌，空山凝云颓不流。吴丝蜀桐张高秋，江娥啼竹素女愁。”但李贺偏不这样写，他先铺陈音乐，然后再说演员。这就好像京剧演员先在幕后唱一两句，然后再走出来，有先声夺人的效果。

“昆山玉碎凤凰叫”这一句是比拟箜篌的声音。昆山即昆仑山，也是神话中的山，相传出产美玉，李斯《谏逐客书》：“今陛下致昆山之玉，有随和之宝。”桓宽《盐铁论·力耕》：“美玉珊瑚出于昆山，珠玑犀象出于桂林。”玉碎之声清脆，昆山之玉其碎声更可想见了。凤凰是神话中的鸟，虽然谁也没听过凤凰叫，但历来关于凤鸣有很多描写，都是很美的，《吕氏春秋·孟春纪》说：黄帝使伶伦作为律，伶伦自大夏之西，昆仑之阴，取竹断两节间而吹之，以听凤凰之鸣，这是实写。还有用凤鸣作比喻的，《世说新语》："张华见褚陶，语陆平原曰：'君兄弟龙跃云津，顾彦先凤鸣朝阳，谓东南之宝已尽，不意复见褚生！'陆曰：'公未睹不鸣不跃者耳。'"（赏誉）"籍乃嘐然长啸，韵响寥亮。苏门先生乃逌尔而笑。籍既降，先生喟然高啸，有如凤音。"（棲逸）总之，凤凰叫是一种很美的声音，至于究竟是怎样的声音，那就全凭个人的想象了。也许从鹤鸣可以想见那是一种柔和的声音吧。箜篌有带凤首者，然则是将听觉和视觉连在一起了。

"芙蓉泣露香兰笑"，是写声音的效果，还是写音乐的声音，似乎两种讲法都可以。芙蓉可以哭，香兰可以笑，想象已很奇特，芙蓉哭还哭出了泪水，这就更奇特了。

"十二门前融冷光，二十三丝动紫皇。"班固《西都赋》："披三条之广路，立十二之通门。"汉赵岐《三辅决录》："长安城，面三门，四面十二门。""十二门"就是指长安。"融"，王琦《李长吉歌诗汇解》释为"言其声能变易气候，即邹衍吹律而温气至之意。"叶葱奇《李贺诗集》：“说他把京师的气候都变暖了。”案：“融”确有和煦之意，但联系全诗来看，此处似作明亮解为宜。唐沈亚之《湘中怨》：“醉融光兮渺渺瀰瀰，迷千里兮涵烟眉。”“融冷光”者意谓亮起冷光。为何说是冷光呢？这就涉及李贺这首诗的构思和用词的色调了。这首诗写的全是想象中的神怪世界，那些受李凭音乐感动的大都是神或者是怪，如江娥、紫皇、神妪、老鱼、瘦蛟、吴质、寒兔。在这个世界中，光也就成了冷光，也只有冷光才能渲染出全诗的气氛。“冷光”，孟郊《苦寒吟》：“天寒色青苍，北风叫枯桑。厚冰无裂文，短日有冷光。敲石不得火，壮阴夺正阳。苦调竟何言，冻吟成此章。”“紫皇”，沈约《郊居赋》：“降紫皇于天阙”。《太平御览》道部一引《秘要经》：“太清九宫皆有僚属，其最高者称太皇、紫皇、玉皇。”“动紫皇”是说把天上的紫皇都感动了。

“女娲炼石补天处，石破天惊逗秋雨。”《淮南子·览冥训》：“往古之时，四极废，九州裂，天不兼覆，地不周载，火爁炎而不灭，水浩洋而不息，猛兽食颛民，鸷鸟攫老弱。于是女娲炼五色石以补苍天，断鳌足以立四极，杀黑龙以济冀州，积芦灰以止淫水。”女娲补上去的那一块天又惊破了，从破缝中落下秋雨来，这雨是李凭的音乐逗引下来的。“逗”，是逗引的意思。

“梦入神山教神妪，老鱼跳波瘦蛟舞。”王琦注：“《搜神记》（卷四）：永嘉中，有神见兖州，自称樊道基，有妪号成夫人。夫人好音乐，能弹箜篌，闻人弦歌，辄便起舞。所谓神妪疑用此事。”又引《列子·汤问》：“匏巴鼓琴，而鸟舞鱼跃。”此二句意谓李凭于梦中教神妪，而使老鱼、瘦蛟感动。“教”也可解释为叫、令，令神妪、老鱼、瘦蛟都跳起舞来。

“吴质不眠倚桂树，露脚斜飞湿寒兔。”“吴质”，三国时人，曹丕有《与吴质书》，但与月亮无涉，疑是吴刚之误。《酉阳杂俎》卷一：“异书言月桂高五百丈，下有一人常斫之，树创遂合，人姓吴名刚，西河人，学仙有过，谪令伐树。”这两句是说，月宫里的吴刚倚在桂树上睡不着觉，玉兔被斜飞的露水打湿了，整个月亮也都显得湿漉漉的。这两句很有意境，似乎是表现音乐停止以后的馀韵。音乐停止了，听众（吴质和玉兔）却还不肯走。“吴质不眠倚桂树”，何其潇洒！“斜飞”的“斜”字尤有情趣。

那些受李凭音乐感动的大都是神或者是怪，如江娥、紫皇、神妪、老鱼、瘦蛟、吴质、寒兔。不知道李贺这样写是否寓有言外之意，但不妨这样想象：这位才能出众的音乐家，他的具有震撼力的音乐只能在神怪的世界里找到知音。这里面是否寄托了李贺这位天才自己的孤独之感呢？

陈本礼《协律钩玄》云：“此追开、宝小人祸国之由始也。”钱仲联先生《李贺年谱会笺》于宪宗元和元年（公元806年）下曰：“借音乐声以写王叔文诸人从事政治革新活动，初得顺宗信任，最后失败之过程。”恐非是。

这是一首颇有现代派意味的诗歌。诗人的想象自由驰骋，没有时间和空间的局限，忽此忽彼，跳跃腾挪；全诗由一个个破碎的印象缀合起来，一个个奇特的意象叠加起来，没有一贯的逻辑的线索。这都是现代派惯用的手法。“吴丝蜀桐张高秋”，这类句子也是典型的现代派诗句。

老夫采玉歌

李　贺

采玉采玉须水碧，琢作步摇徒好色。
老夫饥寒龙为愁，蓝溪水气无清白。
夜雨冈头食蓁子，杜鹃口血老夫泪。
蓝溪之水厌生人，身死千年恨溪水。
斜山柏风雨如啸，泉脚挂绳青袅袅。
村寒白屋念娇婴，古台石磴悬肠草。

这首诗是写采玉的艰苦劳动和痛苦心情。唐代长安附近的蓝田县以产玉著名，县西三十里有蓝田山，又名玉山。它的溪水中出产一种名贵的碧玉，叫蓝田碧。但由于山势险峻，开采这种玉石十分困难，民工常常遇到生命危险。《老夫采玉歌》便是以这里为背景。

首句重叠“采玉”二字，表示采了又采，没完没了地采。“水碧”就是碧玉。头两句是说民工不断地采玉，不过是雕琢成贵妇的首饰，徒然为她们增添一点美色而已。“徒”字表明了诗人对于这件事的态度，既叹惜人力的徒劳，又批评统治阶级的骄奢，一语双关，很有分量。

从第三句开始专写一个采玉的老汉。他忍受着饥寒之苦，下溪水采玉，日复一日，就连蓝溪里的龙也被骚扰得不堪其苦，蓝溪的水气也浑浊不清了。“龙为愁”和“水气无清白”都是衬托“老夫饥寒”的，龙犹如此，水犹如此，人何以堪！

下面两句就“饥寒”二字作进一步的描写：夜雨之中留宿山头，其寒冷可想而知；以榛子充饥，其饥饿可想而知。“夜雨冈头食蓁子”这一句把老夫的悲惨境遇像图画似地展现在读者面前，具有高度的艺术概括力。“杜鹃口血老夫泪”，是用杜鹃啼血来衬托和比喻老夫泪，充分表现了老夫内心的凄苦。

七、八句写采玉的人经常死在溪水里，好像溪水厌恶生人，必定要置之死地。而那些惨死的人，千年后也消不掉对溪水的怨恨。“恨溪水”三字意味深长，正如清代王琦所说：“夫不恨官吏，而恨溪水，微词也。”这种写法很委婉，对官府的恨含蓄在字里行间。

接下来作者描绘了令人惊心动魄的一幕：山崖间、柏林里，风雨如啸；泉水从山崖上流下来形成一条条小瀑布，采玉人身系长绳，从断崖绝壁上悬身入水，只见那绳子在狂风暴雨中摇曳着、摆动着。那是多么危险的情景啊！就在这生命攸关的一刹那，采玉老汉看到古台石级上的悬肠草，这草又叫思子蔓，不禁使他想起寒村茅屋中娇弱的儿女，自己一旦丧命，他们将怎样为生呢！

早于李贺的另一位唐代诗人韦应物写过一首《采玉行》，也是取材于蓝溪采玉人的生活，诗是这样的："官府征白丁，言采蓝溪玉。绝岭夜无家，深榛雨中宿。独妇饷粮还，哀哀舍南哭。"对比之下，李贺此篇立意更深，用笔也更锋利，特别是对老夫的心理有很细致的刻画。

《老夫采玉歌》是李贺少数以现实社会生活为题材的作品之一。它既以现实生活为素材，又富有浪漫主义的奇想。如"龙为愁""杜鹃口血"，是奇特的艺术联想。"蓝溪之水厌生人，身死千年恨溪水"二句，更是超越常情的想象。这些诗句渲染了浓郁的感情色彩，增添了诗的浪漫情趣，体现了李贺特有的瑰奇艳丽的风格。

从结构上说，诗一开头就揭露统治阶级强征民工采玉，是为了"琢作步摇徒好色"，语含讥刺。接着写老夫采玉的艰辛，最后写暴风雨中生命危殆的瞬间，他思念儿女的愁苦心情，把诗情推向高潮。这种写法有震撼人心的力量，给读者以深刻难忘的印象，颇见李贺不同凡响的艺术匠心。

梦天

李　贺

老兔寒蟾泣天色，云楼半开壁斜白。
玉轮轧露湿团光，鸾珮相逢桂香陌。
黄尘清水三山下，更变千年如走马。
遥望齐州九点烟，一泓海水杯中泻。

此诗历来不被人重视，各种唐诗选本中只有《唐诗品汇》《唐诗快》等少数几种选录。但此诗对于了解李贺很有意义，且看杜牧《李贺集序》和李商隐《李长吉小传》便知。

这首诗写梦中天上境况。

前四句写月亮。首句以兔、蟾代指月，复以“老”形容兔，以“寒”形容蟾，且曰“老兔寒蟾”皆在哭泣，“老”字、“寒”“泣”字，皆出于诗人的想象，可见其用字之狠重。似乎兔与蟾之在月宫岁月已久，寂寞之甚。“泣”字下接以“天色”，在长吉想象中，天色竟是老兔、寒蟾泣之而成者耶？或可解释为在天色将晓之际（从下文“露”字可见），老兔、寒蟾皆悲极而泣。“老兔寒蟾泣天色”极写月色之惨淡，天色之朦胧。同是写月，李白曰：“小时不识月，呼作白玉盘。”“罗帷舒卷，似有人开。明月直入，无心可猜。”何等直寻，何等爽朗！长吉则是另一番情境，其心之悲苦，由此可见。

次句“云楼半开壁斜白”，不说“云”，而说“云楼”，这让我们想起李白的《渡荆门送别》：“月下飞天镜，云生结海楼。”也是先写月，再写云，似乎李贺这首诗的开头竟是从李白那首诗演化而来的。云楼开了，但只是半开，意谓半明半暗的，云楼的墙壁只有一半笼罩在月光之中，一道斜白格外显眼，所以说“壁斜白”，李贺笔触之细腻于此可见。此句通过拂晓时云之变化，进一步写月。

第三句“玉轮轧露湿团光”，“玉轮”还是代指月，这没有什么稀奇，宋之问《送赵司马赴蜀州》：“定知和氏璧，遥掩玉轮辉。”奇特的是李贺想象这“玉轮”在转动，轧在露水上，而且把自己弄湿了。晚唐韩偓《重游曲江诗》：“犹是玉轮曾碾处，一泓秋水涨浮萍”，同一机杼。“团光”也是指月亮，不过换了一个说法。

以上三句都是从外面看月，第四句“鸾珮相逢桂香陌”，则写到月亮之中。月中有桂树，桂树种在街道的两侧，成了一条“桂香陌”。李贺梦想自己在“桂香陌”上遇到嫦娥。“鸾珮”，雕有鸾鸟的玉珮，此指身戴鸾珮的嫦娥。李贺《天上谣》曰：“玉宫桂树花未落，仙妾采香垂佩缨。”可以互相参照。但不如李贺自己见到嫦娥更有情趣。

以下四句是从天上观看人间，而且已不限于月宫。“黄尘清水三山下，更变千年如走马。”所谓“三山”，据《博物志》云：“蓬莱、方丈、瀛洲，海中三神山也。”然则“清水”亦当指海水，“黄尘”指陆地。《神仙传》载：东汉桓帝时，麻姑曾应仙人王远（字方平）召，降于蔡经家，为一美丽女子，年可十八九岁，手纤长似鸟爪。蔡经见之，心中念曰：“背大痒时，得此爪以爬背，当佳。”方平知经心中所念，使人鞭之，且曰：“麻姑，神人也，汝何思谓爪可以爬背耶？”麻姑“入拜方平，方平为之起立。坐定，召进行厨，皆金玉盃盘无限也。肴膳多是诸花果，而香气达于内外。擘脯而行之如松柏炙，云是麟脯也。麻姑自说云：‘接侍以来，已见东海三为桑田。向到蓬莱，水又浅于往昔会时略半也。岂将复还为陵陆乎？’方平笑曰：‘圣人皆言海中复扬尘也。’”李贺所谓“黄尘清水”，即海水清浅，当复扬尘之意。这两句用《神仙传》中麻姑与王方平的对话，意谓沧海桑田，互相变更。在人间千年一变，自天上看来不过如走马之迅速。然则人生缥缈，荣华富贵均不可久恃也。

末二句“遥望齐州九点烟，一泓海水杯中泻。”进一步写人间之渺小。“齐州”，犹中州，古时指中国。《尔雅·释地》：“岠齐州以南，戴日为丹穴。”郭璞注：“岠，去也；齐，中也。”又，古代分中国为九州，其说不一。后以“九州”泛指天下。李贺将这两种说法合在一起，意谓人间陆地不过如九点烟尘而已，大海之深广不过杯水之倾泻而已。李贺《天上谣》曰：“东指羲和能走马，海尘新生石山下。”可以参看。姚文燮评曰：“末二句分明说置身霄汉，俯视天下皆小，宜其目空一世也。”

需要强调的是，这首诗乃是李贺梦想自己上了天，先看到月亮，从外到里，对月亮做了独特的观察和描写。又写遇到嫦娥，又融入麻姑的典故，从天上俯视人寰，沧海桑田，千年一瞬，不仅表现了对天上的向往，又表现了对人世的超越之感。李商隐《李贺小传》载：“长吉将死时，忽昼见一绯衣人，驾赤虬，持一版，书若太古篆或霹雳石文者，云：‘当召长吉。’长吉了不能读，欻下榻叩头，言：‘阿弥老且病，贺不愿去。’绯衣人笑曰：‘帝成白玉楼，立召君为记，天上差乐不苦也。’长吉独泣，边人尽见之。少之，长吉气绝。”李贺在世上因才高而被嫉妒，连进士考试都不能参加，韩愈作《讳辨》曰：“贺举进士，有名，与贺争名者毁之，曰：‘贺父名晋肃，贺不举进士为是。”但仍不能改变李贺的命运，以致他终身沉沦下僚，仅仅做了奉礼郎这样的小官，郁郁而终，年仅二十七岁。李贺之梦想天界，曲折地反映了他在人世间的痛苦。

秋夕

杜 牧

银烛秋光冷画屏，轻罗小扇扑流萤。
天阶夜色凉如水，坐看牵牛织女星。

这诗写一个失意宫女的孤独生活和凄凉心情。

前两句已经描绘出一幅深宫生活的图景。在一个秋天的晚上，白色的蜡烛发出微弱的光，给屏风上的图画添了几分暗淡而幽冷的色调。这时，一个孤单的宫女正用小扇扑打着飞来飞去的萤火虫。“轻罗小扇扑流萤”，这一句十分含蓄，其中含有三层意思：第一，古人说腐草化萤，虽然是不科学的，但萤总是生在草丛冢间那些荒凉的地方。如今，在宫女居住的庭院里竟然有流萤飞动，宫女生活的凄凉也就可想而知了。第二，从宫女扑萤的动作可以想见她的寂寞与无聊。她无事可做，只好以扑萤来消遣她那孤独的岁月。她用小扇扑打着流萤，一下一下地，似乎想驱赶包围着她的孤冷与索寞，但这又有什么用呢？第三，宫女手中拿的轻罗小扇具有象征意义。扇子本是夏天用来挥风取凉的，秋天就没用了，所以古诗里常以秋扇比喻弃妇。相传汉成帝妃班婕妤为赵飞燕所谮，失宠后住在长信宫，写了一首《怨歌行》：“新裂齐纨素，皎洁如霜雪。裁为合欢扇，团团似明月。出入君怀袖，动摇微风发。常恐秋节至，凉飙夺炎热。弃捐箧笥中，恩情中道绝。”后来诗词中出现团扇、秋扇，便常常和失宠的女子联系在一起。如王昌龄的《长信秋词》：“奉帚平明金殿开，且将团扇共徘徊”，王建的《宫中调笑》：“团扇，团扇，美人病来遮面”，都是如此。杜牧这首诗中的“轻罗小扇”，也象征着持扇宫女被遗弃的命运。

第三句“天阶夜色凉如水”。“天阶”指皇宫中的石阶。“夜色凉如水”暗示夜已深沉，寒意袭人，该进屋去睡了。可是宫女依旧坐在石阶上，仰视着天河两旁的牵牛星和织女星。民间传说，织女是天帝的孙女，嫁与牵牛，每年七夕渡河与他相会一次，有鹊为桥。汉代《古诗十九首》中的“迢迢牵牛星”，就是写他们的故事。宫女久久地眺望着牵牛织女，夜深了还不想睡，这是因为牵牛织女的故事触动了她的心，使她想起自己不幸的身世，也使她产生了对于真挚爱情的向往。可以说，满怀心事都在这举首仰望之中了。

宋代梅圣俞说："必能状难写之景如在目前，含不尽之意见于言外，然后为至矣。"（《六一诗话》）这两句话恰好可以说明此诗在艺术上的特点。一、三句写景，把深宫秋夜的景物十分逼真地呈现在读者眼前。"冷"字，形容词当动词用，很有气氛。二、四两句写宫女，含蓄蕴藉，很耐人寻味。诗中虽没有一句抒情的话，但宫女那种哀怨与期望相交织的复杂感情见于言外，从一个侧面反映了她们的悲惨命运。

锦瑟

李商隐

锦瑟无端五十弦，一弦一柱思华年。
庄生晓梦迷蝴蝶，望帝春心托杜鹃。
沧海月明珠有泪，蓝田日暖玉生烟。
此情可待成追忆，只是当时已惘然。

律诗的一般读法，首尾两联表达主旨，中间两联铺陈。

《锦瑟》首联点出“华年”二字，即年华，意犹岁月。尾联又说到“此情”“追忆”“当时”，则显然是在回忆自己当时的一段往事，其中包含当时的一段感情纠葛。这段感情在当时已经是惘然，如今更加惘然了。“惘”是失意貌，惘然若失。他失去了本来应当属于他的美的东西，为之惋惜，为之追悔。随着岁月的增加，这种感情越来越深。

但是这段感情李商隐说不清楚，或者不愿意说清楚，只是用一系列意象加以比喻，这就是中间两联。“庄生”句是说犹如一个美丽的梦。“望帝”是说这春心带来的只有悲哀，“春心”，指爱情而言。皎然《长门怨》：“春风日日闭长门，摇荡春心自梦魂。若遣花开只笑妾，不如桃李正无言。”李白《越女词》其二：“吴儿多白皙，好为荡舟剧。卖眼掷春心，折花调行客。”李商隐《无题》：“春心莫共花争发，一寸相思一寸灰。”“沧海”句仍然是一个悲哀的意象，重在那个“泪”字上。“蓝田”句是说一切都烟消云散了。这四句暗含一个美丽的梦破灭的故事。由这个故事带来的“情”，最后总结为“惘然”二字，明确地告诉我们他的失望。

我只能讲到这里，至于那故事是为谁而发，任何的猜测都是缺乏根据的。

最后回到第一句，诗人面对的是一张多少弦的锦瑟呢？是二十五弦的锦瑟。不要被那个“五十”迷惑住，五十弦是书上的记载，现实生活中早已是二十五弦了。诗的意思是说，五十弦的记载是无端的、无缘无故的，应当是二十五弦。正是这二十五弦的锦瑟勾起自己的一段回忆，想起自己的一段往事，那是二十五岁左右的一段故事。二十五不是写诗的时间，是当时那段故事发生的时间，也就是他追忆的那段时间。

我主张对诗的诠释回到文本上来，留给读者多一些想象的馀地。本事的考证是必要的，但不要讲得太死，也不能只是在外围做考证。汉儒解释《诗经》的影响太大了，清代的陈沆编《诗比兴笺》又用这种方法解释汉代至唐代的一些诗歌，清代的一些注家在整理古人的别集时也用这种方法，过度寻找微言大义，难免穿凿附会，愈来愈加支离。

《锦瑟》是一首很美的诗，特别是中间四句，晓梦蝴蝶、春心杜鹃、海月珠泪、暖日玉烟，这四个意象都是复合意象，而且多是用大自然中美丽的事物构成的，给读者许多想象的空间。这一定是象征一段美好的回忆，而在这回忆之中包含美好的事物或美丽的人物。除了爱情，还有什么能够当得起这样的形容呢？何况诗人在诗的末尾已经点出这是一种“情”，“此情可待成追忆”，所以我说这是在回忆自己当时的一段往事，其中包含当时的一段感情纠葛。说到这里为止，再多的考证和引申，反而显得多馀了。

菩萨蛮

温庭筠

玉楼明月长相忆，柳丝袅娜春无力。门外草萋萋，送君闻马嘶。　　画罗金翡翠，香烛销成泪。花落子规啼，绿窗残梦迷。

词的抒情主人公是一位年轻的女子。在暮春的黎明时分，她送走情人，懒懒地踱回玉楼，陷入沉思之中。昨宵的相会，今晨的送别，柳丝、春草、马嘶、鸟啼，种种印象纷至沓来，一片迷惘。词人截取她意识活动中的几个片段，写成这首精绝动人的作品。

中国古典诗词多是篇幅短小的抒情诗，所以特别注重语言的精练含蓄，一句诗往往可以让人体会出多方面的含义。有的诗虽不免带一点朦胧，但这朦胧却正可以启发人的想象。如这首词开头一句“玉楼明月长相忆”，可以说是女子送走情人之后，自己在玉楼晓月之中久久地思念着他；也可以说是女子在叮咛她的情人，请他永远记住这玉楼明月的相会，记住这楼中人。或许两方面的意思都有，她想着他，他想着她，而这玉楼明月就是唤起他们记忆的标志和象征。

“柳丝袅娜春无力”，这一句也可以唤起读者多种多样的联想。首先，柳丝是春的象征。在各种树木中，柳树大概是对春的来临最敏感了，而柳丝到了袅娜无力地下垂着、摇摆着的时候，已经是暮春时节了。其次，柳丝又是离别的象征。折柳送别，本是古代的习俗。隋代无名氏诗：“杨柳青青着地垂，杨花漫漫搅天飞。柳条折尽花飞尽，借问行人归不归？”传为李白的《忆秦娥》说：“年年柳色，霸陵伤别。”都是借柳来渲染离情，而给人留下深刻的印象。温庭筠在这首词里写柳丝也有暗示离别的意思。复次，那袅娜无力的，你说是柳丝吗？确是柳丝。但那刚刚送走了情人的没情没绪的女子，又何尝不是这样呢？词人将一个“春”字放在“无力”的前面，是有意把“无力”的主语弄得模糊一点，让读者从更广泛的事物上产生联想。在暖烘烘的春天里，那女子觉得自己是无力的，所以一切也都是无力的。浦江清先生说：“‘春’字见字法，若云‘风无力’则质直无味。柳丝的袅娜，东风的柔软，人的懒洋洋地失情失绪，诸般无力的情景，都是春的表现。”（《国

文月刊》第三十六期《温庭筠菩萨蛮笺释》)

“门外草萋萋，送君闻马嘶。”这两句有声有色。眼中所见，耳中所闻，无不加重了离别的愁绪。在古诗里，春草萋萋的意象本来就和离别结了缘，《楚辞·招隐士》：“王孙游兮不归，春草生兮萋萋。”白居易《赋得古原草送别》：“又送王孙去，萋萋满别情。”而马嘶更能震动离人的心弦，提醒人离别的难免。《西厢记》长亭送别一折：“柳丝长玉骢难系”，用柳丝、玉骢点染离情，与温词有异曲同工之妙。

下片写那女子回到楼中之所见所思。昨宵的欢聚顿成过去，再看那些引起欢乐回忆的东西，反而感到凄凉。“画罗金翡翠，香烛销成泪。”画罗，大概指帷帐之属。温词中如《定西番》“罗幕翠帘初卷”，《南歌子》“罗帐罢炉熏”、《遐方怨》“凭绣槛，解罗帷”，皆是。罗帷上绣画金翡翠，犹之《诉衷情》中的“凤凰帷”。这女子送走情人之后，转回内室，首先映入眼中的便是那绣着金翡翠的罗帷。可以想见，那翡翠鸟一定是成双成对的，这热闹的图画反衬出她的孤单。等她进入帷内，在晨曦微明之中，最引她注目的自然要数那即将燃尽的香烛了。“香烛销成泪”，是因为她的心绪不好，所以烛油在她看来竟似泪水一般。这是所谓移情作用。杜牧的《赠别》中有两句说：“蜡烛有心还惜别，替人垂泪到天明”，也是这样的写法。这里虽然没有写那女子流泪，但她的流泪已是不言而喻了。

“花落子规啼”这一句转而写窗外。似乎那女子回到楼中便守着窗儿远眺，想再目送情人一程。此时，窗外是花落鸟啼，一片暮春景象。她触景伤情，也许想到自己的青春难驻，而越发悲伤了。子规鸟又叫思归、催归，啼声凄厉，如言“不如归去。”子规的声声啼唤，仿佛是这女子的代言，唤出了她的心思，也加重了她的哀伤。词的最后以“绿窗残梦迷”作结，绿窗给人以安谧宁静的感觉。刘方平《夜月》：“今夜偏知春气暖，虫声新透绿窗纱。”韦庄《菩萨蛮》：“劝我早归家，绿窗人似花。”都以绿窗渲染家庭气氛。此处举绿窗以见窗下的女子。关于“残梦迷”，如浦江清先生所说：“往日情事至人去而断，仅有片段的回忆，故曰残梦。迷字写痴迷的神情，人既远去，思随之远，梦绕天涯，迷不知踪迹矣。”

温词长于抒情，能把握感情的每一丝细微的波澜，以艳词秀句出之，兼有幽深、精绝之美。温词之抒情，往往只是截取感情的几个片段，意象之间若断若续，几乎看不见缝缀的针线，中间的环节全靠读者发挥自己的想象加以补充，因此特别耐人寻味。人的情绪作为一种心理活动，本来就不很容易把握，它往往是模糊的、浮动的、若隐若现的，喜怒哀乐之间的界限有时也不一定那么分明。情绪的转换往往在转瞬之间，它们随着外界景物的变换不断地跳跃着。像温庭筠笔下常常出现的那类多愁善感的女子，她们的感情尤其是如此。温庭筠善于掌握她们的心理特点，细致、准确而又不着痕迹地将她们的情绪表现出来，真是恰到好处。周济说：“针缕之密，南宋人始露痕迹，《花间》极有浑厚气象。如飞卿则神理超越，不复可以迹象求矣；然细绎之，正字字有脉络。”（《介存斋论词杂著》）他也可以说是温庭筠的知音了。

菩萨蛮

韦　庄

红楼别夜堪惆怅，香灯半掩流苏帐。残月出门时，美人和泪辞。　　琵琶金翠羽，弦上黄莺语。劝我早归家，绿窗人似花。

韦庄的《菩萨蛮》词，《花间集》共载五首，它们之间的内容有一定的关联，都是围绕是否归家还乡这个中心来写的，反映了词人漂泊江南时矛盾复杂的心情。这里选录的是其中的第一首。

起句“红楼别夜堪惆怅”，“红楼”是歌伎住的地方，不是指词人的家。《花间集》中，“红楼”一词曾出现过四次，这首除外，韦庄又有《河传》云：“玉鞭魂断烟霞路，莺莺语，一望巫山雨。香尘隐映，遥见翠槛红楼，黛眉愁！”毛文锡《甘州遍》云：“花蔽膝，玉衔头，寻芳逐胜欢宴，丝竹不曾休。美人唱，揭调是甘州，醉红楼。”又《恋情深》云：“滴滴铜壶寒漏咽，醉红楼月。宴馀香殿会鸳衾，荡春心。”这几首词所提到的“红楼”，显然都是指歌伎的住所。红楼的遇合，转眼已到别离之夜，而这别夜的惆怅是难以忍受的。下句“香灯半掩流苏帐”，便写的是这“别夜”的情形。“香灯”，是用香料制油点的灯，庾信《灯赋》就有“香添燃蜜，气杂烧兰”的说法。“流苏”，是以五彩丝线缉成的穗子，用来装饰罗帐。王维《扶南曲》有“翠羽流苏帐”之语。由“香灯”“流苏帐”可见红楼的华丽、温馨。然此句的意境还在“半掩”二字。“掩”，一作“卷”，两者角度不同。“卷”是着眼于打开的一半，“掩”则着眼于遮盖着的一半，用在这里当然是“掩”字更好些。“半掩”置于“香灯”和“流苏帐”之间，既可指灯光掩映，又可指流苏帐半掩半卷；而灯光的半掩与流苏帐的半掩又相互关联，形成一种朦胧的气氛，这正是一个互相倾诉衷曲的气氛，足以引起离别的惆怅。

接下二句“残月出门时，美人和泪辞”，是说黎明之时，词人即将离开红楼而去，美人流着眼泪和他话别。这里的“美人”，指的是红楼之人，而不是词人的妻子。温庭筠、欧阳炯、毛文锡等花间词人亦多用“美人”，他们或是用来指歌伎，或是用来泛指美人，都没有用来指自己妻子的。在唐诗中也是这样。如高适《燕歌行》：“战士军前半死生，美人帐下犹歌舞”，这个“美人”显然也是指随军的歌伎。

换头句，“金翠羽”，是琵琶的饰物，在捍拨上，多用金翠色的凤鸟图案。李贺有诗云：“蟾蜍碾玉挂明弓，捍拨装金打仙凤”（《春怀引》）；牛峤有词云：“捍拨双盘金凤”（《西溪子》），可见在唐代，捍拨上用鸟作装饰图案是很常见的。“琵琶金翠羽”不仅形容琵琶的美形，也让人联想到琵琶的美声。但这里只是一种暗示，下句“弦上黄莺语”才是明喻。它是用黄莺的鸣声比喻琵琶的声音。白居易《琵琶行》有“间关莺语花底滑”句，韦词正从此脱化出来。二句是说，美人拨弄琵琶，哀婉之音，犹如黄莺语于弦上。

末二句“劝我早归家，绿窗人似花”，是美人别时言语。“早归家”，不是要词人回到红楼，而是要他回到自己的家。绿窗下似花的人，也不是指自己，而是指词人的妻子。“劝我早归家，绿窗人似花”，言外之意，绿窗下的人比我更美，你还是把我忘掉吧。美人果真是这样想的吗？显然不是，不然为什么要“和泪辞”呢？这话是反说。这样说，表现了美人自悲、自谦、自怨、自艾的心理，更加显出美人离别的悲痛。

前人在评价韦庄词时，常把他同温庭筠作比较。如周济《介存斋论词杂著》说："词有高下之别，有轻重之别。飞卿下语镇纸，端己揭响入云，可谓极两者之能事。"王国维《人间词话》说："'书屏金鹧鸪'，飞卿语也，其词品似之；'弦上黄莺语'，端己语也，其词品亦似之。"这些评价大体说出温、韦词的不同风格。温庭筠的《菩萨蛮》（玉楼明月长相忆）与韦庄此词内容相近，风格各异，两相比较，是很有意思的。

待月台

苏　轼

月与高人本有期，挂檐低户映蛾眉。
只从昨夜十分满，渐觉冰轮出海迟。

这首诗是苏轼《和文与可洋州园池》组诗中的一首。组诗共三十首，这是其中第十首，于熙宁九年（1076年）知密州任上作。文与可，即文同，善画竹及山水。他是苏轼的从表兄，二人相交甚厚，经常有诗文往来。文与可守洋州（治所在今陕西汉中洋县）时，曾寄苏轼《洋州园池三十首》，苏轼皆依题和之。

根据宋代学者家诚之所编的《石室先生年谱》“先生赴洋州，在熙宁八年秋冬之交，至丁巳秋任满还京”的记述，可知文与可守洋州是在熙宁八年至九年（1075—1076年），其时正是苏轼被排挤出朝廷之后，由杭州通判调任密州知州时期。

文与可的《待月》诗的原文是："城端筑层台，木梢转深路。常此候明月，上到天心去。"诗中写出了诗人对待月台的喜爱以及到待月台赏月时产生的悠然神往、飘然欲仙的心境，引起了东坡的共鸣。

苏轼是继李白之后，甚喜明月并写有大量吟诵明月的诗、文、词的作家，借此寄寓诗人特有的旷达胸怀。正因为苏轼对月有着特殊的情感，所以才对别人的咏月诗有着敏锐的感受。他对文与可寄素心与明月的一片深情，十分理解，所以和诗的第一句便说："月与高人本有期。"不仅视文与可为同调，认为他是高雅之士，而且在苏轼心中，高雅之士都是爱月的，所以才说月与高人早有期约，因为他们本来就是"心有灵犀一点通"的。

"挂檐低户映蛾眉"一句，既是眼前之景、心中之情，又是从前人诗句中化来的。南朝鲍照的《玩月城西门廨中》诗有"末映西北墀，娟娟似蛾眉"之句，唐人李咸用也有"挂檐晚雨思山阁"之句。前人诗句一经苏轼点化，不仅意境新颖，而且更加凝练。"挂檐低户映蛾眉"一句说明，由于月的侵檐入户，使月与人显得十分亲近，而娟娟似蛾眉的柔情美态，也就显得更为动人。这看似写景的一笔，却使"月与高人本有期"的内涵更加具体化、形象化了。

诗人观月动情，从月的圆缺上想到人的命运。“只从昨夜十分满，渐觉冰轮出海迟”二句，写出了因满招损的自然规律。满月给人间曾带来无限美景和喜悦之情，然而满即缺之始。诗人久久伫立，眺望远海，等待着迟迟升起的一轮冰月，心中不免泛起淡淡的愁绪。“冰轮”二字写出了月的光洁、纯净，同时也略带清寒之意。此时诗人那官场失势的往事，大概正随着海上徐徐升起的明月而浮现在犹如海波一样动荡不宁的思绪之中了。

诗人以人拟月，借月抒感，把月写得有情有思。这种以人拟物、借物抒怀的高超技法，是苏轼诗的一个显著特征。

筼筜谷

苏　轼

汉川修竹贱如蓬，斤斧何曾赦箨龙？
料得清贫馋太守，渭滨千亩在胸中。

这首诗是苏轼《和文与可洋州园池三十首》中的第二十四首。筼筜，是一种高大的竹子。据《异物志》："筼筜生水边，长数丈，围尺五六寸，一节相去六七尺，或相去一丈，土人绩以为布。"又《名胜志》载，"筼筜谷，在洋县城西北五里"。文与可官洋州时，曾于谷中筑披云亭，经常游赏其中。苏轼在《文与可画筼筜谷偃竹记》中说："筼筜谷在洋州，与可尝令余作《洋州三十咏》，《筼筜谷》其一也。"

文与可的《筼筜谷》诗的原文是："千舆翠羽盖，万锜绿沈枪。定有葛陂种，不知何处藏。"大意是说，谷中竹林繁茂，俯瞰，犹如千万顶碧翠的车盖；平视，宛似武库架上矗立的万杆长枪。其中定有葛陂湖中化龙的神竹，只是难以找到它藏身之所。葛陂湖，在今河南驻马店新蔡县北，相传后汉汝南人费长房学道十年而归，受师命投竹杖于湖中，化为飞龙，于是百怪不生，水物灵异。文与可的诗写出了筼筜谷茂竹的长势和自己临谷观竹时的欣喜之情，同时寓有以竹托人之意。而苏轼的和诗却不写竹而写笋，写竹笋给文与可生活带来的乐趣和情味，其中也不乏以笋托人之情。

首句“汉川修竹贱如蓬”，开篇就表明自己没有观赏修竹的意思。“贱如蓬”三字，极言竹之众多。竹多笋亦多，隐隐关合第三句，为“清贫”“馋”作铺垫。当时苏轼在北方的密州，眼前没有茂密的修竹，提笔写竹就不能太实，像文与可诗中“千顶翠盖”“万杆绿枪”那样的实景，很难从笔下流出。眼前无景，不便杜撰，于是避实就虚，写想象中的情事。所以第二句“斤斧何曾赦箨龙”，笔墨转向了作为美味佳肴的笋箨。箨龙，是笋的别名。《事物异名录·蔬榖·笋》：“竹谱，笋世呼为稚子，又曰稚龙、曰箨龙、曰龙孙。”唐代诗人卢仝《寄男抱孙》诗有“万箨抱龙儿，攒迸溢林薮。……箨龙正称冤，莫杀入汝口”的句子。苏轼此句，从卢仝诗中脱出，却另辟新境，借惜竹之情抒发贤才遭受摧残的感慨，同文与可借竹托人的用意暗合。可诗人并不想在这里过多地借题发挥，以免引起不愉快的回忆，勾出更沉重的心思，于是笔锋一转，唱出了轻松愉快的调子。

“料得清贫馋太守，渭滨千亩在胸中。”渭滨，一作“渭川”。两句大意是说，我猜想得出，由于廉洁而清贫的太守，一定见此野味而嘴馋，乃至想把渭水流域的千亩之竹尽吞胸中。这两句诗，既有羡慕之情，又有赞美之意，同时有戏谑的成分，体现了两位诗人之间亲密的情谊，深刻的了解。苏轼在《文与可画筼筜谷偃竹记》中写道：“余诗云：‘料得清贫馋太守，渭滨千亩在胸中。’与可是日与其妻游谷中，烧笋晚食，发函得诗，失笑，喷饭满案。”此记与诗可相佐证。

这首诗既沉重又轻快。其暗喻和寄托造成了沉重的一面；其戏谑与赞美又使情调变得诙谐而轻松。大手笔作诗，总是舒卷自如，举重若轻，而又内涵丰富，底蕴深厚。

对文与可的《筼筜谷》诗，苏轼的胞弟苏辙也有和诗，曰：“谁言使君贫，已用谷量竹。盈谷万万竿，何曾一竿曲。”（《栾城集·和筼筜谷》）赞美中亦有嬉戏之意，与苏轼此诗可相参阅。

月夜与客饮酒杏花下

苏　轼

杏花飞帘散馀春，明月入户寻幽人。
褰衣步月踏花影，炯如流水涵青蘋。
花间置酒清香发，争挽长条落香雪。
山城酒薄不堪饮，劝君且吸杯中月。
洞箫声断月明中，惟忧月落酒杯空。
明朝卷地春风恶，但见绿叶栖残红。

这首七言古体诗据宋人王十朋注云：“按先生《诗话》云：‘仆在徐州，王子立、子敏皆馆于官舍。蜀人张师厚来过，二王方年少，吹洞箫，饮酒杏花下。’”可知作于徐州任上。又宋人施元之注云：“真迹草书，在武宁宰吴节夫家，今刻于黄州。”

这首诗的题目为“月夜与客饮酒杏花下”，所以除了写人还要写月、写花、写酒，既把四者糅为一体，又穿插写来，于完美统一中见错落之致。

诗的开头两句“杏花飞帘散馀春，明月入户寻幽人”，开门见山，托出花与月。首句写花，花落春归，点明了时令。次句写月，月色入户，交代了具体时间和地点。两句大意是说，在一个暮春之夜，随风飘落的杏花，飞落在竹帘之上，它的飘落，似乎把春天的景色都给驱散了。而此时，寂寞的月，透过花间，照进庭院，来寻觅幽闲雅静之人。“寻幽人”的“寻”字很有意趣。李白有诗曰：“举杯邀明月，对影成三人。”诗人是主，明月是客，说明诗人意兴极浓，情不自禁地邀月对饮。而在此诗中，明月是主，诗人是客，明月那么多情，居然入户来寻幽人。那么，被邀之人能不为月的盛情所感，从而高兴地与月赏花对饮吗？

接下来“褰衣步月踏花影，炯如流水涵青蘋”二句，是说诗人应明月之邀，揽衣举足，沿阶而下，踱步月光花影之中，欣赏这空明涵漾、似水涵青蘋的神秘月色。这两句空灵婉媚，妙趣横生。诗的上下两句都是先写月光，后写月影。“步月”是月光，“踏花”是月影；“炯如流水”是月光，“涵青蘋”是月影。“炯如流水”，是说月光清澈如水，“炯”字写月光的明亮，如杜甫《法镜寺》：“朱甍半光炯，户牖粲可数。”“涵青蘋”是对月影的形象描绘，似水月光穿过杏花之后，便投下斑斑光影，宛如流水中荡漾着青蘋一般。流动的月光与摇曳的青蘋，使沉静的夜色有了动感，知月惜花的诗人，沐浴在花与月的清流之中，不正好可以一洗尘虑、一涤心胸吗？这两句诗勾画了一个清虚、明静、空灵而缥缈的超凡境界。

“花间置酒清香发，争挽长条落香雪”两句写花与酒。“长条”与“香雪”都是指花。杜甫《遣兴》诗中有“狂风挽断最长条”之句，白居易《晚春》诗中则说：“百花落如雪。”“花间置酒”两句化用了杜甫、白居易诗意，写出了赏花与饮酒的强烈兴致。美酒置于花间，酒香更显浓郁；香花，趁着酒兴观赏，则赏花兴致也就更高。花与酒互相映发。诗人此时的情怀，与李白《月下独酌》“花间一壶酒，独酌无相亲”的意趣迥然不同，不是寂寞孤独，而是兴致勃勃。

“山城”以下四句，前两句写借月待客，突出“爱月”之心。山城偏僻，难得好酒，可是借月待客，则补酒薄之不足。“劝君且吸杯中月”一句，是从白居易《寓龙潭寺》诗“云随飞燕月随杯”中化出，表明诗人对月之爱远远超出了对酒之爱。后两句情绪渐转低沉，见诗人“惜月”之情。随着时间的推移，月光的流转，悠扬的箫声渐渐停息，月下花间的几案之上，杯盘已空，诗人不禁忧从中来。此时诗人最忧虑的不是别的，而是月落。这里含着十分复杂的情感，被排挤出朝廷的诗人，虽然此时处境略有好转，但去国之情总不免带来凄清之感，在此山城，唯有明月与诗人长相陪伴。月落西山，诗人情无以堪。

诗的最后两句转写花，不过不是月下之花，而是想象中凋零之花。月落杯空，夜将尽矣，于是对月的哀愁转为对花的怜惜。今夕月下之花如此动人，明朝一阵恶风刮起，便会落英遍地，而满树杏花也就只剩下点点残红。诗中显然寄寓了对人生命运的感慨。

这首诗韵味淳厚，声调流美，在表现手法上很有特色。首先是物与人的映衬，情与景的融入。人因物而情迁，物因人而生色。首句“杏花飞帘散馀春”，是一派晚春景色，天上有明媚之月，花下有幽居之人，绮丽之中略带凄清之感。接着“明月入户寻幽人”一句，达到了物我相忘的境界。诗人因情设景，因景生情，情景交融，出神入化。若与李白《独漉篇》中这四句对照，更觉有趣：“罗帏舒卷，似有人开。明月直入，无心可猜。”

构思的错落有致、变化自如，使全诗情致显得更浓。开篇两句既写花又写月。三、四句重点写月，其中也有写花之笔。

五、六句写花、写酒，但重在写花。七、八句写爱月之深。九、十句写惜月之情。最后两句是虚笔，借花的凋零写惜春之情，并寄有身世之感，寓意更深一层。通观全篇，诗人紧扣诗题，不断变换笔墨，围绕花、月、酒三者，妙趣横生。

诗人笔下的月，不仅是含情脉脉，而且带着一股仙气与诗情。这种仙气与诗情，是诗人超脱飘逸风格的体现，也是诗人热爱自然的心情的流露。

水调歌头

苏　轼

丙辰中秋，欢饮达旦，大醉，作此篇，兼怀子由。

明月几时有？把酒问青天。不知天上宫阙，今夕是何年。我欲乘风归去，又恐琼楼玉宇，高处不胜寒。起舞弄清影，何似在人间！　转朱阁，低绮户，照无眠。不应有恨，何事长向别时圆？人有悲欢离合，月有阴晴圆缺，此事古难全。但愿人长久，千里共婵娟。

词前小序说：“丙辰中秋，欢饮达旦，大醉，作此篇，兼怀子由。”丙辰，是北宋神宗熙宁九年（1076年）。当时苏轼在密州（今山东诸城）做太守，中秋之夜他一边赏月一边饮酒，直到天亮，于是作了这首《水调歌头》。

在大自然的景物里，月亮是很有浪漫色彩的，她很能启发人的艺术联想。一钩新月，会让人联想到初生的、萌芽的事物；一轮满月，会让人联想到美好的、圆满的生活；月亮的皎洁，又会让人联想到光明磊落的人格。在月亮身上集中了人类许多美好的理想和憧憬。月亮简直被诗化了！苏轼是一个性格很豪放、气质很浪漫的人。当他在中秋之夜，大醉之中，望着那团圞、婵娟的明月，他的思想感情犹如长了翅膀一般，天上人间自由地飞翔着。反映到词里，遂形成一种豪放、洒脱的风格。

上片一开始就提出一个问题：明月是从什么时候开始有的——“明月几时有？把酒问青天。”苏轼把青天当做自己的朋友，把酒相问，显示了他豪放的性格和不凡的气魄。这两句是从李白的《把酒问月》中脱化出来的，李白的诗说：“青天有月来几时？我今停杯一问之。”不过李白这里的语气比较舒缓，苏轼因为是想飞往月宫，所以语气更关注、更迫切。“明月几时有？”这个问题问得很有意思，好像是在追溯明月的起源、宇宙的起源；又好像是在惊叹造化的巧妙。我们从中可以感到诗人对明月的赞美与向往。

接下来两句：“不知天上宫阙，今夕是何年。”把对于明月的赞美与向往之情更推进了一层。从明月诞生的时候起到现在已经过去许多年了，不知道在月宫里今晚是一个什么日子。

诗人想象那一定是一个好日子，所以月才这样圆、这样亮。他很想去看一看，所以接着说："我欲乘风归去，又恐琼楼玉宇，高处不胜寒。"他想乘风飞向月宫，又怕那里的琼楼玉宇太高了，受不住那儿的寒冷。"琼楼玉宇"，语出《大业拾遗记》："瞿乾祐于江岸玩月，或谓此中何有？瞿笑曰：'可随我观之。'俄见月规半天，琼楼玉宇烂然。""不胜寒"，暗用《明皇杂录》中的典故：八月十五日夜，叶静能邀明皇游月宫。临行，叶教他穿皮衣。到月宫，果然冷得难以支持。这几句明写月宫的高寒，暗示月光的皎洁，把那种既向往天上又留恋人间的矛盾心理十分含蓄地写了出来。这里还有两个字值得注意，就是"我欲乘风归去"的"归去"。飞天入月，为什么说是归去呢？也许是因为苏轼对明月十分向往，早已把那里当成自己的归宿了。从苏轼的思想看来，他受道家的影响较深，抱着超然物外的生活态度，又喜欢道教的养生之术，所以常有出世登仙的想法。他的《前赤壁赋》描写月下泛舟时那种飘然欲仙的感觉说："浩浩乎如冯虚御风，而不知其所止；飘飘乎如遗世独立，羽化而登仙。"也是由望月而想到登仙，可以和这首词互相印证。

但苏轼毕竟更热爱人间的生活，"起舞弄清影，何似在人间！"与其飞往高寒的月宫，还不如留在人间趁着月光起舞呢！“清影”，是指月光之下自己清朗的身影。“起舞弄清影”，是与自己的清影为伴，一起舞蹈嬉戏的意思。李白《月下独酌》说：“我歌月徘徊，我舞影零乱。”苏轼的“起舞弄清影”就是从这里脱胎出来的。这首词从幻想上天写起，写到这里又回到热爱人间的感情上来。一个“我欲”、一个“又恐”、一个“何似”，这中间的转折开阖，显示了苏轼感情的波澜起伏。在出世与入世的矛盾中，他终于让入世的思想战胜了。

“明月几时有？”这在九百多年前苏轼的时代，是一个无法回答的谜，而在今天科学家已经可以推算出来了。乘风入月，这在苏轼不过是一种幻想，而在今天也已成为现实。可是，今天读苏轼的词，我们仍然不能不赞叹他那丰富的想象力。

下片由中秋的圆月联想到人间的离别。“转朱阁，低绮户，照无眠。”“转”和“低”都指月亮的移动，暗示夜已深沉。月光转过朱红的楼阁，低低地穿过雕花的门窗，照着屋里失眠的人。“无眠”是泛指那些因为不能和亲人团圆而感到忧伤，以致不能入睡的人。月圆而人不能圆，这是多么遗憾的事啊！于是诗人埋怨明月说：“不应有恨，何事长向别时圆？”明月您总不该有什么怨恨吧，为什么老是在人们离别的时候才圆呢？这是埋怨明月故意与人为难，给人增添忧愁，却又含蓄地表示了对于不幸的离人们的同情。

接着，诗人把笔锋一转，说出一番宽慰的话来为明月开脱：“人有悲欢离合，月有阴晴圆缺，此事古难全。”人固然有悲欢离合，月也有阴晴圆缺。她有被乌云遮住的时候，有亏损残缺的时候，她也有她的遗憾，自古以来世上就难有十全十美的事。既然如此，又何必为暂时的离别而感到忧伤呢？这几句从人到月，从古到今，做了高度的概括，很有哲理意味。

词的最后说：“但愿人长久，千里共婵娟。”“婵娟”是美好的样子，这里指嫦娥，也就是代指明月。“共婵娟”就是共明月的意思，典故出自南朝谢庄的《月赋》：“隔千里兮共明月。”既然人间的离别是难免的，那么只要亲人长久健在，即使远隔千里也还可以通过普照世界的明月把两地联系起来，把彼此的心沟通在一起。“但愿人长久”，是要突破时间的局限；“千里共婵娟”，是要打通空间的阻隔。让对于明月的共同的爱把彼此分离的人结合在一起。古人有“神交”的说法，要好的朋友天各一方，不能见面，却能以精神相通。“千里共婵娟”也可以说是一种神交了！王勃有两句诗：“海内存知己，天涯若比邻。”意味深长，传为佳句。我看，“千里共婵娟”有异曲同工之妙。另外，张九龄的《望月怀远》说：“海上生明月，天涯共此时。”许浑的《秋霁寄远》说：“唯应待明月，千里与君同。”都可以互相参看。正如词前小序所说，这首词表达了对弟弟苏辙（字子由）的怀念之情，但并不限于此。可以说这首词是苏轼在中秋之夜，对一切经受着离别之苦的人表示的美好祝愿。

对于这首词历来都是推崇备至。《苕溪渔隐丛话》说：“中秋词，自东坡《水调歌头》一出，馀词尽废。”认为是写中秋的词里最好的一首，这是一点也不过分的。这首词仿佛是与明月的对话，在对话中探讨着人生的意义。既有理趣，又有情趣，很耐人寻味。它的意境豪放而阔大，情怀乐观而旷达，对明月的向往之情，对人间的眷恋之意，以及那浪漫的色彩，潇洒的风格和行云流水一般的语言，至今还能给我们以美的享受。

念奴娇·赤壁怀古

苏　轼

大江东去，浪淘尽、千古风流人物。故垒西边，人道是、三国周郎赤壁。乱石穿空，惊涛拍岸，卷起千堆雪。江山如画，一时多少豪杰！　　遥想公瑾当年，小乔初嫁了，雄姿英发。羽扇纶巾，谈笑间、樯橹灰飞烟灭。故国神游，多情应笑我，早生华发。人生如梦，一樽还酹江月。

这首词虽然用了许多篇幅去写赤壁的景色和周瑜的气概，但主旨并不在于追述赤壁之战的历史，而是借古人古事抒发自己的感情。正如《蓼园词选》所说："题是怀古，意是谓自己消磨壮心殆尽也。……题是赤壁，心实为己而发。周郎是宾，自己是主，借宾定主，寓主于宾，是主是宾，离奇变幻，细思方得其主意处。"

词从赤壁之下的长江写起：“大江东去，浪淘尽、千古风流人物。”这几句怎么讲？难道江浪真的像淘沙一样，淘洗着风流人物，而且把他们都淘净洗尽吗？我们当然不能照字面呆板地理解。这东去的大江和滚滚的江浪，既是眼前的景色，又是一种暗喻，喻指时光的流逝。逝者如斯，不舍昼夜，孔子早已有这样的感慨。苏轼登赤壁临长江，自然会由滚滚东去的江水想到不断流逝的时光。无情的逝水流光，淹没了古代多少显赫一时的风流人物。在历史的长河里，他们渐渐销声匿迹，不复有当年的光彩，真正能经得起历史考验的又有几个呢？但是这样的人还是有的，周瑜就是一个，这几句为下文赞美周瑜做了准备。词一开始就不同凡响：一派江水，千古风流，无穷感慨，和那种模山范水的诗句迥然不同。让人感到词人是站在历史的制高点上，看得远，想得深。“浪淘尽”，据《容斋随笔》所记黄山谷书写的《念奴娇》墨迹，作“浪声沉”。文字不同，意思相同。

“故垒西边，人道是、三国周郎赤壁”。这几句由大江引出赤壁，由千古风流人物引出周郎。据考证，赤壁之战的战场在今湖北蒲圻县西北三十六里，长江南岸。苏轼写这首词时正谪居黄州，他所游的赤壁在今湖北黄冈县城西门外，原名赤鼻，亦称赤鼻矶，断崖临江，截然如壁，色呈赭赤，形如悬鼻。词人用了“人道是”三字，可见他知道这并不是赤壁之战的那个赤壁，但当地既然传说是周郎赤壁，写词的时候也就不妨把它当成真的赤壁，用以寄托自己的怀古之情。“人道是”三字既有存疑的意味，又有确信的意味。前人说值得反复体会，确实如此。但我看“周郎赤壁”四字更耐人寻味。“周郎”指周瑜，字公瑾，二十四岁就当了建威中郎将，“吴中皆呼为周郎”。这是一个带有亲切意味的美称。赤壁就是赤壁，原不属哪一个人所有，而在词里却让它归了周郎，称之曰“周郎赤壁”。赤壁因周郎而著称，周郎亦借赤壁而扬名，一场确立了三分局面的大战，把周郎与赤壁密不可分地联在一起。有的版本作“孙吴赤壁”，便显得呆板。因为“孙吴赤壁”不过是说出了赤壁的地理位置而已，远不如“周郎赤壁”之活脱、含蓄。

接下来描写赤壁景色：“乱石穿空，惊涛拍岸，卷起千堆雪。”前一句把视线引向天空，后两句把视线引向脚下，这三句简直是一幅具有立体感的图画。“江山如画，一时多少豪杰！”一句承上概括风景，一句启下引出周瑜，这两句很有力地收束了上阕。词的开头说“千古风流人物”，着眼于广阔的历史背景。这里说“一时多少豪杰”，缩小范围单就赤壁而言，在这个舞台上有多少豪杰共同演出了雄壮的戏剧，而周瑜就是其中的一个主角。

下阕着重写赤壁之战中作为主帅的周瑜。“遥想公瑾当年，小乔初嫁了，雄姿英发。”“当年”是正当年的意思，这里是指周瑜指挥赤壁之战的时候正青春年少、意气风发。紧跟着又补充一句，说那时他刚刚结婚，娶了一个绝代的美人。但据《三国志·吴志·周瑜传》记载：周瑜纳小乔是在建安三年或四年，周瑜二十四五岁。而赤壁之战在建安十三年，周瑜三十四岁，这时距纳小乔已有十年之久。那么词里说“小乔初嫁了”，不是违背了历史的真实吗？我想，艺术的真实并不完全等同于生活的真实，尤其是这类带有浪漫主义色彩的抒情诗，原来就不以再现细节真实为目标，我们当然也就不必处处以生活的细节去衡量它。苏轼写词的时候，兴之所至挥笔立就，不一定去考证周瑜和小乔结婚的时间，读者当然也就不必过于拘泥，周瑜结婚早几年晚几年在词里关系并不大。其实这几句的意味全在“小乔初嫁了”的穿插，本来写的是赤壁之战这样的大事，周瑜作为战争一方的主帅，有许多事可写。词人偏偏要花费笔墨去渲染他的婚姻，说有一个国色天香的美人刚刚嫁给了他。这一句看似闲笔，其实不闲。词人有意用小乔这位美人去衬托周瑜这位英雄，使下面那句“雄姿英发”成为有血有肉的丰富饱满的艺术形象。

“羽扇纶巾，谈笑间、樯橹灰飞烟灭。”“羽扇”是用鸟羽所制的扇，汉末盛行于江东。“纶巾”是用青丝带编的头巾，汉末名士多服此。“羽扇纶巾”并不是诸葛亮专用的，这里当然也就不一定要讲成是指诸葛亮。从“遥想公瑾当年”到“樯橹灰飞烟灭”，一气呵成，只写了一个人，就是周瑜，写他风雅闲散，谈笑自若，运筹于帷幄之中很容易地就挫败了敌人。“樯橹灰飞烟灭”是指曹军的战船被焚毁。“樯橹”一作“强虏”，即强敌。我觉得“樯橹”更形象，也更能扣紧赤壁之战的特点，远比“强虏”为好。

“故国神游，多情应笑我，早生华发。”这几句的主语是谁？谁在“神游”？谁在“笑我”？这是个疑点。不少注本说主语是苏轼，大概是考虑到词的题目叫《赤壁怀古》，怀古的既然是苏轼，遂以为神游故国的人也是苏轼。“神游”的主语既是苏轼，“笑我”的主语当然也是苏轼，“多情应笑我”便被解释为苏轼自己应笑自己多情。还有进而把“多情”讲成“自作多情”或“多情善感”的。这样讲虽然不能说不通，但毕竟显得勉强。我以为这几句的主语仍然是上文所写的周瑜。“神游”的意思是身未往游，而精神魂魄往游。苏轼既已身在赤壁，怎么能说是“神游”呢？如果硬要说是神游三国当时的赤壁，那也未免太迂曲了。还有“故国”，它的意思是古国、祖国或故乡。赤壁是谁的故国呢？当然讲成是周瑜的故国才顺畅。赤壁是周瑜当年建立功勋的地方，又是东吴的故土。词人想象，周瑜身已殒亡而心恋故地，神游故国，和自己相遇，将会笑我事业未就华发早生。周瑜那么年轻就完成了一番惊天动地的事业，显示了非凡的才能。自己虽然也有抱负和才能，却未能施展。岁月蹉跎，华发早生，如今又被贬谪到黄州，在英雄们叱咤风云的古战场上空自凭吊，多情的周瑜真该笑我了！这个“笑”字意味丰富，这是善意的笑，同情的笑；不是嘲弄，也不是揶揄。首先是苏轼自己觉得自己的处境可笑，进而想象周瑜也会笑自己。这“笑”里饱含着词人对自己身世的深沉感慨，也带有一种自我解嘲的意味。苏轼是把周瑜当成知己的朋友看待的，他对周瑜的赞美使人感到是对朋友的亲切的赞美，而周瑜笑他也是一种朋友之间的亲切的体贴的笑。这就是“多情”二字的含义。

词的开头写“千古风流人物”，上阕末尾缩小到“一时多少豪杰”，下阕又专写周瑜这一位英雄，层次脉络十分清楚，都属于怀古的范围。出人意料的是，在写周瑜的时候突然把笔锋一转，引出词人自己，也就是那个早生华发的“我”。于是，千古风流，一时豪杰，以及小乔初嫁的周瑜一下子都退居于陪衬的地位，而“我”则被突出了。赞美周瑜的“雄姿英发”，原来是为了对比自己的“早生华发”。大开大阖，大起大伏，显示了苏轼雄奇的气魄和笔力。

词的末尾是两句无可奈何的排遣之辞："人生如梦，一尊还酹江月。"这两句又回到了开头的意思，并加深了开头的意思。"人生如梦"一作"人间如梦"，意思相近，都是感叹人生短促、虚幻。和江水、江月相比，和永恒的大自然相比，尤其会有这种感喟。正如苏轼在《前赤壁赋》中所说："哀吾生之须臾，羡长江之无穷。"多少风流人物尚且经不住流光的淘洗，何况自己呢？人生本来就很短促，自己又虚度了年华，等待着自己的将会是什么？苏轼之所以发出"人生如梦"的感慨，恰恰是因为他想抓紧时间把握现实有所作为以期不朽，但客观的条件不允许他这样。一个才情奔放而壮志消磨殆尽的人发出这样的感慨，是完全可理解的。"一尊还酹江月"，是向江月洒酒表示祭奠。其中既有哀悼千古风流人物的意思，也有引江月为知己，向江月寻求安慰的意思。苏轼在《水调歌头》里说想要乘风飞向明月。在《前赤壁赋》里说："惟江上之清风，与山间之明月，耳得之而为声，目遇之而成色，取之无禁，用之不竭，是造物者之无尽藏也，而吾与子之所共适。"可以和"一尊还酹江月"互相参看。

登山临水，探幽访胜，客观的景物，触动诗人的情怀，往往能酿成醇美的诗篇。如果诗人足之所至是一处古迹，则能在优游山水之际，发思古之幽情，抚今追昔，纵论千古，写出容量更大、感慨更深的作品，这就是怀古诗。怀古，是从唐代才兴盛起来的一种新的诗歌题材。唐代以前多的是咏史诗，《文选》中就只有咏史而没有怀古。咏史诗大多是读史书有感而发，运用史家的笔法，将叙事、议论和寄托三者融为一体。怀古诗则是作者亲临古迹，引起对古人古事的怀念而发为吟咏，偏重于山川景物的描写、环境气氛的烘托，和抚今追昔的感叹。在怀古诗里景物与感情相融合，历史感与现实感相融合，更能施展诗人的艺术才能。晚唐五代，一种新的诗歌体裁即词兴盛起来，词人们向樽前花间、小楼深院寻找灵感，那种深邃阔大的怀古之情装不进词的形式之中。到北宋后期，苏轼以其不羁之才情步入词坛，打破传统，把诗的题材和感情引入词中，才写出了《念奴娇·赤壁怀古》这样的不朽之作。此词一出，在当时的词坛上会引起怎样的震动是不难想象的。宋俞文豹《吹剑续录》说："东坡在玉堂，有幕士善讴，因问：'我词比柳词何如？'对曰：'柳郎中词，只合十七八女孩儿，执红牙拍板，唱"杨柳岸，晓风残月"；学士词须关西大汉，执铁板，唱"大江东去"。'公为之绝倒。"这段故事常被人用来论说苏柳词风的不同。但是除此以外，不也说明了世俗对东坡怀古词的陌生与惊讶吗！

水龙吟·次韵章质夫杨花词

苏　轼

似花还似非花，也无人惜从教坠。抛家傍路，思量却是，无情有思。萦损柔肠，困酣娇眼，欲开还闭。梦随风万里，寻郎去处，又还被、莺呼起。　不恨此花飞尽，恨西园、落红难缀。晓来雨过，遗踪何在？一池萍碎。春色三分，二分尘土，一分流水。细看来、不是杨花，点点是、离人泪。

章质夫（名楶，蒲城人）原词上阕纯咏杨花。下阕引入一思妇，她被杨花撩起愁绪，潸然泪下。平心而论，章词确乎是难得的佳作。其中“傍珠帘散漫，垂垂欲下，依前被、风扶起”“绣床渐满，香球无数，才圆却碎”，刻画杨花，得形神两似，可谓神来之笔。

关于苏轼次韵之作的写作年代，清代王文诰在《苏文忠公诗编注集成总案》中说：“此词无年月可考，据《资治通鉴长编》，元祐二年正月，章楶为吏部郎中，四月出知越州。时楶正在京也，因附载于此。”因元祐二年（1087年）章楶和苏轼同在汴京做官，所以姑且将此词附于此年之下。后人多沿袭其说。近来，刘崇德先生据苏轼给章楶的一封信考证，此词应作于元丰四年（1081年）春谪居黄州时（《苏轼杨花词系年考辨》，载于《文学评论丛刊》第十八辑）。此说可信。苏轼在那封信里说：

> 承喻慎静以处忧患，非心爱我之深，何以及此！谨置之座右也。柳花词绝妙，使来者何以措辞！本不敢继作，又思公正柳花飞时出巡按，坐想四子闭门愁断，故写其意次韵一首寄去，亦告不以示人也。

章楶今存词仅二首，写杨花的只有这一首《水龙吟》。此信中所说的“柳花词”即《水龙吟》无疑。信中“四子”，刘崇德先生疑应作“内子”，古人称妻曰内子。信然。然则苏轼的和词是揣摩章楶的心情而写的。此时苏轼又正处于忧患之中，抒写思妇之愁，而融入词人自己之忧也是可能的。我们可以再推而广之，说这首词是借暮春之际“抛家傍路”的杨花，抒写了带有普遍性的离愁。篇末“细看来、不是杨花，点点是、离人泪”就是显志之笔。而近千年来，广大读者之所以欣赏这首词，也正是因为它别具匠心地表现了这一普遍的主题。正如苏轼的《水调歌头》（明月几时有），虽然是为怀念弟弟而作，但末尾那两句“但愿人长久，千里共婵娟”，道出了离人们普遍的愿望。我们如不拘泥于章楶夫妻二人，而作更宽泛的理解，也许会觉得更有意趣。

上阕首句“似花还似非花”，好像是从植物学的角度考察杨花而做出的一个判断，然而却耐人寻味，它不仅道出了杨花那种像花又不像花的特点，让读者在似与不似之间去把握杨花的形与色，而且引发了整首词的想象，其意脉直贯篇末。按照习惯本应说“似花还非似花”，由于格律的关系，不得不颠倒词序，这固然是不得已而为之，但一经颠倒便另有一番滋味在里头，奇警、天真，非人籁可比。我想苏东坡吟了这句词，自己也会禁不住拍案叫绝的。因为“似非花”，所以“也无人惜从教坠”，任它“抛家傍路”，四处飘扬。“傍路”二字使人联想起暮春之际杨花堆于路边，愈积愈多的情形，真够传神的了。这“抛家傍路”的杨花看似“无情”，细细想来却是“有思”。它也有生命，也有知觉，也有它的愁绪。韩愈《晚春》诗曰：“杨花榆荚无才思，惟解漫天作雪飞。”章质夫词曰："轻飞乱舞，点画青林，全无才思。"苏轼似乎针对他们写了这"无情有思"的句子。杨花究竟是有思还是无思呢？这全看当时词人的心情和修辞的需要了。欲强调寂寞孤独无人理解则抱怨杨花无思；欲将杨花拟人，则又说她有思。无也好，有也好，不可拘泥。写诗著文，总要有点波澜，有点新意，前人那么说，我偏这么说。雷同了还有什么意思？章词是用无思的杨花衬托离人的春愁。那离人本已满怀愁绪，可杨花偏偏不理解她，又沾上春衣，落向绣床，撩起了她的心事，使她盈盈泪下。而苏轼说，杨花也有思，连同那柳树，整个儿就宛如一位思妇。这是递进一层的写法。有了这"有思"二字，才有以下几句。

"萦损柔肠，困酣娇眼，欲开还闭。梦随风万里，寻郎去处，又还被、莺呼起。""柔肠""娇眼"，或说指柳枝、柳叶，或说仍指杨花。我看还是指包括枝叶在内的整个柳树为宜。柳叶称柳眼，唐诗屡见，如元稹诗："柳眼浑开尽，梅心动已阑。"李商隐诗："花须柳眼各无赖，紫蝶黄蜂俱有情。"由"柳叶"联类而及，以"柔肠"代指细嫩的柳枝，是很自然的。而"柔肠"之"萦损""娇眼"之"困酣"，以及其"欲开还闭"的情状，又恰恰是杨花飞离枝叶之际欲去不去、忽张忽合的最传神的描写。由杨花写到柳树，又以柳树喻指思妇（即篇末所谓“离人”），是很顺畅的艺术联想。“梦随风万里”的“梦”可以说是思妇之梦，也可以说是柳之梦。而杨花随风起舞，不也正像梦一样吗？梦中寻郎，被莺呼起，当然是用唐人金昌绪《春怨》诗：“打起黄莺儿，莫教枝上啼。啼时惊妾梦，不得到辽西。”但柳枝本是黄莺栖息之处，写柳梦，而说被莺呼起，这简直是妙合。这几句究竟是写杨花，还是写柳树，还是写思妇？究竟是用典，还是写实？让人难以分辨，也无须去分辨。这三重意象的叠合，造成多义的效果，妙就妙在这里。

下阕开头又跳回到上阕首句的意思上去。“不恨此花飞尽”，已肯定了这是花。但人们并不怜惜她，而只知惋惜西园“落红难缀”。这似乎是上阕前几句的重复，又似乎不是重复，因为感情色彩更浓了，写得更具体了。从时间上看，似乎也从开始坠落欲开还闭，到了“此花飞尽”的地步。这里，词人已不再描写杨花的飞舞，而是在寻她的踪迹也就是归宿了。“晓来雨过，遗踪何在？一池萍碎。”到了青萍满池的时候，已是初夏。所以接着说：“春色三分，二分尘土，一分流水。”杨花一旦飘尽，春色也就逝去了。那么春归何处呢？单就杨花看来，是二分化为尘土，一分融入流水，哪里还有它的踪影？苏轼在这里搞起数学来了！什么三分之二，三分之一的，似乎算得很清楚，其实仍不过是一片模糊的印象。或者说是一片痴情，一番傻话。末尾三句，则又回到了上阕下半段以柳拟人的构思上：“细看来、不是杨花，点点是、离人泪。”词本是写杨花的，写了一大篇，最后竟一笔勾销，说细细一看不是杨花，而是离人的泪。这是何等的奇思妙语！是啊，如果柳树是离人的话，那杨花不恰是离人的泪吗？这本在情理之中，可是又出乎一般人意想之外。若不是苏轼这样的大手笔，恐难写出这样的词句来。

苏词向以豪放见长，但也有婉约之作。这首《水龙吟》就是一首婉约词，把它放在婉约派诸名家的作品之中，以婉约之美而论，是毫不逊色的。

禾熟

孔平仲

百里西风禾黍香，鸣泉落窦穀登场。
老牛粗了耕耘债，啮草坡头卧夕阳。

这首诗很像一幅古代农村风俗画。据钱锺书《宋诗选注》，清初著名画家恽格（寿平）曾借此诗题画。作者孔平仲曾多次遭受贬谪，做过地方官吏。对农村的熟悉与了解，使他能够真切而生动地描述出农村风光；而对官场的厌倦情绪，也正好借这野朴的乡村风俗得到淘洗与宽慰。

首句“百里西风禾黍香”，大笔勾勒出农村金秋季节的画面。诗人或骑马，或乘车，或登高，放目四野，百里农田尽收眼底。那结满累累果实的稻穀黍粱，在西风吹拂下，波翻浪涌，香气袭人。面对此境，诗人怎能不为之深深陶醉！

“鸣泉落窦穀登场”一句，诗人收束目光，由阔大之景集中到泉水沟窦和一派繁忙景象的打榖场上。“鸣泉落窦”是眼前所见。淙淙流泉落于溪潭之上，发出清越的响声，与打榖场上繁忙的声响交杂在一起，构成一幅喜人的农村秋景。李文渊《赋得四月清和雨乍晴》有“熏风到处田禾好，为爱农歌驻马听”之句，写法虽然不同，但意境与此诗颇有相同之处，可以互相参阅。

“老牛粗了耕耘债，啮草坡头卧夕阳。”诗人的目光离开了繁忙的榖场，注目坡前，看到了刚释重负、横卧坡头啮草的老牛。这是一幅非常富有农村特色的画面：其景致的野朴，其风韵的淡远，确是传神写照。诗的主旨是通过对老牛的赞赏，抒发长期蕴积胸中的郁闷之情。诗人仕宦的坎坷，官场生活的劳苦，何异于老牛的“耕耘之债”？然而老牛的役债终有了结的时日，而自己何尝不希望尽早了却役债，像老牛那样释却重负，舒闲一下长期疲惫的心灵呢！

古人描写农事、抒发感怀的诗确也不少。如王维“农月无闲人，倾家事南亩”（《新晴晚望》）；元稹“农收村落盛，社树新团圆”（《古社》）；欧阳修“田荒溪流入，禾熟雀声喧”（《陪府中诸官游城南》）；朱熹“农家向东作，百事集柴门”（《残腊》），但都不如孔平仲此诗抒情之深沉。

这首诗风格清新自然，尽管用意深，却似乎是随意写来，不加雕琢，一切似乎全在有意无意之间随意点出。

夜坐

张　耒

庭户无人秋月明，夜霜欲落气先清。
梧桐真不甘衰谢，数叶迎风尚有声。

张耒虽出自苏轼门下，但他的诗却效法张籍、白居易，风格朴素自然，晚年尤务淡远。诚如晁补之《鸡肋集·题文潜诗册后》所说："君诗容易不着意，忽似春风开百花。"张耒自幼有雄才，然而仕途却十分坎坷，晚年罢官后，投闲困苦，却口不言贫，表现出刚毅而超脱的性格。

首句"庭户无人秋月明"，紧扣诗题"夜坐"二字，交代了环境。诗人在夜深人静之时，难以成眠，独坐月下，把自己融进了静谧而优美的自然之中。"秋月明"三字，乍看似陶渊明"凉风起将夕，夜景湛虚明"的明澈淡远之境，可是韵味迥然不同。"庭户无人"四字，将月色衬托得孤冷寒冽，使秋景变得萧瑟清寒。

次句“夜霜欲落气先清”，使人惊叹诗人对大自然观察、描绘的细腻与准确。清秋之夜，霜雾并不是骤然降临，它常常是随着月转星移而逐渐显现，所以诗人用了一个“欲”字。气清才显月明，月明益见气清，两者互为因果。此句与上句所构成的境界，使月与人离得更近了。明月近人，才更能引人心驰神往。

三、四句“梧桐真不甘衰谢，数叶迎风尚有声。”这时，诗人独坐室内，静听秋声，不免神驰千里，情骛八极。他从稀稀落落的桐叶声中，听出了刚强的抗争精神、强烈的生命力，从而心灵受到震动，被带进了对人生哲理深邃而渺远的思考之中。当霜风凄紧之时，几叶寒桐迎风抖动，铮铮有声，多么扣人心弦！“尚”字紧扣上句而来，表明这数片寒叶在寒风中仍不甘心凋零，同时还暗示诗人内心的倔强之态。《文心雕龙·明诗》说：“人禀七情，应物斯感，感物吟志，莫非自然。”诗人此时闻声兴感，情怀发于不自觉，正是思与境谐的天然妙合。

这首诗首句起得平稳，次句承接自然，三句陡然转折，末句推向高潮。结构上的特点，是由诗人的整体构思决定的。由静看到细听，到深入地想，是诗的脉络。表现积极抗争的人生态度，则是诗的主旨所在。严羽《沧浪诗话》在讲到诗的好处时曾标举“言有尽而意无穷”，《李杜诗纬》也说：“诗贵意，意贵远不贵近”，张耒的这首诗就有意境深远的妙处。

瑞龙吟·春词

周邦彦

章台路。还见褪粉梅梢，试花桃树。愔愔坊陌人家，定巢燕子，归来旧处。　　黯凝伫。因念个人痴小，乍窥门户。侵晨浅约宫黄，障风映袖，盈盈笑语。　　前度刘郎重到，访邻寻里，同时歌舞。惟有旧家秋娘，声价如故。吟笺赋笔，犹记燕台句。知谁伴、名园露饮，东城闲步。事与孤鸿去。探春尽是，伤离意绪。官柳低金缕。归骑晚、纤纤池塘飞雨。断肠院落，一帘风絮。

周邦彦（1056—1121年），字美成，号清真居士，钱塘（今浙江杭州）人，北宋著名词人。他少时落魄不羁，后因向宋神宗献《汴都赋》万馀言，被擢为太学正。出教授庐州，知溧水县，还京为国子主簿。这首词正是周邦彦自溧水还京为国子主簿时所作，时当哲宗绍圣四年（1097年），周邦彦四十二岁。

周邦彦原先在京师有一个相好的妓女，这次回京再访问她时，她已离去了。词就是写当时怅惘的心情。

第一叠，写刚刚回到旧地的感受。景物依旧，一切都是那么熟悉。词人怀着喜悦和期待的心情，沿着章台路一家家寻找着。同时，燕子也绕着人家的屋檐飞来飞去，寻找自己的旧巢。“章台路”本是西汉京城长安一条热闹街市的名称，在章台之下。后人用作游冶之地的代称，如欧阳修《蝶恋花》：“玉勒雕鞍游冶处，楼高不见章台路。”词人回到章台路正值春天，“还见褪粉梅梢，试花桃树。”这里的“褪粉”二字需要解释一下，不是“褪去花粉”的意思。“粉”，代指白色的梅花，梁简文帝《梅花赋》：“争楼上之落粉，夺机中之纤素。”落粉犹落梅。宗懔《早春》：“散粉初成蝶，剪彩作新梅。”梅花像蝴蝶似地飘散了，遂再剪彩制作梅花。这首词里的“褪粉”也就是“落粉”“散粉”。“褪粉梅梢”就是说从梅树的枝梢上飘落下白色的梅花。“褪”字和“梢”字搭配极工巧，从梅梢上褪下梅花，就像脱去一层白色的外衣一样。“试花桃树”的“试”字极妙，好像桃树还在担心春寒，不敢一下子开出满树花朵，而是试探着，一点一点地开放。但落梅时当阴历正月底二月初，桃花开放在阴历三月，不可能一边落梅，一边开桃花。周邦彦《蝶恋花》也说："桃萼新香梅落后。"所以，"褪粉梅梢"和"试花桃树"这两句中必有一句是虚写。看词的末尾"官柳低金缕"和"一帘风絮"，那季节应当是桃花初开的时候。这两句应该这样理解：梅花已经落尽，桃花试着开放。这是用两种花的开谢暗示季节时令。南宋词人蒋捷《一剪梅》："流光容易把人抛，红了樱桃，绿了芭蕉。"与此类似。"还见"二字暗示章台路的这番春景过去不止见过一次，现在旧地重游，又见到了，是那么熟悉亲切！我们不妨再往深处想一想：梅与桃一个谢一个开，在梅桃的交替之间是否寄寓着对人事变迁的感慨呢？联系全词的内容来看，恐怕不能说没有的。

"愔愔坊陌人家，定巢燕子，归来旧处。""坊陌"乃是小街曲巷，白居易《马上晚吟》："如今不是闲行日，日短天阴坊曲遥。"此指妓女居处。"愔愔"形容坊曲的幽静。"定巢燕子"化用杜甫《堂成》："频来语燕定新巢"。春天来了，燕子又飞回原先住过的地方，在那里忙着衔泥安巢。词人此时的心情和燕子是相通的，他和燕子一样也回到了旧处。

第一叠完全是景物的描写，但样样都渗透着词人的感情。他把旧地重游时那种熟悉亲切的感觉写得恰到好处。

第二叠转入回忆。词人终于找到了那个过去常常出入的门户，他默默地站在门外，眼前忽然重现了往日的情景。“黯凝伫。因念个人痴小，乍窥门户。”“伫”是有所期待的意思，“凝”字有一往情深、专注不已之意，“黯”字有黯然销魂之意。这三个字连用把回忆往事时那种出神的情态强调地写了出来。回忆什么？回忆和那人初次见面的情形。“个人”即那人。“痴小”，不仅年纪小而且带着天真和稚气。“窥”是由内向外看，她不是站在门外，不是倚门而立，是站在门内的院子里，通过半开的门向外看去。“乍”字不要忽略过去，它有忽然、正巧这类意思。她是不经心地向门外一看，恰巧词人经过那门口，被词人发现了。一个在门内，一个在门外，无意间目光相遇到一起。下面就写他当时得到的印象：“侵晨浅约宫黄，障风映袖，盈盈笑语。”“约黄”是古代妇女的一种妆饰样式，在鬓角涂饰微黄。梁简文帝《美女篇》：“约黄能效月，裁金巧作星。”因为本是宫中妇女的打扮，所以称“约宫黄”。词人与她初次相遇，所见并不分明，她用袖子挡着风，大半个脸被遮着。但是双鬓的约黄和袖子的飘动，再加上和同伴的笑语，给他留下难忘的印象。这是在一个偶然的机会初次见面的印象，又是隔门相对，所以若干年后他又来到这座门外的时候，便自然地回忆起以前的那一幕来了。第二叠只回忆了初次见面的一刹那，见面之后的交往没有正面叙述，留给读者自己去想象。第三叠遂又转而写这次的重访。

“前度刘郎重到，访邻寻里，同时歌舞。惟有旧家秋娘，声价如故。”词人把《幽明录》中刘晨、阮肇入天台山遇仙女的故事，和刘禹锡《再游玄都观绝句》中“前度刘郎今又来”这两个典故融化在一起，取前者的内容和后者的字面。刘郎重到，个人却已不在，只好寻访邻里打听她的消息。在同时歌舞的人中只有她的声价还和原先一样。“秋娘”本是贞元、元和间长安著名的妓女，其名屡见于元白诗中，这里借指自己的情人。她并未因年华的逝去而降低声价，她的歌舞还像以往那样享有盛名。那么她是否已经忘记自己了呢？没有。“吟笺赋笔，犹记燕台句。”李商隐有《燕台》四首，这里借指自己的作品。李商隐《柳枝五首序》中说，洛中有一位叫柳枝的姑娘擅长音乐，一天听到有人吟咏李商隐的《燕台》诗，十分钦佩，手断长带请人赠给李商隐以乞诗。第二天李商隐去见她，只见“柳枝丫鬟毕妆，抱立扇下，风障一袖。”周邦彦用这个典故是说她那吟诗作赋的纸笔还记着我的诗句，她还没有忘掉我，没有忘记昔日的爱情。但她如今在哪里呢？“知谁伴、名园露饮，东城闲步。”这里有一种追悔、遗憾与难堪的心理。词人把别人陪伴她的情形想象得很具体，写出了细节，就更让人感到他想念得真切。“事与孤鸿去。探春尽是，伤离意绪。”上句全用杜牧《题安州浮云寺楼寄湖州张郎中》中的句子：“恨如春草多，事如孤鸿去。”沈祖棻先生说：“所探之春，不只是季节上的春天，而且是感情上的春天。”（《宋词赏析》）讲得很好。以下写他怅然而归的情景：“官柳低金缕。归骑晚、纤纤池塘飞雨。断肠院落，一帘风絮。”前三句写归途所见，归骑曰“晚”，可见流连徘徊之久。柳枝曰“低”，有一种沉重压抑之感。池塘飞雨曰“纤纤”，这濛濛的细雨像网一样罩着，更增添了愁绪。后二句写归后，院落已是“断肠院落”，门帘上挂满了飞絮，还是像一面网。由愁绪织成的这面网，词人是无法摆脱了。

兰陵王·柳

周邦彦

柳阴直，烟里丝丝弄碧。隋堤上，曾见几番，拂水飘绵送行色。登临望故国。谁识京华倦客？长亭路，年去岁来，应折柔条过千尺。　闲寻旧踪迹，又酒趁哀弦，灯照离席。梨花榆火催寒食。愁一箭风快，半篙波暖，回头迢递便数驿，望人在天北。　凄恻，恨堆积！渐别浦萦回，津堠岑寂，斜阳冉冉春无极。念月榭携手，露桥闻笛。沉思前事，似梦里，泪暗滴。

自从清代周济《宋四家词选》说这首词是“客中送客”以来，注家多采其说，认为是一首送别词。胡云翼先生《宋词选》更进而认为是“借送别来表达自己‘京华倦客’的抑郁心情”。把它解释为送别词固然不是讲不通，但毕竟不算十分贴切。在我看来，这首词是周邦彦写自己离开京华时的心情。此时他已倦游京华，却还留恋着那里的情人，回想和她来往的旧事，恋恋不舍地乘船离去。宋张端义《贵耳集》说周邦彦和名妓李师师相好，得罪了宋徽宗，被押出都门。李师师陈酒送别时周邦彦写了这首词。王国维在《清真先生遗事》中已辨明其妄。但是这个传说至少可以说明，在宋代，人们是把它理解为周邦彦离开京华时所作。那段风流故事当然不可信，但这样的理解恐怕是不差的。

这首词的题目是“柳”，内容却不是咏柳，而是伤别。古代有折柳送别的习俗，所以诗词里常用柳来渲染别情。隋无名氏的《送别》：“杨柳青青着地垂，杨花漫漫搅天飞。柳条折尽花飞尽，借问行人归不归。”便是人们熟悉的一个例子。周邦彦这首词也是这样，它一上来就写柳阴、写柳丝、写柳絮、写柳条，先将离愁别绪借着柳树渲染了一番。

“柳阴直，烟里丝丝弄碧。”这个“直”字不妨从两方面体会。时当正午，日悬中天，柳树的阴影不偏不倚直铺在地上，此其一。长堤之上，柳树成行，柳阴沿长堤伸展开来，划出一道直线，此其二。“柳阴直”三字有一种类似绘画中透视的效果。“烟里丝丝弄碧”转而写柳丝。新生的柳枝细长柔嫩，像丝一样。它们仿佛也知道自己碧色可人，就故意飘拂着以显示它们的美。柳丝的碧色透过春天的烟霭看去，更有一种朦胧的美。

以上写的是自己这次离开京华时在隋堤上所见的柳色。但这样的柳色已不止见了一次，那是为别人送行时看到的："隋堤上，曾见几番，拂水飘绵送行色。"隋堤，指汴京附近汴河的堤，因为汴河是隋朝开的，所以称隋堤。"行色"，行人出发前的景象。谁送行色呢？柳。怎样送行色呢？"拂水飘绵"这四个字锤炼得十分精工，生动地摹画出柳树依依惜别的情态。那时词人登上高堤眺望故乡，别人的回归触动了自己的乡情。这个厌倦了京城生活的客子的凄惘与忧愁有谁能理解呢："登临望故国，谁识京华倦客？"隋堤柳只管向行人拂水飘绵表示惜别之情，并没有顾到送行的京华倦客。其实，那欲归不得的倦客，他的心情才更悲凄呢！

接着，词人撇开自己，将思绪又引回到柳树上面："长亭路，年去岁来，应折柔条过千尺。"古时驿路上十里一长亭，五里一短亭。亭是供人休息的地方，也是送别的地方。词人设想，在长亭路上，年复一年，送别时折断的柳条恐怕要超过千尺了。这几句表面看来是爱惜柳树，而深层的涵义却是感叹人间离别的频繁。情深意婉，耐人寻味。

上片借隋堤柳烘托了离别的气氛，中片便抒写自己的别情。“闲寻旧踪迹”这一句读时容易忽略。那“寻”字，我看并不是在隋堤上走来走去地寻找。“踪迹”，也不是自己到过的地方。“寻”是寻思、追忆、回想的意思。“踪迹”指往事而言。“闲寻旧踪迹”，就是追忆往事的意思。为什么说“闲”呢？当船将开未开之际，词人忙着和人告别，不得闲静。这时船已启程，周围静了下来，自己的心也闲下来了，就很自然地要回忆京华的往事。这就是“闲寻”二字的意味。我们也会有类似的经验，亲友到月台上送别，火车开动之前免不了有一番激动和热闹。等车开动以后，坐在车上静下心来，便去回想亲友的音容乃至别前的一些生活细节。这就是“闲寻旧踪迹”。那么，此时周邦彦想起了什么呢？“又酒趁哀弦，灯照离席。梨花榆火催寒食。”有的注释说这是写眼前的送别，恐不妥。眼前如是“灯照离席”，已到夜晚，后面又说“斜阳冉冉”，时间如何接得上？所以这应是船开以后寻思旧事。在寒食节前的一个晚上，情人为他送别。在送别的宴席上灯烛闪烁，伴着哀伤的乐曲饮酒。此情此景真是难以忘怀啊！这里的“又”字告诉读者，从那次的离别宴会以后词人已不止一次地回忆，如今坐在船上又一次回想起那番情景。“梨花榆火催寒食”写明那次饯别的时间。寒食节在清明前一天，旧时风俗，寒食这天禁火，节后另取新火。唐制，清明取榆、柳之火以赐近臣。“催寒食”的“催”字有岁月匆匆之感。岁月匆匆，别期已至了。

“愁一箭风快，半篙波暖，回头迢递便数驿，望人在天北。”周济《宋四家词选》曰：“一愁字代行者设想。”他认定作者是送行的人，所以只好作这样曲折的解释。但细细体会，这四句很有实感，不像设想之辞，应当是作者自己从船上回望岸边的所见所感。“愁一箭风快，半篙波暖，回头迢递便数驿”，风顺船疾，行人本应高兴，词里却用一“愁”字，这是因为有人让他留恋着。回头望去，那人已若远在天边，只见一个难辨的身影。“望人在天北”五字，包含着无限的怅惘与凄婉。

中片写乍别之际，下片写渐远以后。这两片的时间是连续的，感情却又有波澜。“凄恻，恨堆积！”“恨”在这里是遗憾的意思。船行愈远，遗憾愈重，一层一层堆积在心上难以排遣，也不想排遣。“渐别浦萦回，津堠岑寂，斜阳冉冉春无极。”从词开头的“柳阴直”看来，启程在中午，而这时已到傍晚。“渐”字也表明已经过了一段时间，不是刚刚分别时的情形了。这时望中之人早已不见，所见只有沿途风光。大水有小口旁通叫浦，别浦也就是水流分支的地方，那里水波回旋。“津堠”是渡口附近的守望所。因为已是傍晚，所以渡口冷冷清清的，只有守望所孤零零地立在那里。景物与词人的心情正相吻合。再加上斜阳冉冉西下，春色一望无边，空阔的背景越发衬出自身的孤单。他不禁又想起往事："念月榭携手，露桥闻笛。沉思前事，似梦里，泪暗滴。"月榭之中，露桥之上，度过的那些夜晚，都留下了难忘的印象，宛如梦境似的，一一浮现在眼前。想到这里，不知不觉滴下了泪水。"暗滴"是背着人独自滴泪，自己的心事和感情无法使旁人理解，也不愿让旁人知道，只好暗自悲伤。

统观全词，萦回曲折，似浅实深，有吐不尽的心事流荡其中。无论景语、情语，都很耐人寻味。

周邦彦，字美成，自号清真居士。关于他在词史上的地位，刘永济先生所论颇中肯綮："北宋词至东坡以后，渐与音乐相远，清照所谓'句读不葺之诗耳，又往往不协音律'。至滑稽派作家，复不讲词采，流于俚俗。邦彦既知音，又长于文学，其所作词，音律流美，词采和雅，故一时词体，复归于正，影响南宋词学甚大……"（《唐五代两宋词简析》）这首《兰陵王》一向被认为是周邦彦的代表作之一，它的特点也恰恰是"音律流美，词采和雅"。宋沈义父《乐府指迷》说他"无一点市井气"，如果拿这首词和柳永同样内容的慢词《夜半乐》（冻云黯淡天气）、《雨霖铃》（寒蝉凄切）相比较，便会感到确实是这样。周邦彦的词是一种诗味很浓的词，或者说是文人气很浓的词。这首词虽不像他的其他许多词那样化用前人诗句，但是那种情调、气氛还是接近于诗的。

六丑·蔷薇谢后作

周邦彦

正单衣试酒，怅客里、光阴虚掷。愿春暂留，春归如过翼，一去无迹。为问花何在，夜来风雨，葬楚宫倾国。钗钿堕处遗香泽，乱点桃蹊，轻翻柳陌。多情为谁追惜？但蜂媒蝶使，时叩窗槅。　　东园岑寂，渐蒙笼暗碧，静绕珍丛底。成叹息。长条故惹行客，似牵衣待话，别情无极。残英小、强簪巾帻。终不似一朵、钗头颤袅，向人欹侧。漂流处、莫趁潮汐。恐断红、尚有相思字，何由见得。

这首词的内容不过是惜花惜春，极平常的感情，却被周邦彦铺展成一百四十一字的一首慢词。写得浑厚典雅、玉润珠圆，是周邦彦的代表作。

上阕开头三句“正单衣试酒，怅客里、光阴虚掷”。这不是一般地感叹虚度了光阴，而是说辜负了大好春光，在客中没有心思欣赏春天的美景，让它白白地过去了，因而感到惆怅，若有所失。这种感情是在换了单衣之际、品赏新酒之时产生的，由更换单衣而想到更换季节。《武林旧事》载，夏历四月初酒库呈样尝酒。“愿春暂留，春归如过翼，一去无迹。”词人知道春是不能久留的，他只求“暂留”，但春毫不理会词人的心情，如鸟之飞过，了无痕迹，周济评此三句曰：“十三字千回百折，千锤百炼。”确实如此。“过翼”二字出自杜甫《夜》：“村墟过翼稀”，但杜甫是直言其事，周邦彦则是用“过翼”比喻春归，恰切而又新鲜。黄庭坚《清平乐》（春归何处）全词就“春归何处”反复追问，富有情趣；周邦彦只用一个比喻，也很耐人寻味。春既匆匆归去，蔷薇花当然也凋谢了：“为问花何在，夜来风雨，葬楚宫倾国。”这几句显然是从孟浩然的《春晓》变化来的，不同的是把花拟人化，比做楚宫里的倾国佳人。她到哪里去了？已被昨夜的风雨葬送了。下面继续从“楚宫倾国”展开想象：“钗钿堕处遗香泽，乱点桃蹊，轻翻柳陌。”蔷薇的花瓣好像佳人的钗钿，落在哪里就把香泽留在哪里。在长着桃树、柳树的小径上乱撒着、轻翻着，一片春归景象。晚唐诗人徐夤《蔷薇》“晚风飘处似遗钿”，中唐刘禹锡《踏歌词》“桃蹊柳陌好经过”，周邦彦加以融化，不露痕迹。“多情为谁追惜？但蜂媒蝶使，时叩窗槅。”这落花会被哪一个多情的人所追惜呢？只有蜂和蝶时时叩打着窗槅，以表达它们的惋惜和悲痛，并招呼词人去吊花。词人用“媒”“使”二字，是因为蔷薇盛开的时候，它们曾忙着在花丛中穿来穿去做媒做使。如今花已凋零，它们格外感到冷落。

上阕写春归花落，是试酒之际的想象，下阕才走进东园去凭吊落花，“东园岑寂，渐蒙笼暗碧，静绕珍丛底。成叹息。”这几句是写刚进东园时总的印象。“岑寂”不是说没有人到这里来，而是说花事谢了，原来万紫千红、蜂飞蝶舞的东园已是绿叶成荫，一片暗碧。词人只能静静地绕着无花的蔷薇，叹息春的过去。人既惜花，花亦惜人：“长条故惹行客，似牵衣待话，别情无极。”蔷薇的长长的枝条仿佛故意要惹动词人的愁绪，钩住衣服等待我说些什么，那无限的别情真是难以言状。这三句是全词的警句。唐代诗人储光羲的《蔷薇歌》里有一句“低边绿刺已牵衣”，周邦彦加以发展，蔷薇之有情不仅表现在“牵衣”上，更表现在“待话”上。仅仅“牵衣”，不过是扣住蔷薇带刺的特点来写，而“待话”二字则进一步把蔷薇的神情写了出来。这时词人瞥见枝头还有一朵小小的残花，就摘来插在自己的头巾上：“残英小、强簪巾帻。终不似一朵，钗头颤袅，向人欹侧。”这是一朵迟开的蔷薇，它没赶上好时候，是那么憔悴弱小，只能勉强戴在头巾上，好像戴也戴不住似的。“终不似”的“终”字，有的注本不注。有的注为“终究”，“小小的残花，勉强插在头巾上，终究不像盛开时插在美人头上那样婀娜而媚人的姿态。”这样讲，词人是不大喜欢这小花了；是一面插着小花，一面羡慕着盛开的大花，只是因为没有大花才勉强以小花簪巾。细细想来，这样讲与整首词的感情不协调。词人既然惜花，就不会嫌花小。一边簪着小花，一边想着大花，岂不太轻薄了吗？关键是这个“终”字的讲法。“终”在这里不是“终究”的意思，不是说小花终究比不上大花美，而是“虽”的意思，是说小小的残英虽然不如美人钗上的大花那么颤袅多姿，但它也是依依多情地“向人欹侧”着。“向人欹侧”不是形容大花；大花已有“颤袅”二字去形容，无须再用一个近义的“欹侧”。“欹侧”二字是属于小小的残英的。它虽不如大花之颤袅，但也向人欹侧着表示亲近。“终”释为“虽”有根据吗？有。杜甫《郑典设自施州归》：“叹尔疲驽骀，汗沟血不赤。终然备外饰，驾驭何所益！”是说外饰虽然齐备，但何益于驾驭。方干《赠信州高员外》：“膺门若感深恩去，终杀微躯未足酬。”意谓纵杀微躯亦难酬恩。晏几道《少年游》：“浅情终似，行云无定，犹前梦魂中。”意谓浅情虽然像无定的行云，还是进入到梦魂之中了。揣摩这首词的感情，词人看到那小小的残英无限爱惜，觉得它虽不像美人钗上的大花，但也别有一种亲近之感。这样讲，词的感情前后才是一致的。

词的最后翻出一层新意：“漂流处、莫趁潮汐。恐断红、尚有相思字，何由见得。”词人看见有的落花飘到水中，便记起红叶题诗的故事。这落英上会不会也有寄托相思的诗句呢？真怕它们被潮水漂走，那样的话，花上的相思字就没有人能见到了。红叶题诗的故事见范摅《云溪友议》：“卢渥舍人应举之岁，偶临御沟，见一红叶，命仆搴来。叶上乃有一绝句。……诗云：‘水流何太急，深宫竟日闲。殷勤谢红叶，好去到人间。’”

《蓼园词选》对此词曾作很恰当的评论：“自叹年老远宦，意境落寞，借花起兴。以下是花、是自己，已比兴无端，指与物化，奇情四溢，不可方物，人巧极而天工生矣！结处意致尤缠绵无已，耐人寻绎。”黄蓼园说这首词是晚年所作，必是因为词中有一种迟暮之感。虽然不能断定，但不妨这样设想。词中所写的残英，那尚未盛开就已败落的小花，寄寓着词人自己的身世之感。从周邦彦现存的诗中可以看出，他是一个希望在政治上有所作为的人。但他正像那残英一样，还没来得及盛开就凋谢了，他的抱负也许还没有机会让人知道呢！词的内容虽然是惜花，难道不也是在为自己以及和自己一样的一些文人惋惜吗？

玉楼春

周邦彦

桃溪不作从容住，秋藕绝来无续处。当时相候赤栏桥，今日独寻黄叶路。　　烟中列岫青无数，雁背夕阳红欲暮。人如风后入江云，情似雨馀黏地絮。

《草堂诗馀》《古今诗馀醉》《词统》均题作“天台”。据刘义庆《幽明录》载，刘晨、阮肇共入天台山，遥望山上有一桃树，溪边有二女子，姿质绝妙，相见欣喜，遂留居半年。既出，亲旧零落，邑屋改易，无复相识。问讯得七世孙，传闻上世入山，迷不得归。周济《宋四家词选》曰：“只赋天台事，态浓意远。”但释此词为单纯咏刘、阮故事，未必确切，因为故事与词的内容并不十分切合。这首词不过是用一个仙凡恋爱的故事起头，词的内容是写词人自己和情人分别之后，旧地重游而引起的怅惘之情。

“桃溪不作从容住，秋藕绝来无续处。”自己以往的情人明明像桃溪的仙女一样，而且对自己又十分钟情，当时应该留下来永远和她在一起，可是竟没有从容地多住些时候。如今后悔了，想恢复往日的恩情，可是彼此的关系如同秋藕，一旦折断就无法接续了。孟郊《去妇诗》：“妾心藕中丝，虽断犹牵连。”这里是反用其意。这两句写其追悔之情，极平常却极沉痛，概括了带有普遍性的一种人生经验。过去轻易抛弃的，也许是最值得宝贵的。用铁铸成的大错已无可挽回，只有用回忆去填补心灵的空白，让悔恨折磨自己剩下的岁月。这就是“桃溪不作从容住，秋藕绝来无续处”。这两句从字面上琢磨，也很有意思。俞平伯先生说：“桃与藕对，实以春对秋，故于藕字上特着一‘秋’字。”（《清真词释》）的确，“桃溪”二字给人以春的感觉，而“秋藕”则点明了秋。“桃溪”让人联想到往日的青春，而“秋藕”则让人联想到今日的萧条。

“当时相候赤栏桥，今日独寻黄叶路。”第三句照应第一句，第四句照应第二句，还是从昔与今的对比上落笔。“赤栏桥”就是“黄叶路”，地点相同，情况和心绪已经不同。当时是她在桥上等候自己到来，自己的心情是喜悦的，所以着眼于桥上的红栏杆，“赤栏”衬出感情的热烈。今日独自踏着小路寻觅往日的回忆，心情是索寞的，所以着眼于路上的黄叶，“黄叶”衬出感情的忧伤。“寻”字不要理解为寻人，是寻往日欢爱的记忆，人已杳无踪迹不可寻了。“赤栏桥”与“黄叶路”对比，字面上也给人以春和秋两种感觉。俞平伯先生引温庭筠《杨柳枝》“一渠春水赤栏桥”，说“黄叶路点明秋景；赤栏桥未言杨柳，是春景却不说破”（《清真词释》）。这体会很细致。这两句对比十分鲜明，一句当时一句今日，一句热烈一句冷寂。而“独寻”二字又含有无限怅恨，一步一步，其间有多少低回。举目四望，唯有青山如障、夕阳如血，苍茫中愈显出自身的孤独。这就是下面两句：“烟中列岫青无数，雁背夕阳红欲暮。”这是独寻所见，寻到了什么？只有青红两色组成的一片空间。这两句把视线引到远处，薄暮的雾霭中排列着无数青山，它们默默地立在那儿，像一堵墙。山的那边也许是她的所在，但是有通向那里的路吗？“山中列岫青无数”是从谢朓的“窗中列远岫”（《郡内高斋闲望》）化出来的，化得巧妙！“雁背夕阳红欲暮”是以雁的飞度反衬自己的不能飞度。雁有翼而己身无翼，但自己的心也随着大雁飞向了远方。这一句我原先理解为雁背上映着夕阳，雁背被夕阳染红了，意境犹如温庭筠《春日野行》“鸦背夕阳多”。可是细细想来，此句与上句对偶，上句的“青无数”是指“列岫”；“烟中”只是背景，不是说烟中青无数。按同样的句式，“雁背夕阳红欲暮”，应当是说“夕阳”变红了，而不是说“雁背”红了。哪里的夕阳呢？当然是西方天空的夕阳，然而这夕阳已渐渐低落，雁从天边飞过，雁背与夕阳相切，好像夕阳就在雁背上一样。

末尾是两个比喻：“人如风后入江云，情似雨馀黏地絮。”她好比风后散入江心的云，了无踪影；自己的感情却如雨后黏在地上的柳絮，无法解脱。人皆知秦观《满庭芳》“山抹微云，天黏衰草”为佳句，而且叹服“黏”字之工。但秦观之于“黏”字仅偶一用之。周邦彦却屡用“黏”字，无不精妙。“黏”者，黏着、贴合之意，状柳絮、蛛丝，得形神两似。而春之腻人、困人如现于纸上。周邦彦喜用“黏”字，亦可见其词风。他的词情浓意蜜、反复缠绵，化不开，剪不断，确实有一股黏劲儿。如用一个字概括他的风格，不就是这个“黏”吗？

这首词共八句，上下片各四句。八句都是七言，很像两首七言绝句合在一起。但又不是七绝，因为两句两句的全是对偶。它的形式很呆板，读起来却并不觉得呆板，因为各联之间各句之间的接续富于变化。一、二句以昔与今对比。第三句承第一句，第四句承第二句。五、六句单承第四句。七、八句又换了角度，不从今昔上对比，而从彼此双方对比。腾挪变化的章法，克服了形式的呆板，取得很好的艺术效果。

鹧鸪天

陆　游

家住苍烟落照间，丝毫尘事不相关。斟残玉瀣行穿竹，卷罢黄庭卧看山。　　贪啸傲，任衰残，不妨随处一开颜。元知造物心肠别，老却英雄似等闲。

刘克庄《后村诗话续集》把陆游的词分为三类："其激昂慷慨者，稼轩不能过；飘逸高妙者，与陈简斋、朱希真相颉颃；流丽绵密者，欲出晏叔原、贺方回之上。"这首《鹧鸪天》就是其飘逸高妙一类作品中的代表作。

上阕首二句："家住苍烟落照间，丝毫尘事不相关。"把自己居住的环境写得何等优美而又纯净。"苍烟落照"四字，让人联想起陶渊明《归园田居》其一"暧暧远人村，依依墟里烟"的意境，一经讽诵便难忘怀。"苍烟"犹青烟，字面已包含着色彩。"落照"这个词里虽然没有表示颜色的字，但也有色彩暗含其中，引起多种的联想。词人以“苍烟落照”四字点缀自己居处的环境，意在对比仕途之龌龊。所以第二句就直接点明住在这里与尘事毫不相关，可以一尘不染，安心地过着隐居的生活。这也正是陶渊明《归园田居》里“户庭无尘杂，虚室有馀闲”的意思。

三、四句对仗工稳：“斟残玉瀣行穿竹，卷罢黄庭卧看山。”“玉瀣”是一种美酒名，明冯时化《酒史》卷上：“隋炀帝造玉瀣酒，十年不败。”陆游在诗中也不止一次写到过这种酒。“黄庭”是道经名，《云笈七签》有《黄庭内景经》《黄庭外景经》《黄庭遁甲缘身经》，盖道家言养生之书。这两句大意是说：喝完了玉瀣就散步穿过了竹林；看完了《黄庭》就躺下来观赏山景。一、二句写居处环境之优美，三、四句写自己生活的闲适，动静行止无不惬意。陆游读的《黄庭经》是卷轴装，边读边卷，“卷罢黄庭”就是看完了一卷的意思。

下阕开头：“贪啸傲，任衰残，不妨随处一开颜。”“啸傲”，歌咏自得，形容旷放而不受拘束。郭璞《游仙诗》：“啸傲遗世罗，纵情在独往。”陶渊明《饮酒》其七：“啸傲东轩下，聊复得此生。”词人说自己贪恋这种旷达的生活情趣，任凭终老田园；随处都有使自己高兴的事物，何妨随遇而安呢？这几句可以说是旷达到极点也消沉到极点了，可是末尾陡然一转：“元知造物心肠别，老却英雄似等闲。”这两句似乎是对以上所写的自己的处境做出了解释。词人说原先就已知道造物者之无情（他的心肠与常人不同），白白地让英雄衰老死去却等闲视之。这是在怨天吗？是怨天。但也是在抱怨南宋统治者无心恢复中原，以致使英雄无用武之地。

据夏承焘、吴熊和《放翁词编年笺注》，南宋乾道二年（1166年）陆游四十二岁，以言官弹劾谓其“交结台谏，鼓唱是非，力说张浚用兵”，免隆兴通判，始卜居镜湖之三山。这首词和其他两首《鹧鸪天》（插脚红尘已是颠、懒向青门学种瓜），都是此时所作。词中虽极写隐居之闲适，但那股抑郁不平之气仍然按捺不住，在篇末流露出来。也正因为有那番超脱尘世的表白，所以篇末的两句就尤其显得冷隽。

念奴娇·过洞庭

张孝祥

洞庭青草，近中秋、更无一点风色。玉鉴琼田三万顷，着我扁舟一叶。素月分辉，明河共影，表里俱澄澈。悠然心会，妙处难与君说。　　应念岭表经年，孤光自照，肝胆皆冰雪。短发萧骚襟袖冷，稳泛沧溟空阔。尽挹西江，细斟北斗，万象为宾客。扣舷独啸，不知今夕何夕！

张孝祥（1132—1169年）是南宋前期著名的爱国词人，字安国，号于湖居士，历阳乌江（今安徽和县）人。宋高宗绍兴年间举进士第一，随后在朝中和地方上做官。他曾极力赞助张浚的北伐计划，他的一些政治和经济措施也得到人民的欢迎。他在广南西路任经略安抚使时，因遭谗言罢官，于宋孝宗乾道二年（1166年）从桂林北归，经过洞庭湖时写了这首《念奴娇》。此后又过了三年就去世了，只活了三十八岁。

这首词上片先写洞庭湖月下的景色，突出写它的澄澈。“洞庭青草，近中秋、更无一点风色。”青草是和洞庭相连的另一个湖。这几句表现秋高气爽、玉宇澄清的景色，是纵目洞庭总的印象。“风色”二字很容易忽略过去，其实是很值得玩味的。风有方向之别、强弱之分，难道还有颜色的不同吗？也许可以说没有。但是敏感的诗人从风云变幻之中是可以感觉到风色的。李白《庐山谣》：“登高壮观天地间，大江茫茫去不还。黄云万里动风色，白波九道流雪山。”那万里黄云使风都为之变色了。张孝祥在这里说“更无一点风色”，表现洞庭湖上万里无云，水波不兴，读之冷然、洒然，令人向往不已。

“玉鉴琼田三万顷，着我扁舟一叶。”“玉鉴”就是玉镜。琼是美玉，“琼田”就是玉田。“玉鉴琼田”，形容湖水的明净光洁。“三万顷”，说明湖面的广阔。“着”，或释为附着。船行湖上，是漂浮着、流动着，怎么可以说附着呢？着者，安也，置也，容也。陈与义《和王东卿》：“何时着我扁舟尾，满袖西风信所之。”陆游《题斋壁》：“稽山千载翠依然，着我山前一钓船。”都是这个意思。张孝祥说：“玉鉴琼田三万顷，着我扁舟一叶。”在三万顷的湖面上，安置我的一叶扁舟，颇有自然造化全都供我所用的意味，有力地衬托出诗人的豪迈气概。

“素月分辉，明河共影，表里俱澄澈。”这三句写水天辉映一片晶莹。“素月分辉”，是说皎洁的月亮照在湖上，湖水的反光十分明亮，好像素月把自己的光辉分了一些给湖水。“明河共影”，是说天上的银河投影到湖中，十分清晰，上下两道银河同样地明亮。“素月分辉，明河共影”这两句明点月华星辉，暗写波光水色，表现了上下通明的境地，仿佛是一片琉璃世界。所以接下来说：“表里俱澄澈。”这一句是全词的主旨所在。说来说去，洞庭秋色美在哪里呢？词人在这一句里点了出来，美就美在“澄澈”上。这是表里如一的美，是光洁透明的美，是最上一等的境界了。“表里俱澄澈”这五个字，描写周围的一切，从天空到湖水，洞庭湖上上下下都是透明的，没有一丝儿污浊。这已不仅仅是写景，还寄寓了深意。这五个字标示了一种极其高尚的思想境界，诸如光明磊落、胸怀坦荡、言行一致、表里如一，这些意思都包涵在里面了。杜甫有一句诗：“心迹喜双清”（《屏迹》三首其一），“心”是内心，也就是里，“迹”是行迹，也就是表，“心迹双清”也就是表里澄澈。“表里俱澄澈，心迹喜双清”，恰好可以集成一联，给我们树立一个为人处世的准则，我们不妨拿来当作自己的座右铭。当张孝祥泛舟洞庭之际，一边欣赏着自然景色，同时也在大自然中寄托着他的美学理想。他笔下的美好风光，处处让我们感觉到有他自己的人格在里面。词人的美学理想高尚，心地纯洁，他的笔墨才能这样干净。

上片最后说："悠然心会，妙处难与君说。"洞庭湖是澄澈的，词人的内心也是澄澈的，物境与心境悠然相会，这妙处难以用语言表达出来。"悠然"，闲适自得的样子，形容心与物的相会是很自然的一种状态，不是勉强得来的。"妙处"，表面看来似乎是指洞庭风光之妙，其实不然。洞庭风光之妙，上边已经说出来了。这难说的妙处应当是心物融合的美妙体验，只有这种美妙的体验才是难以诉诸言语的。

下片着重抒情，写自己内心的澄澈。"应念岭表经年，孤光自照，肝胆皆冰雪。""岭表"，指五岭以外，今两广一带。"岭表经年"，指作者在广南西路任经略安抚使的时期。"应"字平常表示推度、猜测的意思，这里讲的是自己当时的思想，无所谓推度、猜测。这"应"字语气比较肯定，接近"因"的意思。杜甫《旅夜书怀》："名岂文章著，官应老病休。"犹言"官因老病休"，"应"字也是肯定的语气。"应念岭表经年"，是由上片所写洞庭湖的景色，因而想起在岭南一年的生活，那是同样的光明磊落。"孤光"，指月光。苏轼《西江月》：“中秋谁与共孤光，把盏凄然北望。”就曾用孤光来指月光。“孤光自照”，是说以孤月为伴，引清光相照，表现了既不为人所了解，也无须别人了解的孤高心情。“肝胆皆冰雪”，冰雪都是洁白晶莹的东西，用来比喻自己襟怀的坦白。南朝诗人鲍照在《白头吟》里说：“直如朱丝绳，清如玉壶冰。”南朝另一个诗人江总《入摄山栖霞寺》说：“净心抱冰雪。”唐代诗人王昌龄《芙蓉楼送辛渐》说：“洛阳亲友如相问，一片冰心在玉壶。”这些都是以冰雪比喻心地的纯洁。张孝祥在这首词里说：“应念岭表经年，孤光自照，肝胆皆冰雪。”结合他被谗免职的经历来看，还有表示自己问心无愧的意思。在岭南的那段时间里，自问是光明磊落，肝胆照人，恰如那三万顷“玉鉴琼田”在素月之下“表里澄澈”。在词人的这番表白里，所包含的愤慨是很容易体会的。

“短发萧骚襟袖冷，稳泛沧溟空阔。”这两句又转回来写当前。“萧骚”，形容头发的稀疏短少，好像秋天的草木。结合后面的“冷”字来体会，这萧骚恐怕是一种心理作用，因为夜气清冷，所以觉得头发稀疏。“短发萧骚襟袖冷”，如今被免职了，不免带有几分萧条与冷落。但词人的气概却丝毫不减：“稳泛沧溟空阔”。不管处境如何，自己是拿得稳的。“沧溟”，本指海水，这里指洞庭湖水的浩淼。这句是说，自己安稳地泛舟于浩淼的洞庭之上，心神没有一点动摇。不但如此，词人还有更加雄伟的气魄。

“尽挹西江，细斟北斗，万象为宾客。”这是全词感情的高潮。“西江”，西来的长江。“挹”，汲取。“尽挹西江”，是说汲尽西江之水以为酒。“细斟北斗”，是说举北斗星当酒器慢慢斟酒来喝。这里暗用了《九歌·东君》“援北斗兮酌桂浆”的意思，词人的自我形象极其宏伟。“万象”，天地间的万物。这几句是设想自己做主人，请万象做宾客，陪伴我纵情豪饮。一个被谗罢官的人，竟有这样的气派，须是多么的自信才能做到啊！

词的最后两句更显出作者艺术手法的高超：“扣舷独啸，不知今夕何夕！”“舷”，船边。“扣舷”，敲着船舷，也就是打拍子。苏轼《赤壁赋》：“扣舷而歌之。”“啸”，蹙口发出长而清脆的声音。张孝祥说：“扣舷独啸”，或许有啸咏、啸歌的意思。“不知今夕何夕”，用苏轼《念奴娇·中秋》的成句：“起舞徘徊风露下，今夕不知何夕！”张孝祥稍加变化，说自己已经完全沉醉，忘记这是一个什么日子了。这两句作全词的结尾，收得很轻松、很有馀味。从那么博大的形象收拢来，又回到一开头“近中秋”三字所点出的时间上来。

首尾呼应，结束了全词。

张孝祥在南宋前期的词坛上享有很高的地位，是伟大词人辛弃疾的先驱。他为人直率坦荡，气魄豪迈，作词时笔酣兴健，顷刻即成。他的词风最接近苏东坡的豪放，就拿这首《念奴娇》来说吧，它和苏东坡的《水调歌头》风格就很近似。《水调歌头》写于中秋之夜，一开头就问："明月几时有？把酒问青天。不知天上宫阙，今夕是何年。"将时空观念引入词里，在抒情写景之中含有哲理意味。末尾说："但愿人长久，千里共婵娟。"欲打破时间的局限和空间的阻隔，在人间建立起美好的生活。整首词写得豪放旷达，出神入化。张孝祥这首《念奴娇》写的是接近中秋的一个夜晚。他把自己放在澄澈空阔的湖光月色之中，那湖水与月色是透明的，自己的心地肝胆也是透明的，他觉得自己同大自然融为一体了。他以主人自居，请万象为宾客，与大自然交朋友，同样豪放旷达，出神入化。苏东坡的《水调歌头》仿佛是与明月对话，在对话中探讨着关于人生的哲理。张孝祥的《念奴娇》则是将自身化为那月光，化为那湖水，一起飞向理想的澄澈之境。两首词的写法不同、角度不同，那种豪放的精神与气概，却是很接近的。

黄蓼园评此词说："写景不能绘情，必少佳致。此题咏洞庭，若只就洞庭落想，纵写得壮观，亦觉寡味。此词开首从洞庭说至玉界〔鉴〕琼田三万顷，题已说完，即引入扁舟一叶。以下从舟中人心迹与湖光映带写，隐现离合，不可端倪，镜花水月，是二是一。自尔神采高骞，兴会洋溢。”（《蓼园词选》）这首词在情与景的交融上的确有独到之处，天光与水色，物境与心境，昨日与今夕，全都和谐地融会在一起，光明澄澈，给人以美的感受与教育。

破阵子·为陈同甫赋壮词以寄

辛弃疾

醉里挑灯看剑，梦回吹角连营。八百里分麾下炙，五十弦翻塞外声，沙场秋点兵。　马作的卢飞快，弓如霹雳弦惊。了却君王天下事，赢得生前身后名，可怜白发生！

每与人论及此词，人多以为自“梦回吹角连营”至“弓如霹雳弦惊”皆梦中情事。这是带有普遍性的一种误解。其原因是把“梦回”二字错释为“梦中”或“梦中回到”之类的意思了。“梦回”怎讲？就是梦醒。牛峤《菩萨蛮》：“山月照山花，梦回灯影斜。”李璟《浣溪沙》：“细雨梦回鸡塞远，小楼吹彻玉笙寒。”均可为证。“梦回”二字实在是全词的关键所在，确定了这两个字的涵义，就可以肯定词中所写的分炙点兵、飞马拽弓，种种雄壮的场面，并非醉梦中的幻影，而是少年时代的亲身经历。这首词从开头第一句起，就是往昔战斗生活的追述，一口气写了九句，直到最后一句“可怜白发生”才落到今日。《破阵子》分上下两片，按照习惯，过片应当有个转折。辛弃疾哪里管得什么习惯？豪情涌来，直泻而下，如飞瀑惊湍，酣畅淋漓，最后戛然而止，轻松地收拢了起来。若非有千钧笔力，如何做得到！写诗填词要有这等手段，才见功力。敢于放，善于收，方为高手。人称稼轩词豪放，的确豪放。但决非剑拔弩张、狂呼大吼，而是在豪放中有节制、有含蓄，有一种内在之力、沉郁之气贯注其间。明白了这一点，才算是懂得了辛词的妙谛。

作者在《破阵子》词牌下曰“为陈同甫赋壮词以寄”。“同甫”是陈亮的字，他“为人才气超迈，喜谈兵，议论风生，下笔数千言立就。”（《宋史》本传）他因坚持抗金，遭到当权者的嫉恨，几次被诬下狱，人目为“狂怪”。但辛弃疾和他志趣相投，是知心的朋友。刘熙载《艺概》说：“陈同甫与稼轩为友，其人才相若，词亦相似。”陈亮的《水调歌头》（不见南师久）大声鞺鞳，气势磅礴，不亚于辛词。宋孝宗淳熙十五年（1188年），陈亮从浙江金华到江西上饶访问辛弃疾，住了十天。他们一起游览了鹅湖等地。分别以后彼此怀念，不止一次以《贺新郎》词相赠答。这首《破阵子》作于何年难以考明，只知道是特为陈同甫所作并寄赠给他的。词里回忆自己过去的战斗生涯和豪情壮志，也表达了壮志未酬白发已生的悲愤心情，含有激励对方、寄以希望之意。

“醉里挑灯看剑，梦回吹角连营。”这两句都是往事。“看剑”有铅刀一割、渴望杀敌的意味。古典诗词中写剑，往往寄托着雄心，如鲍照《拟行路难》：“对案不能食，拔剑击柱长叹息。”李白《独漉篇》：“雄剑挂壁，时时龙鸣。”都是借剑以抒怀。这里的“看剑”也是一种感情的流露，不可仅仅当成一个动作的交代，轻轻放过。而“醉里挑灯”则为“看剑”渲染了背景和气氛，增添了浪漫色彩。这一句是写夜间，下句写清晨。岑参《武威送刘判官赴碛西行军》：“都护行营太白西，角声一动胡天晓”，可见古代军中清晨吹角。晨曦之中，各个军营角声此呼彼应，连成一片，是何等森严而又雄壮！我们可以理解为，词人在梦醒之后听到“吹角连营”，也可以想象是这连营的号角声唤醒了词人的梦。“吹角连营”既是“梦回”所闻，“梦回”又是“吹角连营”所致。如同孟浩然的“春眠不觉晓，处处闻啼鸟”，也可以从两个不同的角度去体会。“醉里挑灯看剑，梦回吹角连营”，一写夜，一写晨，一开头就把调子定得很高，正所谓“起句当如爆竹”（《四溟诗话》），引人进入胜境。

这首词不但起得好，接得也好："八百里分麾下炙，五十弦翻塞外声，沙场秋点兵。"这三句应当连读，写的是同一件事，即检阅军队。分炙、奏乐，都在点兵仪式之中。"八百里"语义双关，一方面指牛，用《世说新语·汰侈篇》的典故："王君夫（恺）有牛，名八百里驳，常莹其蹄角。王武子（济）语君夫：'我射不如卿，今指赌卿牛，以千万对之。'君夫既恃手快，且谓骏物无有杀理，便相然可，令武子先射。武子一起便破的，却据胡床叱左右：'速探牛心来！'须臾炙至，一脔便去。"苏轼诗里也说"要当啖公八百里，豪气一洗儒生酸。"另一方面，"八百里"又兼言营寨分布之广。辛弃疾早年曾参加以耿京为首的抗金起义军，并在军中掌书记。起义军有数十万之众，占领的地区很广。"麾"是大旗。"麾下"指军中主帅所居之地。"分麾下炙"是说代主帅用烤熟的牛肉犒赏三军。"五十弦"指瑟，李商隐《锦瑟》："锦瑟无端五十弦"。"翻"是翻奏的意思，刘禹锡《杨柳枝》："请君莫奏前朝曲，听唱新翻杨柳枝。""五十弦翻塞外声"这一句是说乐器中演奏出塞外的曲调。上片最后一句"沙场秋点兵"把分炙、奏乐的活动加以概括，点出是检阅军队。阅兵是战前的准备，秋天草肥马壮，气象肃杀，正是用兵的时节。检阅期间一边翻奏塞外雄壮的乐曲，一边用烤熟的牛肉犒赏三军，其雄壮、肃穆、热烈、豪放，可以想见。

下阕“马作的卢飞快，弓如霹雳弦惊”是写战斗的场面。“作”，好像。“的卢”，骏马名。《相马经》：“马白额入口齿者，名云榆雁，一名的卢。”《蜀志·先主传》注引《世语》：“刘备屯樊城，刘表惮其为人，不甚信用。曾请备宴会，蒯越、蔡瑁欲因会取备，备觉之，潜遁出。所乘马名的卢，骑的卢走渡襄阳城西檀溪水中，溺不得出，备急曰：‘的卢，今日厄矣，可努力！’的卢乃一踊三丈，遂得过。”“弓如霹雳”是说弓弦响声如雷。《南史·曹景宗传》载：“景宗谓所亲曰：‘我昔在乡里，骑快马如龙，与年少辈数十骑，拓弓弦作霹雳声，箭如饿鸱叫……此乐使人忘死，不知老之将至。”《隋书·长孙晟传》：“突厥之内大畏长孙总管，闻其弓声谓为霹雳，见其走马称为闪电。”辛弃疾这两句词用了典故却让人不觉得是用典故。快马良弓，奔腾驰骤于沙场之上，往日的生活是何等豪迈！而这一切都是为了一个大目标：“了却君王天下事，赢得生前身后名。”就是要收复失地，一统天下，完成君王的使命，赢得自己的功名。从词的开头到这里都是回忆，包括当年的战斗生活和当年的理想抱负。最后一句才回到今天：“可怜白发生！”辛弃疾遭受压抑，岁月蹉跎，光阴虚度，昔日金戈铁马的生涯只是一段回忆，而昔日的豪情壮志也已化为泡影。鬓边的白丝，这严酷的不可扭转的现实使词人产生难以言说的悲愤。前九句的“壮词”如果说是豪壮的话，到末尾就变成悲壮了。

范开《稼轩词序》曰：“器大者声必宏，志高者意必远。”辛弃疾诚所谓器大志高者，所以他的词声宏意远。词自《花间》以后走上一条狭而又深的路，“大都类似清溪曲涧，虽未尝没有曲折幽雅的小景动人流连，而壮阔的波涛终感其不足。”（俞平伯《唐宋词选释·前言》）辛弃疾继苏轼之后另辟蹊径，以如椽之笔抒壮阔之情。词中那战斗的场面，英雄的气概，确实足以震撼千古。

暗香

姜　夔

旧时月色，算几番照我，梅边吹笛？唤起玉人，不管清寒与攀摘。何逊而今渐老，都忘却、春风词笔。但怪得、竹外疏花，香冷入瑶席。　　江国，正寂寂。叹寄与路遥，夜雪初积。翠尊易泣，红萼无言耿相忆。长记曾携手处，千树压、西湖寒碧。又片片、吹尽也，几时见得？

刘熙载在《艺概》中说："姜白石词幽韵冷香，令人挹之无尽。拟诸形容，在乐则琴，在花则梅也。"真可谓姜白石的知音，白石词今存八十馀首，咏梅的就占十八首之多，其中尤以《暗香》《疏影》最为著名。张炎云："词之赋梅，惟白石《暗香》《疏影》二曲，前无古人，后无来者，自立新意，真为绝唱。"（《词源·杂论》）周济虽批评白石"局

促”“才小”，但也不能不推崇《暗香》《疏影》，说它们“寄意题外，包蕴无穷，可与稼轩伯仲。”（《介存斋论词杂著》）

《暗香》《疏影》所咏的对象虽然是梅花，但字句之中、字句之外隐然有一幽独的佳人，呼之欲出。在《暗香》里佳人和白石一起赏梅；在《疏影》里，佳人则竟幻化为梅花。咏梅而不黏滞于梅，意趣高远，清空古雅，确有独到之处。

词前小序曰：

> 辛亥之冬，予载雪诣石湖。止既月，授简索句，且徵新声，作此两曲。石湖把玩不已，使工妓隶习之，音节谐婉，乃名之曰《暗香》《疏影》。

辛亥是宋光宗绍熙二年（1191年），这年冬天姜白石冒雪到苏州访范成大（石湖居士），住了一个多月，除夕才回湖州。在此期间，姜白石应范成大的请求作了两支新曲，范成大非常欣赏，使乐工歌伎学习演唱，音节谐和婉转，于是命名曰《暗香》《疏影》。调名取林逋《山园小梅》诗：“疏影横斜水清浅，暗香浮动月黄昏。”

词从回忆写起。“旧时月色，算几番照我，梅边吹笛？”

既曰“几番”，显然不止一次，词人往日曾不止一次趁着月光在梅边吹笛。但到底几次，词人也算不清了。以上三句是泛泛地回忆往事。接下来便回忆某一次赏梅的具体情景：“唤起玉人，不管清寒与攀摘。”“玉人”，既可指男子，也可指女子，这里是指他的情人。由“唤起”二字可以想见“玉人”已经睡下，词人却还是将她唤起，一同冒着清寒去摘花。那时的兴致多么高啊！这两句是从贺铸《浣溪沙》：“玉人和月摘梅花”变化而来，但意味更深长，情韵更饱满。

自此以下转入慨叹今日。“何逊而今渐老，都忘却、春风词笔。”白石以何逊自比，说自己如今渐老，已失去当年的诗兴和才华了。何逊是南朝梁代诗人，曾在扬州写过《咏早梅诗》。杜甫诗曰：“东阁官梅动诗兴，还如何逊在扬州。”（《和裴迪登蜀州东亭送客逢早梅相忆见赠》）“但怪得、竹外疏花，香冷入瑶席。”“怪得”有惊疑、惊叹等意味，李曾伯《满江红》：“推枕闻鸡，正怪得、乾坤都白。”可以为证。有人释曰“责怪、埋怨”，盖非。往日词人关心花期，对梅花的开放不会感到突然。现在不但忘却春风词笔，连梅花的开期也漠然淡忘了。等到竹林之外的几点早梅把冷香送入瑶席，才蓦地察觉自己所爱的梅花已经开放！从字面上看，这几句是感叹自己老了，其实是因为和玉人离别而兴致索然。

所以下阕就接着写自己对玉人的思念。

“江国，正寂寂。叹寄与路遥，夜雪初积。”这几句用南朝宋陆凯《赠范晔诗》：“折梅逢驿使，寄与陇头人。江南无所有，聊赠一枝春。”词人在南国水乡，寂寞中想折梅寄予远方的情人，但路途遥远，夜雪初积，不能如愿，徒增叹惋。“翠尊易泣，红萼无言耿相忆。”眼前的绿酒红梅，一个是“易泣”，一个是“无言”，只能加重自己的思念。最后又转入回忆：“长记曾携手处，千树压、西湖寒碧。又片片、吹尽也，几时见得？”宋代西湖孤山多梅树，梅花盛开，树枝低压，映着一片寒碧的湖水，是何等的赏心悦目！而料峭的春风将梅花瓣片片吹尽又是何等的凄切！和玉人携手徜徉于西子湖畔赏梅的情景印在心上久久不能遗忘，什么时候才能重温这场旧梦呢？自己是“何逊渐老”，而“玉人”恐怕也已红颜暗老。相见之后又将会怎样呢？

疏影

姜　夔

苔枝缀玉。有翠禽小小，枝上同宿。客里相逢，篱角黄昏，无言自倚修竹。昭君不惯胡沙远，但暗忆、江南江北。想佩环、月夜归来，化作此花幽独。

犹记深宫旧事，那人正睡里，飞近蛾绿。莫似春风，不管盈盈，早与安排金屋。还教一片随波去，又却怨、玉龙哀曲。等恁时，重觅幽香，已入小窗横幅。

从《暗香》词前序文可知，《暗香》《疏影》乃同时所作。想必是写了《暗香》之后，意犹未尽，遂另作一首《疏影》。前人都说这两首词难解，《疏影》尤其扑朔迷离，确实如此。我想，如果把它们对照着读，也许可以看得清楚些。《暗香》虽说是咏梅，但并没有对梅花本身作很多描写，而是围绕梅花抒写怀人之情。所怀是他的情人，一个美丽的女子。她曾陪词人折梅月下，也曾和他携手赏西湖。在《暗香》这首词里，玉人是玉人，梅是梅。梅花只是引起词人想念玉人的触发物而已，它本身并没有任何比喻或象征意义。如果把这首词的意思向前推进一层，赋予梅花以人格，就可以翻出另一首词，这就是《疏影》。在《疏影》里，词人时而把梅花比作独倚修竹的佳人，时而把梅花比作思念故土的昭君。既是歌咏梅花，又是歌咏佳人，梅花如佳人，融为一体了。

前人多认为这首词有寄托。张惠言说："时石湖盖有隐遁之志，故作此二词以沮之。《暗香》一章，言己尝有用世之志，今老无能，但望之石湖也。《疏影》更以二帝之愤发之，故有昭君之句。"（《词选》）郑文焯说："此盖伤心二帝蒙尘，诸后妃相从北辕，沦落胡地，故以昭君托喻，发言哀断。考唐王建《塞上咏梅》诗曰：'天山路边一株梅，年年花发黄云下。昭君已没汉使回，前后征人谁系马？'白石词意当本此。"（郑校《白石道人歌曲》）近人刘永济举出宋徽宗赵佶被掳在胡地所作《眼儿媚》词："花城人去今萧索，春梦绕胡沙。家山何处？忍听羌管，吹彻《梅花》。"解释说："此词更明显为徽钦二帝作。"（《唐五代两宋词简析》）以上这些说法都是由词中所用昭君的典故引起的。词人说幽独的梅花是王昭君月夜魂归所化，遂使人联想徽钦二帝及诸后妃的被掳以及他们的思归，进而认为全词都是有感于此而作。其实这种联想是缺乏根据的。昭君和亲出塞与徽钦被掳、诸后妃沦落胡地，根本不伦不类。王建是唐人，他的《塞上咏梅》和宋帝毫无关系。宋徽宗作《眼儿媚》思念家国，既没有提到王昭君，也就不能肯定白石是用《眼儿媚》的典故。如果不是断章取义，而是联系全篇来看，就不难看出这首词的主旨在赞美梅花的幽独；写其幽独而以美人为喻，当然最好是取昭君，这是不足为怪的。

“苔枝缀玉。有翠禽小小，枝上同宿”。范成大《梅谱》曰：“古梅会稽最多，四明吴兴亦间有之。其枝樛曲万状，苍藓鳞皴，封满花身；又有苔须垂于青枝或长数寸，风至，绿丝飘飘可玩。”这几句是说：在长满青苔的枝干上缀满如玉的梅花，又有小小的翠鸟在枝上伴她同宿。“翠禽”暗用《龙城录》里的典故：隋开皇中赵师雄迁罗浮，日暮于松林中过一美人，又有绿衣童子歌舞于侧。“师雄醉寐，但觉风寒相袭，久之东方已白，起视大梅花树上，翠羽刺嘈相顾。所见盖花神。月落参横，惆怅而已。”词人明写梅花的姿色，暗用这个典故为全词定下了幽清的基调。“客里相逢，篱角黄昏，无言自倚修竹。”化用杜甫《佳人》诗：“绝代有佳人，幽居在空谷。……天寒翠袖薄，日暮倚修竹。”又把梅花比作幽居而高洁的佳人。“昭君不惯胡沙远，但暗忆、江南江北。想佩环、月夜归来，化作此花幽独。”杜甫《咏怀古迹》咏昭君村，有“环佩空归月夜魂”之句。词人想象王昭君魂归故土化作了这幽独的梅花。上阕分三层写来，用三个典故，将三位美人比喻梅花，突出地表现了梅花的“幽独”。

下阕换了一个角度，写梅花的飘落。“犹记深宫旧事，那人正睡里，飞近蛾绿。”“蛾绿”，指女子的眉，《太平御览》卷三十“时序部”引《杂五行书》：“宋武帝女寿阳公主，人日卧于含章殿檐下，梅花落公主额上，成五出花，拂之不去。皇后留之，看得几时。经三日，洗之乃落。宫女奇其异，竟效之，今梅花妆是也。”这几句好像是写寿阳公主（那人），其实还是写梅花，借一位和落梅有关的美人来惋惜梅花的衰谢。“犹记”，是词人犹记，词人看到梅花遂记起宫廷里这段故事。接着便以叮咛的口吻说道：“莫似春风，不管盈盈，早与安排金屋。”“盈盈”是仪态美好的样子，借指梅花。“安排金屋”用《汉武故事》，汉武帝幼时，他的姑母把他抱在膝上，指着女儿阿娇曰：“阿娇好否？”汉武帝笑曰：“好。若得阿娇作妇，当作金屋贮之也。”词人用这个典故表示惜花之愿，意谓不要像春风那样无情，任梅花飘零而不顾，应当及早将她保护。“还教一片随波去，又却怨、玉龙哀曲。”这是假设的口气，“还”是如若、假如的意思，诗词中多有这种用法。如秦观《水龙吟》：“名缰利锁，天还知道，和天也瘦。”辛弃疾《贺新郎》：“啼鸟还知如许恨，料不啼清泪长啼血。”有的注本把“还教一片随波去”讲实了，说“花随波去，无计挽回。”是因为忽略了这个“还”字而误会了词人的原意。这是进一步叮咛：如果让梅花随波流去，即使只有一片，那么《梅花落》的笛曲又要再添几分哀怨了。“玉龙”，笛名。词的最后说：“等恁时，重觅幽香，已入小窗横幅。”这几句仍然是叮咛：等到那时，再去寻觅梅花的幽香，只有从画上才能找到了。夏承焘《姜白石词编年笺校》曰：“《唐摭言》卷十载崔橹《梅花》诗：‘初开已入雕梁画，未落先愁玉笛吹。’姜词数句，似衍此二语。”如果确实是敷衍崔诗，在敷衍中也有创新，其境界远非崔诗所可比拟。细细揣摩下阕的口吻，梅花尚未凋谢。词人因爱之深切，遂一再叮咛，不要使她飘零。叮咛谁呢？没有别人，就是词人自己。

综观全词，上阕末尾一个“幽”字，下阕末尾又一个“幽”字，“幽”就是词人借着梅花所表现的美学理想。这和陶渊明咏松菊、张九龄咏兰桂，一脉相通。如果说这首词有寄托的话，可以说是寄托了词人理想的人格。词里虽然带着孤芳自赏的意味，又有什么可指摘的呢？

关于白石的词风，人多以“清空”二字概括，这是出自南宋末年张炎的《词源》。但细审张炎原文，并没有以“清空”概括白石全部的意思。在张炎看来，“清空”只是白石的一个方面。因为白石多咏物词，咏物容易“留滞于物”以致“拘而不畅”“晦而不明”，此所谓“质实”；白石咏物而不留滞于物，这就是“清空”。张炎在“词要清空，不要质实；清空则古雅峭拔，质实则凝涩晦昧。姜白石词如野云孤飞，去留无迹”这段话之后，还有段话说：“白石词如《疏影》《暗香》《扬州慢》《一萼红》《琵琶仙》《探春》《八归》《淡黄柳》等曲，不惟清空，又且骚雅，读之使人神观飞越。”很明显，张炎并非一味提倡“清空”；“清空”要以“骚雅”去充实才算词的上乘。张炎又说：“所以出奇之语以白石骚雅之句润色之，真天机云锦也。”可见他所重的不仅是“清空”，还有一个“骚雅”。张炎还说：“词以意趣为主……姜白石《暗香》赋梅云（词略），《疏影》云（词略），此数词皆清空中有意趣，无笔力者未易到。”也明明指出白石词不只是“清空”，而且富有“意趣”。只“清空”而无“意趣”，岂不成了一个空架子？可见张炎虽然拈出“清空”二字来评姜白石的词，但并没有以偏概全地说白石词只是“清空”，这是不能不辨的。

如上所说，以“清空”概括白石词并不全面，也不符合张炎的原意。若论白石词风，莫若刘熙载所谓“幽韵冷香”四字，简而言之可谓“幽冷”。他正是以“幽冷”另树一帜，自立于软媚、粗犷之外，成为南宋词坛上影响重大的一位词人。

寄生草·劝饮

白　朴

长醉后方何碍，不醒时有甚思。糟腌两个功名字，醅渰千古兴亡事，曲埋万丈虹蜺志。不达时皆笑屈原非，但知音尽说陶潜是。

题曰“劝饮”，实则是一篇愤懑之辞。作者看穿了功名富贵、改朝换代，在醉后的狂言里透出对那不合理的封建社会的清醒认识。这种人生态度我们在《世说新语》的《任诞篇》里已屡见不鲜，陶渊明和王绩的诗里也常有所表现。但我们读着白朴的这支曲子，仍有新鲜之感。这恐怕是和以下两点有关：

一、词发展到南宋后期，由于片面追求文辞的典雅和音律的优美，成为少数人赏玩的东西。可是在民间流行歌曲的基础上逐渐发展起来的散曲，仍然保持着其通俗、诙谐、活泼、新鲜的特色。用韵灵活、句子参差，以及广泛采用口语，使这种体裁具备了诗词难以具备的某些表现力。白朴运用这种体裁，以一种诙谐的态度和语调表达前人多次表达过的思想，遂给人以新颖的感觉。

二、这支曲子的成功，取决于中间的三个警句，即“糟腌两个功名字，醅渰千古兴亡事，曲（麴）埋万丈虹蜺志。”如果没有这几句支撑在中间，就显得太平淡了。作者不说在酒醉中忘却功名，而说让酒糟腌渍起功名二字来；不说在酒醉中不再考虑那千古兴亡，而说让未曾滤过的酒淹没掉它；不说在酒醉中抛弃自己的雄心壮志，而说让酒麴埋葬万丈虹蜺志。糟、醅、麴，何等平常之物；功名、兴亡、虹蜺志，何等重大之事；作者竟把它们并列起来，让前者去销蚀后者。其构思与造句确实峭拔。

白朴自幼饱经丧乱，入元后，常郁郁不乐，放浪自适。有人荐之于朝，固辞不就。他原是一个陶潜、王绩式的人物。所以曲子的末尾说“但知音尽说陶潜是”，只要是知音的朋友都说陶潜归隐嗜酒的态度是对的。这里有以陶潜自喻之意。至于屈原，是作者拉来与陶潜对比的。屈原说“众人皆醉我独醒”，以国家兴亡为己任，伤时忧国，可是仍不免于放逐，行吟泽畔投江而亡。他的所作所为被认为是不识时务，而受到一些人的嘲笑。既然事不可为，那么与其学屈原还不如学陶潜呢!“不达时皆笑屈原非，但知音尽说陶潜是。”这两句的大意就是如此。当然，对于伟大的诗人屈原，白朴未必真的嘲笑他不识时务。这不过是一种激愤的言辞，极其沉痛的反语。不可仅从字面上理解的。

天净沙·秋思

马致远

枯藤老树昏鸦，小桥流水人家，古道西风瘦马。
夕阳西下。断肠人在天涯。

这支小令除了“西下”和“在”以外，其余都是名词或名词性词组。一个名词或名词性词组构成一个意象，意象和意象就那样直接拼接在一起，无须乎中间的媒介。我们如果把它们点断，并标以句号，就很像电影脚本的片段了。

枯藤。老树。昏鸦。

小桥。流水。人家。

…………

电影艺术的一个重要技巧是蒙太奇。蒙太奇的原意是构成、装配，用于电影就是剪辑、组合的意思，把分别拍摄的镜头有机地组合起来，通过镜头画面之间相辅相成的关系，产生连贯、呼应、对比、暗示、联想、悬念等艺术效果。这支散曲的意象组合便含有电影艺术的这种趣味。

首句“枯藤老树昏鸦”三个意象都带有凄凉的意味。枯、老，着眼于生机之丧失；而昏鸦，除了字面给人的寒冷感以外，还能撩动人的归思。如杜甫《野望》：“独鹤归何晚，昏鸦已满林。”《复愁·其二》：“钓艇收缗尽，昏鸦接翅稀。”马致远把这三个意象并列出来，读者自然会想象到那点点昏鸦绕着被枯藤缠住的老树觅巢的情景。这是从正面衬托那流落天涯的断肠人的心情。

第二句“小桥流水人家”，以实适之境反衬羁旅之愁。那水畔桥边的人家，也许正升起缕缕炊烟，显得温暖、亲切，更能撩动旅人的归思。这写法颇似杜牧的绝句《南陵道中》：“南陵水面漫悠悠，风紧云轻欲变秋。正是客心孤迥处，谁家红袖凭江楼？”客心孤迥之际见到江楼红袖，那客愁就越发浓重了。马致远的这句“小桥流水人家”，和上一句“枯藤老树昏鸦”一样，也只是并列三个意象，就像电影中的三个特写，它们之间的关系留给读者自己去补充联想。

第三句“古道西风瘦马”，仍然重复着前两句的节奏，并列三个意象。“古道西风”这四个字使我们想起传为李白的《忆秦娥》下阕：“乐游原上清秋节，咸阳古道音尘绝。音尘绝，西风残照，汉家陵阙。”似乎马致远是把这几句的筋骨借得来，凝成了“古道西风”四字。同时又置一瘦马于其中，画龙点睛似的，重新创造了一个意境。瘦马上当然坐了旅人，也许马之瘦已不堪骑、不忍骑，那旅人只是牵着它缓缓地踱着，总之是宛然有一旅人同它在一起。但诗人并不急于让他在这一句里就出现，只是不紧不慢地指点着一个又一个客观的景物。那旅人是留在最后一句才登场的。

第四句“夕阳西下”，突然改变了节奏，从六字句改为四字句，从并列三个意象改为一个意象的描述。这是整支曲子里最短的一句，短虽短，其作用却不可忽视。夕阳本身是一个景物，如同前三句中那九个一样，但它又有敷设底色的作用。犹如画家先画好一个个景物，然后再整理底色、统一调子，“夕阳西下”这一句将前三句里九个景物统一在黄昏的色调之中。同一片风景，在一天内不同的时刻观察，会有不同的感受。黄昏容易使人想到休息，想到回归，想到家人。就连幼儿也是这样，白天到别人家里玩得很高兴，一到黄昏就闹着回家了。再看《诗经·君子于役》：“君子于役，不知其期。曷至哉？鸡栖于埘，日之夕矣，羊牛下来。君子于役，如之何勿思？”当黄昏时分，那妇女看到鸡入窝了，太阳西沉了，羊牛放牧归来了，于是思念在外服役的丈夫的心情也就更深切了。黄昏，就这样强化了旅人和思妇两方面的愁绪。

末尾这句“断肠人在天涯”，点出了原已若隐若现的旅人。这是一个远离家乡浪迹天涯的断肠人。因为以上四句已很好地烘托了背景，所以诗人无须对断肠人再作描写，一句话六个字已足以把他的形象和心情表现出来。这“断肠人”是谁？可以理解为作者所看到的某人，也可以理解为作者自己。若作前一种理解，则更有画意；若作后一种理解，则更富诗情。我看是不必执着于一端的。

马致远有《东篱乐府》一卷（辑本），存小令一百零四首，套数十七套，在元代前期散曲作家中是保存作品最多的。这首〔越调·天净沙〕《秋思》则是其作品中最著名的一篇。王国维《人间词话》评曰：“深得唐人绝句妙境。”散曲的格律不太严，更接近自然的语调而又宜于采用口语。衬字的广泛运用，也增加了语言的灵活性和通俗性。而这支小令相对说来，在造语和造境两方面更接近诗歌，尤其接近唐人绝句。王国维的评论是十分恰切的。

台城路·塞外七夕

纳兰性德

白狼河北秋偏早，星桥又迎河鼓。清漏频移，微云欲湿，正是金风玉露。两眉愁聚。待归踏榆花，那时才诉。只恐重逢，明明相视更无语。　人间别离无数。向瓜果筵前，碧天凝伫。连理千花，相思一叶，毕竟随风何处？羁栖良苦。算未抵空房，冷香啼曙。今夜天孙，笑人愁如许。

前人论纳兰性德词曰：“韵淡疑仙，思幽近鬼。”（杨芳灿《饮水词序》）这使我想起诗人李贺。李贺只活了二十七岁就夭折了，纳兰性德多活了四年，活到三十一岁，也算是早夭的。纳兰词里确乎有一缕缕抽不尽的哀怨，诉不完的相思，但其语言并不晦涩，自有一种清新婉丽之态隐现于纸上。这也许就是纳兰词特有的风格吧。

这首词把一段优美的传说和由这传说所引起的种种联想组织在塞外的背景上，又将天上的欢聚和人间的别离加以对照，何等凄婉，何等苍凉。开头一句“白狼河北秋偏早”扣题目里的“塞外”二字。“白狼河”就是现在的大凌河，秋天早早地就来到了这里，似乎有意逗引他的秋愁。第二句“星桥又迎河鼓”，扣题目里的“七夕”二字。银河上的鹊桥一年一度搭了起来，迎接牛郎（即牵牛星、河鼓）去和织女相会，不知已有几多春秋。如今又是七月七日，又是他们相会的佳期，只身漂泊塞外的年轻词人该做何感想呢？这留在下阕里写。上阕先写牛郎、织女相会的情景。“清漏频移”是说时间过得很快，“漏”上着一“清”字，是将时漏中水之清移来形容时漏本身，措词新颖。“微云欲湿”表面看来似乎不通，难道云还有干湿之别吗？然而敏感的词人偏偏以“欲湿”二字形容微云的变化。夜间，人在露天里站久了，衣服会潮湿的。词人遂想象那微云也会随着时间的推移而变湿的。“正是金风玉露”化用李商隐《辛未七夕》诗和秦观的《鹊桥仙》词。李诗曰：“由来碧落银河畔，可要金风玉露时。”秦词曰：“金风玉露一相逢，便胜却人间无数。”李诗和秦词都是写七夕，都是以“金风玉露”这样富有色感和质感的词藻形容七月七日的夜晚，纳兰性德将它信手拈来，用到自己的词里，恰到好处。

以上三句写了牛郎织女相聚的环境，接下来就牛郎织女本身加以描写，“两眉愁聚”是以皱眉的表情形容内心惆怅。词人虽然没有交代，但我相信那是指织女而言的。“待归踏榆花，那时才诉。”是用唐代诗人曹唐《织女怀牵牛》诗的典故：“欲将心就仙郎说，借问榆花早晚秋。”曹唐的意思是说，织女怀念牵牛，她问榆花，几时秋才到来。纳兰性德在这首诗里借前人用过的有关牵牛织女的意象——“榆花”加以点缀，当然不是实写。这里只是说织女和牵牛会面的时候，虽然有许多话想说却又无从说起，只是两眉愁聚，等到牛郎要归去的时候，才想起还有许多话要说而没说，“只恐重逢，明明相视更无语”，盼了一年才盼来一次重逢，可是重逢之际，只怕是相对凝咽，而说不出一句话来。这是写牛郎织女吗？当然是的。但其中概括了多少人间的经验。

下阕转而写人间的别离。“人间别离无数”先总括一句。据《荆楚岁时记》记载：“七夕妇人结彩缕，穿七孔针……陈瓜果于庭中以乞巧。”词人遂写道：“向瓜果筵前，碧天凝伫。”人间的妇女每逢七夕就在庭院里供上瓜果凝视着碧天，想象牛郎织女相会的情景。天上一年一度的良晤给地上的离人们带来安慰和希望，他们也在想念自己的恋人。但是自己的良晤更待何时呢？所以接下来词人说：“连理千花，相思一叶，毕竟随风何处？”连理树比喻夫妇的恩爱，白居易在《长恨歌》里说：“在地愿为连理枝。”“相思一叶”用红叶题诗的典故。《青琐高议》：唐僖宗时，于祐于御沟中拾一叶，上有诗。祐亦题诗于叶，置沟上流，宫人韩夫人拾之。后值帝放宫女，韩氏嫁祐成礼，各于笥中取红叶相示曰：“可谢媒矣。”“连理千花，相思一叶”都是富有浪漫色彩的传说，原不是容易实现的。所以词人说“毕竟随风何处”，世上那里有这样美满的姻缘呢？“羁栖良苦！”这才是现实。“羁栖良苦才是写自己此时在塞外漂泊，心情的痛苦诚然难以诉说，但和空闺里的思妇相比又算得了什么呢？此所谓“羁栖良苦。算未抵空房，冷香啼曙。”在这七月七日的夜晚，自己的内心是愁苦的，但哭到天明的闺中人，她的痛苦更为深沉。词的最后两句：“今夜天孙，笑人愁如许。”“天孙”是织女星的别名，织女虽也是“两眉愁聚”，但她的忧愁远不如自己来得深。所以那忧愁的织女反而要笑人愁如许了。

七夕是古代诗词里常见的题材。因为牛郎织女的爱情故事本身富有浪漫色彩，又经过历代诗人们的点化，到了纳兰性德的清代实在难以写出出色的作品来了。纳兰的这首词与前人所写的著名的七夕词如秦观的《鹊桥仙》相比虽然略逊一筹，但也可算是一篇杰作了。

附一：

《岳阳楼记》赏析

庆历四年春，滕子京谪守巴陵郡。越明年，政通人和，百废具兴。乃重修岳阳楼，增其旧制，刻唐贤今人诗赋于其上。嘱予作文以记之。

予观夫巴陵胜状，在洞庭一湖。衔远山，吞长江，浩浩汤汤，横无际涯；朝晖夕阴，气象万千。此则岳阳楼之大观也，前人之述备矣。然则北通巫峡，南极潇湘，迁客骚人，多会于此，览物之情，得无异乎？

若夫霪雨霏霏，连月不开，阴风怒号，浊浪排空；日星隐曜，山岳潜形；商旅不行，樯倾楫摧；薄暮冥冥，虎啸猿啼。登斯楼也，则有去国怀乡，忧谗畏讥，满目萧然，感极而悲者矣。

至若春和景明，波澜不惊，上下天光，一碧万顷；沙鸥翔集，锦鳞游泳；岸芷汀兰，郁郁青青。而或长烟一空，皓月千里，浮光跃金，静影沉璧，渔歌互答，此乐何极！登斯楼也，则有心旷神怡，宠辱偕忘，把酒临风，其喜洋洋者矣。

嗟夫！予尝求古仁人之心，或异二者之为，何哉？不以物喜，不以己悲；居庙堂之高则忧其民；处江湖之远则忧其君。是进亦忧，退亦忧。然则何时而乐耶？其必曰：先天下之忧而忧，后天下之乐而乐欤。噫！微斯人，吾谁与归？

时六年九月十五日。

范仲淹（公元989—1052年）是北宋著名的政治家、散文家，也是一位优秀的词人，他的词只有六首传世，其中以《渔家傲》最为脍炙人口。

沿湘江顺流而下，经长沙再向前，一片烟波浩渺的大水映入眼帘，那就是“水天一色，风月无边”的洞庭湖了。唐代诗人孟浩然在一首题为《临洞庭》的诗里写道：“气蒸云梦泽，波撼岳阳城。”生动地表现了洞庭湖浩瀚的气势，成为千古绝唱。诗中所说的岳阳，西临洞庭，北扼长江，自古以来就是南北交通的咽喉之地。从洞庭湖上向岳阳远眺，最引人注目的是屹立于湖畔的一座三层的城楼，被蓝天白云衬托得十分壮观。

那就是著名的岳阳楼。

岳阳楼的前身，是三国时吴国都督鲁肃的阅兵台。唐玄宗开元四年（公元716年），中书令张说谪守岳州，在阅兵台旧址建了一座楼阁，取名岳阳楼。李白、杜甫、白居易、张孝祥、陆游等著名诗人都曾在这里留下脍炙人口的诗作。到北宋庆历四年（1044年）春天，滕子京被贬谪到岳州巴陵郡做知府，第二年春重修岳阳楼，六月写信给贬官在邓州的好朋友范仲淹，并附有《洞庭晚秋图》一幅，请他写一篇文章记述这件事。到庆历六年（1046年）九月，范仲淹便写了这篇著名的《岳阳楼记》。《岳阳楼记》全文只有三百六十八字，分五段。

第一段，说明作记的缘由：

> 庆历四年春，滕子京谪守巴陵郡。越明年，政通人和，百废具兴。乃重修岳阳楼，增其旧制，刻唐贤今人诗赋于其上。嘱予作文以记之。

这番交代十分必要，因为范仲淹既非岳阳人，又不在岳阳做官，可能根本就没来过岳阳，一个和岳阳没有关系的人忽然为岳阳楼作记，这是必须说明缘由的。作者先提出自己的好朋友滕子京，说他被贬官到岳阳后，经过一年的时间就做到了“政通人和，百废具兴”。重修并扩建了岳阳楼，在楼上刻了唐代先贤和今人的诗赋，又嘱托我作一篇文章记述这件事。这段文字简明扼要，把必须交代的背景在文章开头集中地加以交代，后面就可以驰骋想象自由挥洒笔墨了。

第二段，不对岳阳楼本身作描写，而是由岳阳楼的大观过渡到登楼览物的心情：

> 予观夫巴陵胜状，在洞庭一湖。衔远山，吞长江，浩浩汤汤，横无际涯；朝晖夕阴，气象万千。此则岳阳楼之大观也，前人之述备矣。然则北通巫峡，南极潇湘，迁客骚人，多会于此，览物之情，得无异乎？

这段文字的内容是写景，口气却是议论。一上来就提出自己的看法：巴陵的美景集中在洞庭湖上，它“衔远山”“吞长江”，汹涌着，流动着，无边无际。这几句是从空间上形容湖面的广阔和水势的浩淼。接下来两句“朝晖夕阴，气象万千”，则又从不同时间洞庭湖的不同景色，表现它气象万千的变化。早晨阳光灿烂，把洞庭湖照得如同明镜一般，正如唐朝人张碧的诗里所说的“漫漫万顷铺琉璃”。晚上云雾低垂，把洞庭湖笼罩在一片昏暗之中，正如宋朝人李祁在一首词里所写的：“雾雨沉云梦，烟波渺洞庭。”以上几句抓住不同时刻洞庭湖的不同景色，把它的万千气象很生动地渲染了出来，然后小结一句说：“此则岳阳楼之大观也，前人之述备矣。”既然前人描述已经完备，而且有诗赋刻在岳阳楼上，范仲淹便不再重复。人详我略，人略我详，转而写登楼览物之情：“然则北通巫峡，南极潇湘，迁客骚人，多会于此，览物之情，得无异乎？”迁客，指降职贬往外地的官吏。屈原曾作《离骚》，所以后世也称诗人为骚人。既然洞庭湖北通巫峡，南极潇湘，湖边的岳阳楼便为迁客、骚人常常会集的地方。当他们登楼观赏洞庭湖的景物时，心情能不有所差异吗？这几句是全文的枢纽，很自然地引出以下两段。上面对洞庭湖的描写是客观的，以下则是设想迁客骚人观洞庭时的主观感受；上面的文字很简约，以下则洋洋洒洒，淋漓尽致。

第三段写览物而悲者：

若夫霪雨霏霏，连月不开，阴风怒号，浊浪排空；日星隐曜，山岳潜形；商旅不行，樯倾楫摧；薄暮冥冥，虎啸猿啼。登斯楼也，则有去国怀乡，忧谗畏讥，满目萧然，感极而悲者矣。

这一段的大意是说：假若是在阴雨连绵的季节，一连几个月不放晴；天空“阴风怒号”，湖上“浊浪排空”；太阳和星星隐藏了它们的光辉，山岳也隐蔽了它们的形体；商旅不敢出行，船只全被损坏；当黄昏时分一切都笼罩在昏暗之中，只有那虎啸猿啼之声不断传入耳来。这时登上岳阳楼，满目萧然，触景伤情，更会感到离开京城的哀伤和怀念家乡的忧愁，并且会忧心忡忡，畏惧小人的毁谤和讥刺，感伤到极点而悲恸不止了。

第四段写览物而喜者：

至若春和景明，波澜不惊，上下天光，一碧万顷；沙鸥翔集，锦鳞游泳；岸芷汀兰，郁郁青青。而或长烟一空，皓月千里，浮光跃金，静影沉璧，渔歌互答，此乐何极！登斯楼也，则有心旷神怡，宠辱偕忘，把酒临风，其喜洋洋者矣。

这一段的大意是说：遇到春天温和的日子，明媚的阳光照射在平静的湖面上，没有一丝儿波澜。天色衬着湖光，湖光映着天色，上下是一片碧绿。天上的沙鸥飞飞停停，水里的鱼儿游来游去。岸边的花草散发出浓郁的芳香，沁人心脾。在夜间还可以看到湖上的烟云一扫而空，皎洁的月光普照千里；月光与水波一起荡漾，闪烁着金光，月亮的倒影沉浸在水底，宛如一块璧玉。渔歌的对唱，洋溢着无边的欢乐。这时候登上岳阳楼，一定会心旷神怡，把一切荣誉和耻辱都忘掉了。举杯畅饮，临风开怀，只会感到无比的欣慰和欢喜。

这两段采取对比的写法。一阴一晴，一悲一喜，两相对照。情随景生，情景交融，有诗一般的意境。由这两段描写，引出最后的第五段，点明了文章的主旨。在这一段里对前两段所写的两种览物之情一概加以否定，表现了一种更高的思想境界：

> 嗟夫！予尝求古仁人之心，或异二者之为，何哉？不以物喜，不以己悲；居庙堂之高则忧其民；处江湖之远则忧其君。是进亦忧，退亦忧。然则何时而乐耶？其必曰：先天下之忧而忧，后天下之乐而乐欤。噫！微斯人，吾谁与归？

“嗟夫！”是感叹词。作者十分感慨地说，我曾经探求过古代那些具有高尚道德的人的心，与上述两种心情有所不同。他们的悲喜不受客观环境和景物的影响，也不因个人得失而变化。当高居庙堂之上做官的时候，就为人民而忧虑，惟恐人民有饥寒；当退居江湖之间远离朝政的时候，就为国君而忧虑，惟恐国君有阙失。这么说来，他们无论进退都在忧虑了，那么什么时候才快乐呢？他们必定这样回答：在天下人还没有感到忧虑的时候就忧虑了，在天下人都已快乐之后才快乐呢；作者感慨万千地说：倘若没有这种人，我追随谁去呢！表示了对这种人的向往与敬慕。文章最后一句“时六年九月十五日”，是交代写作这篇文章的时间。

《岳阳楼记》的作者范仲淹，生于公元989年，死于公元1052年。字希文，吴县人，吴县就是今天的苏州。他出身贫苦，两岁时死了父亲。青年时借住在一座寺庙里读书，常常吃不饱饭，仍然坚持昼夜苦读，五年间未曾脱衣睡觉。中进士以后多次向皇帝上书，提出许多革除弊政的建议，遭到保守势力的打击，一再贬官。后来负责西北边防，防御西夏入侵很有成绩。一度调回朝廷担任枢密副使、参知政事的职务，可是在保守势力的攻击与排挤下，于宋仁宗庆历五年（1045年）又被迫离开朝廷。写《岳阳楼记》时正在邓州做知州。

《岳阳楼记》的著名，首先是因为它的思想境界崇高。和它同时的另一位著名的文学家欧阳修在为他写的碑文中说，他从小就有志于天下，常自诵曰：“士当先天下之忧而忧，后天下之乐而乐也。”可见《岳阳楼记》末尾所说的“先天下之忧而忧，后天下之乐而乐”，是范仲淹一生行为的准则。孟子说：“穷则独善其身，达则兼善天下。”这已成为封建时代许多士大夫的信条。范仲淹写这篇文章的时候正贬官在外，“处江湖之远”，本来可以采取独善其身的态度，落得清闲快乐。可是他不肯这样，仍然以天下为己任，用“先天下之忧而忧，后天下之乐而乐”这两句话来勉励自己和朋友，这是难能可贵的。

一个人要做到先忧，必须有胆、有识、有志，固然不容易；而一个先忧之士当他建立了功绩之后还能后乐，才更加可贵。这两句话所体现的精神，那种吃苦在前、享乐在后的品质，在今天无疑仍有教育意义。

就艺术而论，《岳阳楼记》也是一篇绝妙的文章。下面提出几点来讲一讲：

第一，岳阳楼之大观，前人已经说尽了，再重复那些老话还有什么意思呢？遇到这种情况有两种方法。一种方法是作翻案文章，别人说好，我偏说不好。另一种方法是避熟就生，另辟蹊径，别人说烂了的话我不说，换一个新的角度，找一个新的题目，另说自己的一套。范仲淹就是采取了后一种方法。文章的题目是“岳阳楼记”，却巧妙地避开楼不写，而去写洞庭湖，写登楼的迁客骚人看到洞庭湖的不同景色时产生的不同感情，以衬托最后一段所谓“古仁人之心”。范仲淹的别出心裁，不能不让人佩服。

第二，记事、写景、抒情和议论交融在一篇文章中，记事简明，写景铺张，抒情真切，议论精辟。议论的部分字数不多，但有统帅全文的作用，所以有人说这是一篇独特的议论文。《岳阳楼记》的议论技巧，确实有值得我们借鉴的地方。

第三，这篇文章的语言也很有特色。它虽然是一篇散文，却穿插了许多四言的对偶句，如“日星隐曜，山岳潜形”“沙鸥翔集，锦鳞游泳”“长烟一空，皓月千里，浮光跃金，静影沉璧”……这些骈句为文章增添了色彩。作者锤炼字句的功夫也很深，如“衔远山，吞长江”这两句的“衔”字、“吞”字，恰切地表现了洞庭湖浩瀚的气势。“不以物喜，不以己悲”，简洁的八个字，像格言那样富有启示性。“先天下之忧而忧，后天下之乐而乐”，把丰富的意义熔铸到短短的两句话中，字字有千钧之力。

滕子京在请范仲淹写《岳阳楼记》的那封信里说："山水非有楼观登览者不为显，楼观非有文字称记者不为久。"确实是这样，岳阳楼已因这篇绝妙的记文，而成为人们向往的一个胜地；《岳阳楼记》也像洞庭的山水那样，永远给人以美好的记忆。

附二：

中国古典诗歌的艺术鉴赏

一

一切文学艺术都是诉诸感性的，它们总是借助具体的形象，通过艺术的感染力量和美感作用影响读者。离开形象就没有文艺；离开对于形象的感受，也就没有文艺的鉴赏。文学本身的特性要求，文艺鉴赏必须从作品的形象出发，以形象给人的感受以依据。这是鉴赏活动的一条基本规律。

中国古代有些诗歌评论，是重视形象与感受的。它们不仅为诗歌创作总结了可贵的艺术经验，也对诗歌鉴赏的规律作了有益的探索。譬如严羽的“别材”“别趣”说，尊重诗歌本身的特点，尊重形象思维的规律，接触到诗歌创作和诗歌鉴赏的一些核心问题，就颇有可取之处。但是也有一些诗歌评论，完全不顾诗歌的特点，脱离作品的艺术形象和形象给人的感受，根本违背了文艺批评和文艺鉴赏的规律。下边我就举出两种有代表性的评论方法，并加以简单的剖析。

附会政治，是古代正统的解释诗歌的方法。这种方法就是从原则、概念出发，比附历史，牵合政治，千方百计地到诗中寻找寄托、象征或影射。用这种方法读诗，无不是廋辞隐语，微言大义；可以任意穿凿附会、深文周纳。汉儒对《诗经》的解说，便是运用这种方法的代表。他们片面地认为，《诗经》是为圣道王功而作的，夸大了“经夫妇，成孝敬，厚人伦，美教化，移风俗”的作用。他们戴着这副有色眼镜看《诗经》，其中许多作品都被曲解了，就连一些民间的情歌也成了政治教化的宣传品。例如，《关雎》明明是一首情歌，他们却硬要说成是政治诗。申培《鲁诗故》说：“后夫人鸡鸣佩玉去君所。周康后不然，诗人叹而伤之。”认为这首诗是讽刺康后的。后苍《齐诗传》说：“康王晏起，毕公喟然深思古道，感彼关雎德不双侣，愿得周公妃以窈窕。”薛汉《韩诗章句》说：“诗人言关雎贞洁慎匹，以声相求，必于河之洲，隐蔽于无人之处。……今时大人内倾于色，贤人见其萌，故咏关雎、说淑女、正容仪，以刺时也。”则又认为是讽刺康王的。《毛诗序》曰：“后妃之德也。”则说是赞美后妃的。解释虽不相同，其牵强附会却是完全一样的。随着经学地位的提高，汉儒的诗论也取得了正统诗学的地位，对后世影响很大。清人陈沆的《诗比兴笺》，就是用汉儒解释《诗经》的方法，来笺释两汉至唐代诗歌的。陈沆讲诗注意联系写作背景和诗人的生平思想，有一些独到的见解。但是由于他先抱定了“比兴寄托”的观念，常常离开诗歌形象给人的感受，主观地猜测诗中的寓意，所以也有不少穿凿附会、迂腐可笑的地方。汉乐府铙歌十八曲中的《上邪》和《有所思》本是两首著名的情歌，他却硬要拉扯到政治上去。关于《上邪》，他说：“此忠臣被谗自誓之词欤！”关于《有所思》，他说：“此疑藩国之臣，不遇而去，自抒忧愤之词也。隐语假托，有难言之隐焉。”这两首诗显然都被他曲解了。清朝常州词派的张惠言，以比兴寄托论词，重视作品的现实意义，对词的发展产生过积极影响。但是他编的《词选》以汉儒说诗的方法说词，有些评语不免牵强附会、窒碍难通。如欧阳修的《蝶恋花》：“庭院深深深几许，杨柳堆烟，帘幕无重数。玉勒雕鞍游冶处，楼高不见章台路。

雨横风狂三月暮，门掩黄昏，无计留春住。泪眼问花花不语，乱红飞过秋千去。”显然是写一个深居简出的孤独少妇的迟暮之感，张惠言评曰：“庭院深深，闺中既以邃远也；楼高不见，哲王又不寤也……乱红飞去，斥逐者非一人而已。殆为韩（琦）、范（仲淹）作乎？”不顾全诗的艺术构思，把诗的意思一句句割裂开来，比附《离骚》，牵合韩、范，不能自圆其说。

中国古典诗歌确实有寄托象征的传统，美人香草、春兰秋菊各有习惯的寓意。诗人有时不敢或不愿把自己的政治见解明白说出，就用隐晦曲折的手法透露给读者。有时为了使诗歌显得含蓄蕴藉，也故意隐去真意，用其他事物来比兴。那些题为咏怀、咏史、感遇、感怀的作品，尤其多用这种手法。对这类作品的鉴赏，当然应该透过表面的词句揭示其中的深意。但是也必须从诗歌的形象出发，以形象给人的感受为依据。如果离开形象和感受，任意往政治教化的大题目上拉扯，不可能讲出其中的真意，更谈不到艺术的鉴赏。黄庭坚说得好：

> 子美诗妙处乃在无意于文。……彼喜穿凿者，弃其大旨，取其发兴，于所遇林泉人物、草木虫鱼，以为物物皆有所托，如世间商度隐语者，则子美之诗委地矣。

不管诗歌特殊的艺术表现方法，拘泥于生活的细节真实，对诗歌进行纯逻辑的分析，是另一种有代表性的评论诗歌的方法。以这种方法论诗的人，总是拿生活的细节去衡量作品，要求处处落实。一些很有情趣的诗，往往就这样被糟蹋了。譬如杜牧的《江南春》：“千里莺啼绿映红，水村山郭酒旗风。南朝四百八十寺，多少楼台烟雨中。”是一首富于艺术想象的好诗。杨慎《升庵诗话》却说：“千里莺啼，谁人听得？千里绿映红，谁人见得？若作十里，则莺啼绿红之景，村郭、楼台、僧寺、酒旗，皆在其中矣。”我看任何一个有鉴赏力的读者都不会同意杨慎这段话的。“千里”本是想象夸张之词，极言千里江南，到处是大好的春色。题目叫“江南春”，正是着眼于整个江南。若改为“十里莺啼绿映红”，既不切诗题，也失去了诗意。宋蔡絛《西清诗话》记载着这样一个故事：王安石写了一首《残菊诗》，诗曰：“黄昏风雨打园林，残菊飘零满地金。折得一枝还好在，可怜公子惜花心。”欧阳修读后笑道：“百花尽落，独菊枝上枯耳。”于是写了两句诗嘲笑他：“秋英不比春花落，为报诗人子细吟。”王安石闻之曰：“是岂不知《楚辞》：‘夕餐秋菊之落英’？欧九不学之过也。”欧阳修当然不会没有读过《楚辞》，他的文学鉴赏力也一定是很高的。但是他对这首诗的评论，恐怕是犯了拘泥执着的毛病。菊花究竟落不落呢？史正志《菊谱后序》说：“菊花有落者，有不落者。花瓣结密者不落……花瓣扶疏者多落。”由此看来，王安石也许并没有错。退一步说，即使菊花完全不落，写诗也不妨写落英，兴之所至不一定要找出植物学的根据；读者吟咏欣赏之际也不必以科学的眼光在细节上苛求于他。古代的诗人中，写落英的何止一人？屈原、左思、苏轼、陆游，都有诗在。如果用科学的眼光一一落实，还有什么诗歌鉴赏可言呢？又如张继的《枫桥夜泊》："月落乌啼霜满天，江枫渔火对愁眠。姑苏城外寒山寺，夜半钟声到客船。"欧阳修《六一诗话》说，此诗虽佳而"理有不通"，"其如三更不是打钟时"。此后，王直方《诗话》、叶梦得《石林诗话》、范温《诗眼》都引了别人的诗句，证明唐代确有半夜打钟之事。《诗眼》还引《南史·文学传》，齐武帝景阳楼有三更钟、五更钟，丘仲孚读书以中宵钟鸣为限，以证明张继的诗无可指摘。明胡震亨《唐音癸籤》认为胡应麟（元端）最得解：

> 诗流借景立言，惟在声律之调，兴象之合，区区事实，彼岂暇计？无论夜半是非，即钟声闻否，未可知也。（亦见《诗薮》外编卷四）

胡应麟的话不免有点过分，其道理却是可取的。诗歌创作固然要符合生活的真实，但不应对生活作机械的模仿。诗人可以对生活本来的形式加以改变，以求反映生活的本质。对于抒情诗，尤其不能以细节的真实来要求它。齐白石说：“作画恰在似与不似之间，太似为媚俗，不似为欺世。”这话揭示了艺术创作的一条重要规律，也适用于诗歌创作。一般地说，诗当然不可碍于事理，有时却又允许不合事理。“白发三千丈”，合理吗？但表现诗人乍对明镜看到白发时的惊讶之情，是再传神不过的。“狂风吹我心，西挂咸阳树”，合理吗？但表现对远方朋友的思念，是再真切不过的。“思牵今夜肠应直”，合理吗？但表现那种迷离恍惚的幽思，是再恰切不过的。“东市买骏马，西市买鞍鞯，南市买辔头，北市买长鞭。”也不合理，但是合情，真实地表现了木兰准备出征时那种忙忙碌碌的气氛和焦急的心情。以上这些诗，如果仅仅用生活的细节去衡量，用逻辑的方法去推断，而不顾诗歌形象给人的艺术感受，还谈得上诗歌鉴赏吗？

从形象出发，鉴赏中国古典诗歌，还应该充分考虑它们创造形象的特点。中国古典诗歌主要是短小的抒情诗，并没有塑造什么典型人物。因此，我们不能用分析戏剧、小说的方法，从诗里寻找典型人物形象。中国古典诗歌的形象，是借助客观物象（如山川草木等等）表现出来的带有浓厚主观感情色彩的形象，我姑且称为“意象”。鉴赏这类作品，不仅要着眼于它们所描写的客观物象，还应透过它们的外表，看到其中注入的意念和感情；注意主客观两个方面融合的程度。只有抓住诗歌的意象，以及意象所包涵的旨趣，意象所体现的情调，意象的感染作用，才能真正地鉴赏中国古典诗歌。

二

文艺鉴赏既然是从形象的感受开始的，那么形象的感受是一种什么心理活动呢？不要认为，感受仅仅是一种直觉。所谓直觉是对个别事物的全神贯注的知觉活动，不产生任何联想和推理。譬如对玫瑰的直觉，就是只看到它的形状、色彩，嗅到它的芳香。如果回忆起在这株花下自己与人会晤的情景，就产生了联想，已不再是直觉了。如果想到玫瑰是花的一种，就有了推理，也不再是直觉了。而离开直觉，也就离开了纯粹的感受，不能算是审美活动了。他们认为，联想妨碍审美和鉴赏，因为它使注意力涣散不能集中于欣赏对象本身，所以联想力量丰富的人鉴赏力最低下。他们排斥联想，是要使鉴赏活动局限于艺术形式上。听音乐，就欣赏声音的和谐；看图画，就欣赏色彩与线条；读诗歌，就欣赏韵律和节奏。这是艺术鉴赏中的形式主义态度。

联想会不会使注意力涣散，从而妨碍了艺术鉴赏呢？如果联想离开了作品的内容和情绪，任其漫无边际地发展，那当然不成其为艺术的鉴赏了。但是受了作品的启示，随着作品的内容和情绪而产生的联想，以及在感受的基础上产生的理解，无疑能够帮助鉴赏活动的进行。鉴赏不是被动地接受，而是一种富于创造性的艺术活动。如果说艺术创作是将自己的生活体验借着语言、声音、色彩、线条等等表现出来，那么艺术鉴赏就是运用联想将语言、声音、色彩、线条等等还原为自己曾经有过的类似的生活体验。正是在同艺术家的相互交流中，在对生活的重新体味中，得到艺术的享受。白居易《琵琶行》写他欣赏音乐时的心理活动，完全是联想在起作用：

大弦嘈嘈如急雨，小弦切切如私语。嘈嘈切切错杂弹，大珠小珠落玉盘。间关莺语花底滑，幽咽泉流冰下难。冰泉冷涩弦凝绝，凝绝不通声渐歇。别有幽愁暗恨生，此时无声胜有声。

随着音乐旋律和节奏的变化，白居易一会儿联想到急雨，一会儿联想到私语，一会儿联想到莺语，一会儿联想到泉声。即使在音乐暂时休止的时候，也没有停止他的联想，他觉得另有一种幽愁暗恨，胜过有声之时。正是在联想中，在对急雨、莺语等生活场景的重新体味中，白居易写出了这首绝妙好诗。

白居易写的是创作过程中的联想，在诗歌欣赏中联想同样很重要。诗歌表现思想感情的媒介是语言，语言不过是一群声音符号的组合。这些声音符号本身并没有形象，但诗的语言却能在读者的头脑里构成栩栩如生的形象。这靠的是什么？就是读者的联想。所以，好诗一定能够唤起读者的联想；善于鉴赏的读者也一定富于联想力。无论诗歌创作或诗歌鉴赏，离开联想都是不可能的。

中国古典诗歌中的联想十分丰富，有些诗歌的构思完全建立在一片联想之上。阅读这些诗，应驰骋自己的联想，由此及彼，由表及里，才能真正欣赏它的意趣。如辛弃疾的《菩萨蛮·金陵赏心亭为叶丞相赋》：

> 青山欲共高人语，联翩万马来无数。烟雨却低回，望来终不来。　　人言头上发，总向愁中白。拍手笑沙鸥，一身都是愁。

诗人看见山势驰骋，便联想起万马联翩，以为青山要来和自己倾谈。忽然瞥见白鸥，又联想起白居易的《白鹭诗》：“人生四十未全衰，我为愁多白发垂。何故水边双白鹭，无愁头上也垂丝。”辛弃疾心想：原来沙鸥也和我一样的忧愁啊！要不然为什么它全身都白了呢？这首词构思之巧妙、联想之新颖，令人赞叹不已。又如，陈陶的《陇西行》：

誓扫匈奴不顾身，五千貂锦丧胡尘。可怜无定河边骨，犹是深闺梦里人。

从无定河边的枯骨，联想到深闺梦中之人，把两个截然相反的形象联系在一起，构成鲜明强烈的对比，取得很好的艺术效果。杜牧的《过华清宫》：“一骑红尘妃子笑，无人知是荔枝来。”把“妃子笑”和“一骑红尘”这两个镜头衔接起来，很能发人深思。此外，如贾岛诗：“鬓边虽有丝，不堪织寒衣。”李商隐诗：“相如未是真消渴，犹放沱江过锦城。”牛希济词：“记得绿罗裙，处处怜芳草。”都是由一点相似，触类旁通，引起巧妙的联想。李贺的《马诗》：“向前敲瘦骨，犹自带铜声。”从马骨形状的瘦，联想到声音的脆。《金铜仙人辞汉歌》：“东关酸风射眸子”，由眼酸联想到风酸。《天上谣》：“天河夜转飘回星，银浦流云学水声。”由云的流动联想到云流动时的声音。诸如此类，都是靠着艺术的联想构思而成的。

何景明说："诗文有不可易之法者，辞断而意属，联类而比物也。"辞断意属，跳跃性强，留下的空白大，供读者联想、补充，进行再创造的馀地也就比较大。这是中国古典诗歌的一个重要的艺术特点。譬如，汉乐府《江南》：

江南可采莲，莲叶何田田，鱼戏莲叶间。鱼戏莲叶东，鱼戏莲叶西，鱼戏莲叶南，鱼戏莲叶北。

诗的内容很简单，但意味很隽永。作者简直是以儿童的天真在观察自然，"鱼戏"四句，好像一个孩子伸着小手在指东道西一样。他只告诉你鱼儿忽东、忽西、忽南、忽北，镜头是跳跃的，其中的细节全靠读者去联想补充。正是这些跳跃的片段，这种天真的口吻，显出一股活泼泼的劲儿，你读着它仿佛自己也回到了儿童时代。又如李白的《宣州谢朓楼饯别校书叔云》：

弃我去者，昨日之日不可留；乱我心者，今日之日多烦忧。长风万里送秋雁，对此可以酣高楼。蓬莱文章建安骨，中间小谢又清发。俱怀逸兴壮思飞，欲上青天揽明月。抽刀断水水更流，举杯消愁愁更愁。人生在世不称意，明朝散发弄扁舟。

感情的跳跃似乎难以把握，许多中间环节都略去了。但读者仍然可以借助自己的联想，把诗人含蓄内在的情思体会出来。这首诗是写自己怀才不遇的忧愁。昨日既不可留，今日又无可为，面对长风秋雁只能借酒消愁。楼名谢朓，自己的诗兴也如同谢朓一样壮，但空有揽月的逸兴而不能高飞。这忧愁就像不尽的流水，是无法斩断的，只好“散发弄扁舟”，离开那污浊的人世了！王琦评李白的《独漉篇》说：“峰断云连，似离似合。”这首诗也是如此。峰断云连，辞断意属，那含蓄不尽的意味，是很能启发读者联想的。

总之，艺术鉴赏不能离开联想。中国古典诗歌的鉴赏，由于它自身的某些特点，尤其要借助联想的作用。这是必须加以强调的。

三

艺术鉴赏，是一种审美能力的表现。马克思说：“对于非音乐的耳朵，最美的音乐也没有意义，对于它，音乐并不是一个对象，因为我的对象只能是我的某一种本质力量的肯定。”

所谓“某一种本质力量”，就是指人的某一方面的审美能力。马克思的意思是说，一个人有了音乐的审美能力，音乐对他才有意义。马克思接着举珠宝商为例说：“珠宝商人所看到的只是商业的价值，而不是珠宝的美和特性；他没有珠宝的感觉。”珠宝商只有商业的价值观念，而没有艺术的审美能力，所以璀璨的珠宝并不能给他以艺术的享受。

审美能力是从长期实践中培养起来的。狄德罗说：艺术鉴赏力是“由于反复的经验而获得的敏捷性”。所谓“经验”，不仅指艺术鉴赏的经验，还应当包括生活阅历和知识水平。这三方面合在一起，就构成艺术修养。艺术鉴赏力的高低，在很大程度上取决于艺术修养的水平。

创作必须有生活，鉴赏也要有生活。一首诗年轻时读来平淡无奇，等年事稍长重新读它的时候，便可能觉得大有深意。因为阅历丰富了，诗的内容也就能够体会得更深了。黄山谷跋陶渊明诗卷曰：“血气方刚时，读此诗如嚼枯木。及绵历世事，知决定无所用智。”其实不止陶诗，一切优秀诗歌的鉴赏，都离不开读者本人的生活经验。周紫芝《竹坡诗话》说：

余顷年游蒋山，夜上宝公塔，时天已昏黑而月犹未出。

前临大江，下视佛屋峥嵘，时闻风铃铿然有声。忽记杜少陵诗：“夜深殿突兀，风动金锒铛”，恍然如己语也。又尝独行山谷间，古木夹道交阴，惟闻子规相应木间，乃知“两边山木合，终日子规啼”之为佳句也。又暑中濒溪与客纳凉，时夕阳在山，蝉声满树，观二人洗马于溪中，曰，此少陵所谓“晚凉看洗马，森木乱鸣蝉”者也。此诗平日诵之，不见其工，惟当所见处，乃始知其妙。

《苕溪渔隐丛话》前集载：

羊士谔《寻山家诗》云：“主人闻语未开门，绕篱野菜飞黄蝶。”余尝居村落间，食饱，楮筇纵步，款邻家之扉，小立待之，眼前景物，悉如诗中之语，然而知其工也。

这些例子都说明了读者的生活经验与诗歌鉴赏的关系。特别是那些对生活作了高度概括的诗歌，读者必须具有较丰富的生活体验才能透彻地理解它和真正地欣赏它。如杜甫的《羌村》《赠卫八处士》，李益的《喜见外弟又言别》，都是写亲友在战乱中重逢的情景。一个经过离乱的读者读起来，总比生活于和平之中的人的体会更深，也更能欣赏。

知识水平对古典诗歌的鉴赏也有很大影响，广泛的知识和修养十分重要。古典诗歌的鉴赏可以借鉴绘画、书法等艺术理论的地方就很多。清人王原祁论山水画说：“用笔须毛，毛则气古味厚。”这句话讲出了普遍的艺术规律，对于欣赏诗歌也很有启发。下笔圆润固然表现出技巧的娴熟，但过分的圆润反而会显得甜俗，缺乏风力。用笔毛，画的韵味倒可以古朴些，醇厚些。书法的道理也是如此，蔡邕《九势》论书法艺术，其中有一势叫“涩势”。涩，是指运笔行墨沉着审慎，不宜一滑而过，唯其如此才能力透纸背。书家有个比喻，运笔如撑上水船，用尽力气，仍在原处，正好解释这个“涩”字。绘画讲究毛，书法讲究涩，作诗则要带一点拙，不可一味求工。《诗眼》说：

> 老杜诗凡一篇皆工拙相半，古人文章类如此。皆拙固无取，使其皆工，则峭急无古气……

这段话论工和拙的关系，很有意思。但所谓“工拙相半”却未免有点机械。在一篇作品里工与拙不是一半对一半地加在一起，而是相乘相因，化为一体。正如叶燮《原诗》所说：

又尝谓汉魏之诗不可论工拙，其工处乃在拙，其拙处乃见工，当以观商周尊彝之法观之。

工拙互相渗透才是艺术的上乘。严羽《沧浪诗话》也说：“盛唐人，有似粗而非粗处，有似拙而非拙处。”似拙非拙，也就是于拙处见工。陈师道《后山诗话》说：

望夫石在处有之，古今诗人共用一律。惟梦得云：“望来已是几千岁，只似当年初望时”，语虽拙而意工。

语拙意工，即外拙内工。好比一个人外表看来朴讷无奇，却有内秀。袁枚《随园诗话》说：

诗宜朴不宜巧，然必须大巧之朴；诗宜澹不宜浓，然必须浓后之澹。

学诗之初难免于拙，离拙入工是一次飞跃；离工返拙又是一次飞跃。工而后拙，巧而后朴，这是老人返童的天真，豪华落尽的淳澹，尤其难能可贵。总之，画家所谓毛而厚，书家所谓涩而润，诗家所谓拙而工，其中含有艺术的辩证法，可以互相发明。书、画之外，其他艺术也可以参证。中国戏曲舞台上的钟馗、黑旋风，他们的舞蹈身段也拙得来巧，拙得来美。周信芳的唱以沙哑见工，有一种独特的苍劲之美。霍去病墓前石兽仅就石材原来的形状略加雕琢，初具兽形，也于拙朴之中见出匠心和巧意。可见文学艺术各个部门有着共同的规律，如果具有广泛的知识和修养，就可以在同其他艺术的对照中更好地鉴赏古典诗歌。

艺术鉴赏的实践经验也很重要。诗读多了、读熟了，就有了比较，有了鉴别和欣赏。例如同是送别诗，李白的《黄鹤楼送孟浩然之广陵》，岑参的《白雪歌送武判官归京》，王维的《送沈子福归江东》，白居易的《赋得古原草送别》，写法各不相同。同是抒写忧愁，杜甫《自京赴奉先县咏怀五百字》说："忧端齐终南，澒洞不可掇。"李群玉《雨夜》说："穷愁重于山，终年压人头。"石孝友《木兰花·送赵判官》说："春愁离恨重于山，不信马儿驮得动。"都用山作比喻，但情调、色彩各不相同。杜甫是忧国忧民，以终南山作喻，显得庄重严肃。李群玉是写穷愁，故有压人之感。石孝友是写离愁，那重于山的离愁连马儿都驮不动，这就和行旅境况联系起来了。再比较贺铸的《青玉案》："试问闲愁都几许，一川烟草，满城风絮，梅子黄时雨。"这是写闲愁，一种连自己也说不清的无名的忧愁。诗人先设问一句，却又不正面回答，而跟以三句景物描写。这三句诗让人感到他的闲愁无所不在，无法衡量。又如写时光流逝，屈原《离骚》说："日月忽其不淹兮，春与秋其代序。"曹植《箜篌引》说："惊风飘白日，光景驰西流。"陶渊明《杂诗》说："日月掷人去，有志不获骋。"蒋捷《一剪梅》说："流光容易把人抛，红了樱桃，绿了芭蕉。"风格各不相同，也可以在比较中玩味、咀嚼，得到艺术的享受。

艺术鉴赏的经验，很重要的一个方面就是培养语感。所谓语感，是对语言美的一种敏锐的感受力。诗歌的艺术，在很大程度上表现为驾驭语言的技巧，没有语感很难欣赏其中细微的妙处。例如李清照《声声慢》开头三句："寻寻觅觅，冷冷清清，凄凄惨惨戚戚。"语言的声音、色彩都很讲究。李清照南渡后不久，她的丈夫就去世了，她过着孤独无依的生活。当"满地黄花"的时节，"梧桐细雨"的天气，越发感到百无聊赖，心里空荡荡的，很想寻找一点什么寄托。第一句"寻寻觅觅"，就是表现这种栖栖遑遑欲有所求的心情。但是周围的一切都不能引起她的兴趣，寻来觅去，依旧是空虚、空虚。她加倍地感到冷清，叠用"冷冷""清清"，正好渲染了这种索寞凄凉的心情。这位女诗人是很敏感的、很内向的，她体味着自己的苦况，进而感到一种难以抑制的悲哀。这悲哀用“凄凄”言之不足，再重之以“惨惨”；“惨惨”仍不足，乃继之以“戚戚”。这三句诗很精练地表现了感情波澜的三个层次，十分耐人寻味。在词的开头，三句诗连用七个叠音词，构成七个均等的音步，读起来仿佛可以听到诗人那迟缓沉重的足音。寻、觅、冷、清、凄、惨、戚，本是富有形象色彩和感情色彩的词，把它们重叠起来，集中在一起，就更加强了它们的艺术效果。浓郁，强烈，扣人心弦。

［原刊《北京大学学报（哲学社会科学版）》1980年03期，收入本书略有修订］

附三：

阅读古典诗词应当注意的几个问题

古典诗词的分析欣赏，是一种文学批评能力和审美能力的表现，而这两方面能力的提高，要靠平时的修养。这里所说的修养，包括生活阅历、理论水平、文学史知识、阅读古文的能力等等。本文结合同学们学习中遇到的问题，讲一讲阅读诗词时应该注意的几个问题。

一、从字、词、句入手

阅读古典诗词首先要弄懂作品的字句。遇到典故，要了解它的出处、原意，以及它在这首诗中的意义。这是进一步分析和欣赏作品的基础。如果字句都不懂，或者是理解错了，哪些地方用了典故也不知道，就谈不上阅读和欣赏了。

在古代汉语里，单音节词的数量很多，往往一个字（一个音节）就是一个词，就有它独立的意义。而古典诗词的篇幅又多半是短小的，很讲究用字的简洁。优秀的作品，每个字都有每个字的作用，都是经过认真选择的。所以，在阅读古典诗词的时候，就要一个字一个字地琢磨、体会，不要满足于了解大意。只了解一首诗大概的意思，或者只了解诗里每一句大概的意思，都不算弄懂了这首诗，也就无从分析欣赏。所谓“咬文嚼字”带有一点贬义，但对分析欣赏古典诗词却是很有用的。

例如张若虚的《春江花月夜》开头两句：“春江潮水连海平，海上明月共潮生”，这个“生”字就很容易忽略过去。“共潮生”是什么意思呢？为什么不用“升起”的“升”，而要用“生长”的“生”呢？仔细想一想就会感到诗人用字之妙。诗人是要告诉我们，那一轮明月是伴随着海潮一同生长的。用“升起”的“升”比较平淡，“明月共潮升”不过是很平常的景色，很平常的说法。用“生长”的“生”就加进了诗人主观的想象。仿佛明月和潮水都具有生命，她们像一对孪生的姊妹，一同生长，一同嬉戏。这个“生”字使整个诗句变活了。

诗词里的虚词在表达感情和语气上常常起着重要的作用，不要忽略过去。例如杜甫的《又呈吴郎》中间两联：“不为困穷宁有此？只缘恐惧转须亲。即防远客虽多事，便插疏篱却甚真。”其中，“不为……宁”“只缘……转须”“虽……却”都是虚词，这些虚词用得很好，使语气委婉、含蓄，便于吴郎接受。“不为困穷宁有此？”是问句，其中包含着这样的意思：西邻的妇人到你那儿打枣确实是不对的，发生这样的事，当然是不好的。进而又为妇人辩护：“她不是因为困穷怎么会干出这样的事来呢？”顺便说一下，“困穷”这个词在古代是窘蹙、艰难的意思。《周易》“刚健而不陷，其义不困穷矣”，和今天所说的“穷”意思不同。“困穷”这个词的意思，重点在表示走投无路。今天所说的“穷”的意思，古代用“贫”。杜甫在这首诗的第七句说：“已诉征求贫到骨”，可见杜甫用“穷”和“贫”是有区别的。“贫到骨”就毫无办法了，走投无路了，就“穷”了。《荀子·大略》：“多有之者富，少有之者贫，至无有者穷。”由此可见“困穷”究竟是什么意思。“不为困穷宁有此？”杜甫这句诗的意思是说，那个妇人实在是毫无办法了，走投无路了，不得已才来打枣的。我们可以设想，打人家几个枣是不能救贫的，那妇人也不是因为一般的贫就去人家院子里打枣。她是已经到了山穷水尽一点儿办法也没有的地步，已经“贫到骨”了，也许快要饿死了，所以才来打几个枣子充饥。杜甫用“困穷”这个词恐怕是费了一番斟酌的，我们也不可轻易放过。再看“只缘恐惧转须亲”

这一句，只因她心怀恐惧，反而要对她格外亲切，使她可以放心地来打枣。“转”是转而、反而的意思。一般情况下，有人偷偷来打枣，顶多不阻止就是了。这个妇人自己知道打人家的枣不对，心里怀着恐惧，倒是应该亲切地对待她才是。这个“转”字，表现了杜甫对劳苦人民的体贴。“即防远客虽多事，便插疏篱却甚真”，上句的“虽”字和下句的“却”字搭配起来，一句批评西邻的妇人，一句批评吴郎：妇人的顾虑虽然是多馀的，可是你的举动也欠考虑。重点还是在后一句对吴郎的批评上。因为有上一句作陪衬，所以一点也不显得生硬。杜甫这首诗对虚词的运用，很值得我们注意研究。

我们常常遇到这种情况，一句诗字词都懂了，但整个句子还是不懂，不知道这些词之间的关系，不知道它们合起来说明什么意思。这就涉及诗词的特殊句法的问题了。例如杨炯的《从军行》：“牙璋辞凤阙，铁骑绕龙城。”上句的主语显然不是“牙璋”，“牙璋”是古代发兵用的兵符，“牙璋”自己不能“辞凤阙”，是出征的主将接受了“牙璋”，率领军队离开凤阙（朝廷）。为了和下句“铁骑绕龙城”对仗，上句真正的主语省略了，变成“牙璋辞凤阙”。又如王维的《陇西行》：“十里一走马，五里一扬鞭。”这十个字没有什么难懂的，但句子的组织有点特别。诗人的意思是，一走马就是十里，一扬鞭就是五里，报警的马飞快地奔驰而来。这是两个倒装句，按一般的写法是：一走马十里，一扬鞭五里。但是这样写，一个五言的句子上三下二，不符合诗歌语言的正常节奏，读起来拗口。像现在这样，“十里一走马，五里一扬鞭”，不但上口，也因为将“十里”“五里”提前，加以强调，而突出了马的速度之快。

在研究字、词、句的时候，有两点必须注意：

（一）不要望文生义，主观臆断。对字词的解释要有依据，不能让诗人迁就自己。有的同学读左思的《咏史》诗，认为“振衣千仞冈，濯足万里流”这两句中的“振衣”不是抖衣去尘的意思，而是“山风掀起衣襟”，以为这样才能显出诗人的“雄气”。这种解释就缺乏训诂上的根据。“振衣”这个词只能当“抖衣去尘”讲，不能当风吹衣襟讲。《楚辞·渔父》：“新沐者必弹冠，新浴者必振衣。”“沐”是洗发，“浴”是洗身。刚洗了发的人必定弹一弹帽子再戴上，刚洗了身的人必定抖一抖衣服再穿上，怕帽子上和衣服上的尘土弄脏了干净的头发和身体。“振衣”这个词的意思是很清楚的，跟风吹毫无关系。西晋诗人陆机的《赴洛道中作》里有这样两句：“抚几不能寐，振衣独长想。”这个“振衣”也只能是抖衣的意思。可见把左思的“振衣千仞冈”讲成“登上高高的山冈，呼呼的山风把他的衣襟高高地掀了起来”，是没有根据的。“振衣”就是抖衣，在这里有去掉尘俗，追求高洁的意思。

（二）对诗词中的词语，不但要理解它们的意义，还要能分辨它们的色彩，体会它们的感情韵味。一个词语的感情和韵味，是由于这个词语在诗词中多次运用而附着上去的。凡是熟悉古典诗词的读者，一见到这类词语，就会想起一连串有关的诗句。这些诗句连同它们各自的感情和韵味一起浮现出来，使词语的意义变得丰富起来。而这种感情和韵味，往往难以用训诂的方法予以解释，也是一般辞典中难以包括的。

例如“白日”，除了指太阳以外，还带着一种特殊的情韵。曹植说“惊风飘白日”（《箜篌引》），左思说“皓天舒白日”（《咏史》）。“白日”这个词有一种光芒万丈的气象，用“白”来形容太阳的光亮，给人以灿烂辉煌的联想。盛唐诗人王之涣的《登鹳雀楼》：“白日依山尽，黄河入海流。欲穷千里目，更上一层楼。”一开头的“白日”二字和诗里那种乐观向上的精神正相吻合。我们只有理解和体会了“白日”这个词的这种感情和韵味，才能更好地欣赏王之涣的这首诗。

二、意脉和层次

字、词、典故和句子都弄懂以后，还要进一步分析全诗的结构。一首诗词，整个地囫囵地读不容易消化。我们可以进行分解，分解成几块，一块一块地研究，然后再综合归纳。怎么分解呢？最简单的方法就是寻意脉、分层次。

长诗可以分成几个段落，然后再找出各段的联系，各段之间是怎样过渡的，哪是主，哪是辅，诗人的思路是怎样的，诗的脉络是怎样贯穿的，等等。经过这样一番分析，诗的感情脉络就清楚了。有的诗不是一韵到底，中间换了韵，换韵的地方可能就是划分段落的地方。例如张若虚的《春江花月夜》，全诗三十六句，共九韵，每韵构成一个小的段落。当然，分成九段太琐细了，还可以归并一下。我把曹操的《短歌行》分成四段，就是两韵并为一段。但不管怎么说，参考用韵分段不失为一种可行的方法。有的诗不换韵，那么就完全要根据内容来分段了。

下面我就举几首长诗，示范性地分一下段落。例如杜甫的《自京赴奉先县咏怀五百字》一共一百句，我们可以分成三大段：第一段从开头到“沉饮聊自适，放歌破愁绝”，这段的大意是自叙怀抱。第二段从“岁暮百草零，疾风高冈裂”到“荣枯咫尺异，惆怅难再述”，这段的大意是写途经骊山的感触。第三段从“北辕就泾渭，官渡又改辙”到末尾，这段的大意是叙述回家以后的情况。又如杜甫的《北征》，可以分为五大段。第一段从开头到“乾坤含疮痍，忧虞何时毕”，这段的大意是抒写离开朝廷时伤时忧国的心情。第二段从“靡靡逾阡陌，人烟眇萧瑟”到“遂令半秦民，残害为异物”，这段的大意是叙写沿途所见所感。第三段从“况我堕胡尘，及归尽华发”到“新归且慰意，生理焉得说”，这段的大意是叙写回家以后的情形。第四段从“至尊尚蒙尘，几日休练卒”到“胡命其能久，皇纲未宜绝”，这段的大意是发表平乱的政见。第五段从“忆昨狼狈初，事与古先别”到末尾，这段的大意是说唐朝中兴有希望。

短诗，四句、八句，或再长一点，可以分层次。律诗、绝句，一般是两句一个层次。短诗的各个层次之间，衔接的痕迹不明显，常常是跳跃的。所以短诗分层次并不难，但是要说明各个层次是怎样衔接过渡的，就要动动脑筋了。例如李白的《宣州谢朓楼饯别校书叔云》就是一首跳跃性很强的诗。头两句“弃我去者昨日之日不可留，乱我心者今日之日多烦忧”，感叹时光的流逝，抒写心中的烦忧。三、四句“长风万里送秋雁，对此可以酣高楼”，又换了一个角度，从时光的流逝跳到眼前这次饯别上来：面对一派秋色，正好可以在这谢朓楼上痛饮一番。这两句是不是和上两句没有关系呢？当然不是。上两句所说的心中的烦忧不正是可以借酒来消除吗？五、六句“蓬莱文章建安骨，中间小谢又清发”，这两句是由上一句的“谢朓楼”的楼名引发出来的。由谢朓楼联想到谢朓的诗，又进一步联想到汉代的文章和建安风骨，说自从西汉文章和建安诗歌呈现异彩以来，谢朓又以清秀独树一格。由一个楼名引出一段文学史来，联想得真够远了。但李白的用意并不在讲谢朓，而是抒发自己的感情。他用了“中间”这两个字，可见还是要接着往下讲的。这就是接下来的七、八句：“俱怀逸兴壮思飞，欲上青天揽明月。”怀着逸兴要上青天揽明月的是哪些人呢？包括汉代的文学家们，包括谢朓，也包括诗人自己。李白是说自己和他们一样，怀着逸兴，想飞上青天去拥抱明月。以这样的志气和才情，在社会上竟没有出路，李白怎么能不愁呢？所以诗又回到“愁”字上来。最后四句说：“抽刀断水水更流，举杯消愁愁更愁。人生在世不称意，明朝散发弄扁舟。”诗从忧愁说起，最后又回到忧愁上来。诗的内容跳跃得很厉害，跌宕起伏，几经转折，但感情发展的脉络仍然是可以找到的。遇到这类诗，就需要分析它的结构，分出层次来，然后再找到各个层次之间的脉络。一旦找到脉络，全诗就豁然贯通了。

再讲讲词。词一般分上下两片，两片的意思常常是有转折、有发展的。只要找出上下两片的大意，再注意下片开头的地方，也就是换头的地方，其意脉是不难找到的。

三、知人论世

《孟子·万章下》曰："诵其诗，读其书，不知其人，可乎？是以论其世也，是尚友也。"大意是说："吟咏古人的诗歌，研究他们的著作，不了解他们的为人，可以吗？所以要讨论他们那个时代。这就是追上去和古人交朋友。"我借用孟子"知人论世"这句话是想说明，要想深入理解古人的诗词，仅仅掌握了诗词的字、词、句的种种含义以及诗词的段落层次还是不够的，应该进一步结合作者的生平、思想、文学主张，以及作品的写作背景去分析研究，这样才能深入。例如白居易的《宿紫阁山北村》和《轻肥》，如不结合中唐时期宦官跋扈专权的历史背景，就不能深入理解它们的社会意义。白居易的《卖炭翁》，如不结合有关中唐宫市的历史资料去读，就不能理解这首诗的可贵。李白的《早发白帝城》，如果不知道它是李白流放夜郎途中遇赦放回时所写，就会把它当成一首普通的写景诗或纪行诗。如果我们知道这首诗的写作背景，就会体会到诗人那种轻松喜悦的心情，那种解放感。李白在流放途中上三峡时心情是十分沉重的，他当时写过一首题目叫《上三峡》的诗：“巫山夹青天，巴水流若兹。巴水忽可尽，青天无到时。三朝上黄牛，三暮行太迟。三朝又三暮，不觉鬓成丝。”当他遇赦回来时，顺着那条刚刚走过的流放路，重又泛舟于三峡之间，他一定想趁着这个机会饱览三峡的壮丽风光。可惜他还没有看够，没有听够，没有来得及细细领略三峡的美，船已飞驶而过：“两岸猿声啼不住，轻舟已过万重山。”在喜悦之中又带有几分惋惜和遗憾，似乎嫌船走得太快了。诗里的这些复杂感情如果不知道它的写作背景，怎么能体会得出来呢？再如李白的《行路难》是政治性很强的作品。如果不知道这是他离开长安时写的，不了解他在长安遭受的诽谤打击，就不容易理解它的政治内容。杜甫的《自京赴奉先县咏怀五百字》，只有结合“安史之乱”前夕的局势去分析，才能分析得透彻。李贺的《致酒行》《天上谣》，李商隐的《回中牡丹为雨所败》《贾生》，也只有结合他们的生平遭遇去分析，才能分析得深入，否则只是隔靴搔痒。隋唐诗人王绩的《野望》，一个不熟悉文学史的人也许并不觉得它有什么重要。可是如果结合南朝诗坛的情况来看，如果沿着诗歌史的顺序，从南朝的宋、齐、梁、陈一路读下来，忽然读到这首《野望》，就会为它的朴素叫好。王绩能以他的澹远朴素的诗风自拔于那种轻靡绮丽的风气，是十分难得的。陈子昂的《感遇》，也许大家觉得没有什么意思，可是结合南朝诗风来看，结合初唐整个诗坛的状况来看，结合陈子昂的文学革新主张来看，就会明白诗的意义了。

在分析作品的时候，作家的生平思想，作品的写作背景，最好融汇到你们的分析中。如果仅仅是把它们罗列出来，和后面的分析挂不上钩，仍然是没有用的。背景材料要用得恰当，在该用的时候用上，也不要讲得太多，能说明问题就行了。如果分析一首白居易的诗，先讲他的生平，从小讲起讲到老，再讲他的思想，再讲他的文学主张，再讲他写这首诗的背景，这样一股脑儿地讲下来，岂不是太啰唆了吗？

四、关于主题思想和艺术特点

一般说来，一首诗词的字句弄懂了，结构弄清楚了，关于这首诗词的背景材料也掌握了，那么它的主题思想是不难找到的。古典诗词虽然数量很多，写法各异，它们的主题思想也千差万别，但是仍然可以大致地归纳成几类。有的是揭露政治黑暗和民生疾苦；有的是表现爱国主义精神；有的是抒发怀才不遇的愤瀄；有的是表达退隐山林、洁身自好的感情；有的是描写自然山水；有的是描写边塞风光；有的是写爱情相思；有的是写社会风俗；有的是写人生的感慨；有的是向往神仙世界厌弃现实社会。以上的分类，当然是不完善的，不能把所有诗歌的主题思想都包括进来，但普遍的主题大概就是这些了。遇到一首诗，可以先看它是属于哪一类，是写山水呢，还是写边塞？是写爱情呢，还是写求仙？确定大的类别并不难。确定了类别以后，还必须再做具体的分析说明。只说一首诗的主题思想是退隐山林，当然太简单了。还应当说出这首诗里所表现的退隐思想是怎样的，如果能指出是厌恶官场的丑恶，不肯同流合污，这就比较具体了。

分析主题思想，比较困难的是那些有寄托、有影射的作品。诗里写的是美人香草、爱情相思、历史故事，但寄托了别的思想。那些题为《咏怀》《咏史》《感遇》的作品常常是这样。遇到这类诗就要透过表面，看到实质。例如盛唐诗人张九龄的《感遇》其七（江南有丹橘），从表面上看来写的完全是橘树，但寄托着诗人自己坚贞的人格。诗人被奸相李林甫排挤在南方，失去了皇帝的信任，于是借着生长在南方的丹橘寄托自己的感情。又如李商隐的《瑶池》，写的是前代周穆王和西王母的故事，但讽刺了唐代皇帝的求仙。遇到这类作品要格外注意。但是千万不要牵强附会，像汉代的儒者解说《诗经》那样。应该结合诗人的思想，一贯的写法，参考前人的评论，实事求是地加以分析。既不失之于肤浅，也不失之于穿凿。这中间的分寸一定要掌握好。

至于诗词的艺术特点，那就更没有一定的讲法了。像借景抒情，情景交融，锤炼字句，夸张想象，比喻指代，以小见大，化虚为实，对比衬托，视听通感，动静变化，穿插烘托，对偶用事等等人们常常讲到的艺术表现手法，你们当然可以有选择地用到诗词的艺术分析中去。像雄壮、含蓄、婉约、豪放、自然、朴素、风趣、高雅等等前人归纳出来的各种艺术风格，你们也可以用来说明一首诗词的艺术特点。但是，套用这些现成的说法，并不是一种好的办法。重要的是要有自己的艺术感受。有艺术感受，才有艺术欣赏。好诗，你真正觉得好，真受感动，有时会耐不住拍案叫绝，有时会感动得落泪。把你的感受具体地结合诗句说出来，让别人也觉得这首诗好，也有同样的感受，或启发别人产生他自己的感受，这就是艺术分析。如果能把你的艺术感受概括一下，就不难找出这首诗词的艺术特点。这样的分析才是真正的艺术分析，而不是一些公式化的千篇一律的东西，才不是一些陈词滥调。

把不同诗人的同一题材的作品加以比较，也许是分析艺术特点的一种可用的方法。例如李白的《送孟浩然之广陵》、岑参的《白雪歌送武判官归京》、王维的《送沈子福归江东》，都是送别诗，就可以比较。通过对比，看出每首诗的艺术特点。特别是李白和王维那两首，不但题材相同，体裁也相同，都是七绝，更好比较了。李白的诗说："故人西辞黄鹤楼，烟花三月下扬州。孤帆远影碧空尽，唯见长江天际流。"前两句点明送别的地点、时令和行人将去的地方，烘托了送别的气氛。后两句写自己目送老朋友的帆影渐去渐远，直到帆影消失在碧空之中，仍然舍不得离开。他望着不尽的江水滚滚东去，天水相接，浩渺无垠，其中的情意该是多么深挚啊！这情意，诗人并没有说出来，但读者从久立江边目送故人的诗人的身影完全可以体会得到。一切都在不言之中了。王维的诗说："杨柳渡头行客稀，罟师荡桨向临圻。惟有相思似春色，江南江北送君归。"诗人说，我虽然不能亲自送你到江东，但是我的相思之情却像大江两岸的春色一样，一直伴随着你，送你归去。王维的情是说出来的，不像李白。但王维也不是直说自己如何想念友人，而是通过一个巧妙的比喻抒写出来。把相思比作春色，一来见出相思之盛，二来也毫不感伤，多么新鲜！

[原刊《北京电大学刊（语文版）》1984年第六期，收入本书略有修订]

国家新闻出版广电总局
首届向全国推荐中华优秀传统文化普及图书

大家小书书目

国学救亡讲演录	章太炎 著 蒙 木 编
门外文谈	鲁 迅 著
经典常谈	朱自清 著
语言与文化	罗常培 著
习坎庸言校正	罗 庸 著 杜志勇 校注
鸭池十讲（增订本）	罗 庸 著 杜志勇 编订
古代汉语常识	王 力 著
国学概论新编	谭正璧 编著
文言尺牍入门	谭正璧 著
日用交谊尺牍	谭正璧 著
敦煌学概论	姜亮夫 著
训诂简论	陆宗达 著
金石丛话	施蛰存 著
常识	周有光 著 叶 芳 编
文言津逮	张中行 著
经学常谈	屈守元 著
国学讲演录	程应镠 著
英语学习	李赋宁 著
中国字典史略	刘叶秋 著
语文修养	刘叶秋 著
笔祸史谈丛	黄 裳 著
古典目录学浅说	来新夏 著
闲谈写对联	白化文 著
汉字知识	郭锡良 著
怎样使用标点符号（增订本）	苏培成 著
汉字构型学讲座	王 宁 著

诗境浅说	俞陛云　著
唐五代词境浅说	俞陛云　著
北宋词境浅说	俞陛云　著
南宋词境浅说	俞陛云　著
人间词话新注	王国维　著　滕咸惠　校注
苏辛词说	顾　随　著　陈　均　校
诗论	朱光潜　著
唐五代两宋词史稿	郑振铎　著
唐诗杂论	闻一多　著
诗词格律概要	王　力　著
唐宋词欣赏	夏承焘　著
槐屋古诗说	俞平伯　著
词学十讲	龙榆生　著
词曲概论	龙榆生　著
唐宋词格律	龙榆生　著
楚辞讲录	姜亮夫　著
读词偶记	詹安泰　著
中国古典诗歌讲稿	浦江清　著 浦汉明　彭书麟　整理
唐人绝句启蒙	李霁野　著
唐宋词启蒙	李霁野　著
唐诗研究	胡云翼　著
风诗心赏	萧涤非　著　萧光乾　萧海川　编
人民诗人杜甫	萧涤非　著　萧光乾　萧海川　编
唐宋词概说	吴世昌　著
宋词赏析	沈祖棻　著
唐人七绝诗浅释	沈祖棻　著
道教徒的诗人李白及其痛苦	李长之　著
英美现代诗谈	王佐良　著　董伯韬　编
闲坐说诗经	金性尧　著
陶渊明批评	萧望卿　著

古典诗文述略	吴小如　著
诗的魅力 ——郑敏谈外国诗歌	郑　敏　著
新诗与传统	郑　敏　著
一诗一世界	邵燕祥　著
舒芜说诗	舒　芜　著
名篇词例选说	叶嘉莹　著
汉魏六朝诗简说	王运熙　著　董伯韬　编
唐诗纵横谈	周勋初　著
楚辞讲座	汤炳正　著 汤序波　汤文瑞　整理
好诗不厌百回读	袁行霈　著
山水有清音 ——古代山水田园诗鉴要	葛晓音　著
红楼梦考证	胡　适　著
《水浒传》考证	胡　适　著
《水浒传》与中国社会	萨孟武　著
《西游记》与中国古代政治	萨孟武　著
《红楼梦》与中国旧家庭	萨孟武　著
《金瓶梅》人物	孟　超　著　张光宇　绘
水泊梁山英雄谱	孟　超　著　张光宁　绘
水浒五论	聂绀弩　著
《三国演义》试论	董每戡　著
《红楼梦》的艺术生命	吴组缃　著　刘勇强　编
《红楼梦》探源	吴世昌　著
《西游记》漫话	林　庚　著
史诗《红楼梦》	何其芳　著 王叔晖　图　蒙　木　编
细说红楼	周绍良　著
红楼小讲	周汝昌　著　周伦玲　整理

曹雪芹的故事	周汝昌　著　周伦玲　整理
古典小说漫稿	吴小如　著
三生石上旧精魂 ——中国古代小说与宗教	白化文　著
《金瓶梅》十二讲	宁宗一　著
中国古典小说名作十五讲	宁宗一　著
古体小说论要	程毅中　著
近体小说论要	程毅中　著
《聊斋志异》面面观	马振方　著
《儒林外史》简说	何满子　著

我的杂学	周作人　著　张丽华　编
写作常谈	叶圣陶　著
中国骈文概论	瞿兑之　著
谈修养	朱光潜　著
给青年的十二封信	朱光潜　著
论雅俗共赏	朱自清　著
文学概论讲义	老　舍　著
中国文学史导论	罗　庸　著　杜志勇　辑校
给少男少女	李霁野　著
古典文学略述	王季思　著　王兆凯　编
古典戏曲略说	王季思　著　王兆凯　编
鲁迅批判	李长之　著
唐代进士行卷与文学	程千帆　著
说八股	启　功　张中行　金克木　著
译余偶拾	杨宪益　著
文学漫识	杨宪益　著
三国谈心录	金性尧　著
夜阑话韩柳	金性尧　著
漫谈西方文学	李赋宁　著
历代笔记概述	刘叶秋　著

周作人概观	舒　芜　著
古代文学入门	王运熙　著　董伯韬　编
有琴一张	资中筠　著
中国文化与世界文化	乐黛云　著
新文学小讲	严家炎　著
回归，还是出发	高尔泰　著
文学的阅读	洪子诚　著
中国文学1949—1989	洪子诚　著
鲁迅作品细读	钱理群　著
中国戏曲	么书仪　著
元曲十题	么书仪　著
唐宋八大家 ——古代散文的典范	葛晓音　选译
辛亥革命亲历记	吴玉章　著
中国历史讲话	熊十力　著
中国史学入门	顾颉刚　著　何启君　整理
秦汉的方士与儒生	顾颉刚　著
三国史话	吕思勉　著
史学要论	李大钊　著
中国近代史	蒋廷黻　著
民族与古代中国史	傅斯年　著
五谷史话	万国鼎　著　徐定懿　编
民族文话	郑振铎　著
史料与史学	翦伯赞　著
秦汉史九讲	翦伯赞　著
唐代社会概略	黄现璠　著
清史简述	郑天挺　著
两汉社会生活概述	谢国桢　著
中国文化与中国的兵	雷海宗　著
元史讲座	韩儒林　著

魏晋南北朝史稿	贺昌群　著
汉唐精神	贺昌群　著
海上丝路与文化交流	常任侠　著
中国史纲	张荫麟　著
两宋史纲	张荫麟　著
北宋政治改革家王安石	邓广铭　著
从紫禁城到故宫 ——营建、艺术、史事	单士元　著
春秋史	童书业　著
明史简述	吴　晗　著
朱元璋传	吴　晗　著
明朝开国史	吴　晗　著
旧史新谈	吴　晗　著　习　之　编
史学遗产六讲	白寿彝　著
先秦思想讲话	杨向奎　著
司马迁之人格与风格	李长之　著
历史人物	郭沫若　著
屈原研究（增订本）	郭沫若　著
考古寻根记	苏秉琦　著
舆地勾稽六十年	谭其骧　著
魏晋南北朝隋唐史	唐长孺　著
秦汉史略	何兹全　著
魏晋南北朝史略	何兹全　著
司马迁	季镇淮　著
唐王朝的崛起与兴盛	汪　篯　著
南北朝史话	程应镠　著
二千年间	胡　绳　著
论三国人物	方诗铭　著
辽代史话	陈　述　著
考古发现与中西文化交流	宿　白　著
清史三百年	戴　逸　著

清史寻踪	戴　逸　著
走出中国近代史	章开沅　著
中国古代政治文明讲略	张传玺　著
艺术、神话与祭祀	张光直　著
	刘　静　乌鲁木加甫　译
中国古代衣食住行	许嘉璐　著
辽夏金元小史	邱树森　著
中国古代史学十讲	瞿林东　著
历代官制概述	瞿宣颖　著
宾虹论画	黄宾虹　著
中国绘画史	陈师曾　著
和青年朋友谈书法	沈尹默　著
中国画法研究	吕凤子　著
桥梁史话	茅以升　著
中国戏剧史讲座	周贻白　著
中国戏剧简史	董每戡　著
西洋戏剧简史	董每戡　著
俞平伯说昆曲	俞平伯　著　陈　均　编
新建筑与流派	童　寯　著
论园	童　寯　著
拙匠随笔	梁思成　著　林　洙　编
中国建筑艺术	梁思成　著　林　洙　编
沈从文讲文物	沈从文　著　王　风　编
中国画的艺术	徐悲鸿　著　马小起　编
中国绘画史纲	傅抱石　著
龙坡谈艺	台静农　著
中国舞蹈史话	常任侠　著
中国美术史谈	常任侠　著
说书与戏曲	金受申　著
世界美术名作二十讲	傅　雷　著

中国画论体系及其批评	李长之　著
金石书画漫谈	启　功　著　赵仁珪　编
吞山怀谷 ——中国山水园林艺术	汪菊渊　著
故宫探微	朱家溍　著
中国古代音乐与舞蹈	阴法鲁　著　刘玉才　编
梓翁说园	陈从周　著
旧戏新谈	黄　裳　著
民间年画十讲	王树村　著　姜彦文　编
民间美术与民俗	王树村　著　姜彦文　编
长城史话	罗哲文　著
天工人巧 ——中国古园林六讲	罗哲文　著
现代建筑奠基人	罗小未　著
世界桥梁趣谈	唐寰澄　著
如何欣赏一座桥	唐寰澄　著
桥梁的故事	唐寰澄　著
园林的意境	周维权　著
万方安和 ——皇家园林的故事	周维权　著
乡土漫谈	陈志华　著
现代建筑的故事	吴焕加　著
中国古代建筑概说	傅熹年　著
简易哲学纲要	蔡元培　著
大学教育	蔡元培　著 北大元培学院　编
老子、孔子、墨子及其学派	梁启超　著
春秋战国思想史话	嵇文甫　著
晚明思想史论	嵇文甫　著
新人生论	冯友兰　著

中国哲学与未来世界哲学	冯友兰 著
谈美	朱光潜 著
谈美书简	朱光潜 著
中国古代心理学思想	潘 菽 著
新人生观	罗家伦 著
佛教基本知识	周叔迦 著
儒学述要	罗 庸 著 杜志勇 辑校
老子其人其书及其学派	詹剑峰 著
周易简要	李镜池 著 李铭建 编
希腊漫话	罗念生 著
佛教常识答问	赵朴初 著
维也纳学派哲学	洪 谦 著
大一统与儒家思想	杨向奎 著
孔子的故事	李长之 著
西洋哲学史	李长之 著
哲学讲话	艾思奇 著
中国文化六讲	何兹全 著
墨子与墨家	任继愈 著
中华慧命续千年	萧萐父 著
儒学十讲	汤一介 著
汉化佛教与佛寺	白化文 著
传统文化六讲	金开诚 著 金舒年 徐令缘 编
美是自由的象征	高尔泰 著
艺术的觉醒	高尔泰 著
中华文化片论	冯天瑜 著
儒者的智慧	郭齐勇 著
中国政治思想史	吕思勉 著
市政制度	张慰慈 著
政治学大纲	张慰慈 著
民俗与迷信	江绍原 著 陈泳超 整理

政治的学问	钱端升　著　钱元强　编
从古典经济学派到马克思	陈岱孙　著
乡土中国	费孝通　著
社会调查自白	费孝通　著
怎样做好律师	张思之　著　孙国栋　编
中西之交	陈乐民　著
律师与法治	江　平　著　孙国栋　编
中华法文化史镜鉴	张晋藩　著
新闻艺术（增订本）	徐铸成　著
经济学常识	吴敬琏　著　马国川　编
中国化学史稿	张子高　编著
中国机械工程发明史	刘仙洲　著
天道与人文	竺可桢　著　施爱东　编
中国医学史略	范行准　著
优选法与统筹法平话	华罗庚　著
数学知识竞赛五讲	华罗庚　著
中国历史上的科学发明（插图本）	钱伟长　著

出版说明

“大家小书”多是一代大家的经典著作，在还属于手抄的著述年代里，每个字都是经过作者精琢细磨之后所拣选的。为尊重作者写作习惯和遣词风格、尊重语言文字自身发展流变的规律，为读者提供一个可靠的版本，“大家小书”对于已经经典化的作品不进行现代汉语的规范化处理。

提请读者特别注意。

北京出版社